Judy Blundell

Ce que j'ai vu et pourquoi j'ai menti

Traduit de l'anglais (États-Unis)
par Cécile Dutheil de la Rochère

GALLIMARD JEUNESSE

Édition originale publiée par Scholastic Press,
une filiale de Scholastic Inc., New York, 2008
Titre original : *What I saw and How I lied*
© Judy Blundell, 2008, pour le texte
© Gallimard Jeunesse, 2009, pour la traduction française
© Gallimard Jeunesse, 2011, pour la présente édition

Ce livre est dédié à Betsy, Julie et Katherine, bien droites sur leur selle.

Chapitre 1

L'allumette a craqué et s'est embrasée. Je me suis réveillée. J'ai entendu maman inspirer en prenant une longue taffe de sa cigarette. Ses lèvres collaient au filtre, elle avait donc encore du rouge à lèvres. Elle avait passé une nuit blanche.

Elle était allongée sur le lit à côté de moi. J'ai senti sa main dans mes cheveux alors que je faisais semblant de dormir en respirant profondément. J'ai risqué un œil, entrouvrant à peine les paupières.

Elle portait sa chemise de nuit rose et elle avait les chevilles croisées, la tête abandonnée sur ses oreillers. Un bras devant elle, coude plié, sa cigarette luisant entre ses doigts. Ses jambes bronzées brillaient dans l'obscurité. Ses cheveux blonds tombaient en cascade sur ses épaules.

J'ai humé l'arôme de son tabac et son parfum, My Sin[1]. C'était son odeur. Elle emplissait l'air.

---

1. «Mon péché» (*NdT*).

Je n'ai pas bougé, mais je savais qu'elle savait que j'étais réveillée. Elle faisait comme si elle n'avait rien remarqué.

J'inspirais, j'expirais, parfum, fumée, parfum, fumée... et nous sommes restées toutes deux allongées longtemps, jusqu'au moment où j'ai entendu les pleurs des mouettes, plus tristes qu'un jour de funérailles, et j'ai compris que le jour pointait.

Désormais, nous ne descendions plus dans la salle à manger de l'hôtel. Les clients nous avaient repérées ; ils avaient vu notre photo dans les journaux. Nous imaginions leurs commentaires : « Regarde-les, en train de manger leurs toasts ; quel cœur de pierre ! »

Pour les éviter, je suis descendue à la plage à vélo. J'avais emporté mon petit déjeuner dans le panier : une bouteille de soda et deux barres chocolatées.

Le ciel était couvert de nuages gris et denses et l'air dégageait un parfum un peu rance. Le soleil était à peine levé et le sable encore humide. La plage était à moi. À moi et aux pêcheurs. Peter et moi, nous aimions les regarder pêcher en pleine mer. Un jour, l'un d'eux l'avait invité chez lui.

Quand Alice est tombée au fond du terrier, ce fut au ralenti. Elle a eu le temps de remarquer tous les détails autour d'elle – « Tiens, une tasse de thé! Et une table!» –, si bien que le paysage lui paraissait plus ou moins normal. Jusqu'au moment où elle a brusquement atterri au pays des merveilles, et ce fut une folle aventure.

Moi aussi, j'ai remarqué certains détails au cours de ma chute. Rien ne m'a échappé – la façon dont il a retiré son chapeau, dont il a allumé sa cigarette, dont elle s'est éloignée à pied en tenant négligemment son foulard à bout de bras. Les pétales de fleur et le vase en forme d'ananas.

À présent, il faut que je revoie l'enchaînement des événements. Mais cette fois, sans moi, sans chercher à orienter les choses comme cela m'arrange.

Je vais donc commencer par le début. La veille du jour où nous sommes partis pour la Floride. Un jour comme un autre.

Chapitre 2

Cet après-midi, ma meilleure amie, Margie Crotty, et moi sommes allées au magasin de bonbons pour acheter des cigarettes en chocolat et nous entraîner à fumer. Pendant la guerre, les cigarettes étaient rationnées, comme tout, mais maintenant on en trouvait des cartouches entières : Lucky Strike, Old Gold, Camel. Et des Chesterfield, si douces qu'elles faisaient du bien à la gorge, en tout cas c'est ce que la publicité prétendait.

Margie et moi croyions davantage ce qu'on disait dans les magazines et les films, qu'à l'église. Nous étions persuadées qu'en nous entraînant suffisamment, un jour nous fumerions de vraies cigarettes, avec les «lèvres et ongles vernis assortis» de Revlon et en écoutant Frank Sinatra chanter *All or Nothing at All* exclusivement pour nous.

C'était en 1947, et la guerre venait de finir. Les chaînes de radio ne passaient que de la musique et tout le monde rêvait d'une nouvelle voiture. Pendant la guerre, personne ne pouvait s'en offrir parce qu'on n'en fabriquait plus, et personne ne prenait de photos car il n'y avait pas de pellicule. Un mot pour résumer ces années-là ? On n'avait jamais rien de neuf.

À présent, nos pères, nos frères, nos cousins étaient rentrés, et les jardins de la victoire étaient à nouveau de jolies pelouses. On pouvait enfin acheter ce qu'on voulait : des légumes, du café et du beurre bien crémeux, des appareils photo et des voitures, et des machines à laver. D'ailleurs c'est en vendant de l'électroménager que mon beau-père gagnait sa vie.

Nous avions la chance de vivre dans le quartier de Queens, où il suffisait de mettre une pièce jaune dans le tourniquet du métro pour aller à Manhattan, au cœur de New York, la ville dont le monde entier rêvait. Les lumières des gratte-ciel étaient allumées toute la nuit parce que, désormais, on pouvait se le permettre.

L'été tirait à sa fin et nous commencions vaguement à imaginer un fond de fraîcheur dans l'air. La rentrée des classes approchait dangereusement – elle devait avoir lieu la semaine suivante. Margie et moi faisions tournoyer l'été pour en étirer la traîne aussi longtemps que possible.

Margie marchait en tenant sa cigarette en chocolat bien haut, même si nous savions que les femmes bien élevées ne fument pas dans la rue. Nous étions loin de nous imaginer dépravées, mais fumer était un geste qui vous posait, un geste qui fleurait les talons hauts et le «merde» qu'une femme laisse échapper quand elle se casse un ongle. En même temps, nous veillions à ne pas poser le pied sur une fissure dans le trottoir. «Un pied sur une fissure et tu te casses la figure», disait-on, et nous répétions la formule, plus sacrée que la sainte communion, depuis que nous avions neuf ans. Nous y croyions dur comme fer, peu importe si elle était complètement bidon.

— C'est carrément plus drôle de fumer en automne! s'est exclamée Margie. Quand il fait chaud, ça fond.

— Et encore mieux quand il commence à faire vraiment froid, tu peux former de vrais ronds de fumée.

— Moi, je fumerai quand j'aurai seize ans. Je me fiche de ce que dit mon père.

— Et je mettrai du rouge à lèvres, ai-je ajouté, même s'il était impensable d'enfreindre la règle maternelle : «pas de rouge à lèvres avant dix-huit ans», pas plus que la règle : «pas de patin à roulettes dans la maison».

Et toutes deux, nous faisions semblant de prendre de longues taffes, telle Joan Crawford dans *Mildred Pierce*.

— Tu sais pourquoi on dit qu'un mauvais garçon est un voyou? ai-je demandé.

– C'est une colle?

– Non, une vraie question.

Margie a jeté un long regard sur l'extrémité de sa cigarette en chocolat. Elle a tapoté dessus, comme pour en faire tomber la cendre et a répondu :

– Parce qu'il voit tout, qu'il est caché partout?

– Dans ce cas-là, pourquoi pas un voyeur?

– Tu ne poses pas la bonne question, Evie.

Ça, c'était typique de Margie. Elle savait toujours mieux que les autres ce qu'il fallait dire ou faire.

– Et quelle est la bonne question, je peux savoir?

– Pourquoi les filles en pincent-elles pour les voyous? a-t-elle répondu en gloussant un peu trop fort.

Comme par hasard, nous passions devant chez Jimmy Huggett.

Jimmy incarnait le parfait voyou selon Margie parce qu'il avait des cheveux noirs et gras comme de l'huile de moteur, et qu'il hélait les filles qu'il croisait dans la rue en criant «hep! hep!». Elle ralentissait toujours le pas quand nous passions devant le portail de la maison Huggett.

J'avoue que c'était un peu du dépit de ma part. J'aurais adoré que Jimmy me remarque, mais il aurait préféré crever en recevant une batte de base-ball en pleine figure. Quant à Margie, elle s'était métamorphosée au cours de l'été. Je rêvais de porter les mêmes robes plissées-soleil que les siennes, avec une ceinture large et épaisse, mais maman disait qu'il fallait que j'attende de remplir ne serait-ce qu'un pull-over. « Tu verras quand elle aura vingt ans, elle sera énorme », répondait-elle. Peut-être, mais pour l'instant, elle avait quinze ans et de jolies courbes que j'enviais.

En arrivant près de l'église, nous avons caché nos cigarettes en chocolat dans notre jupe au cas où le père Owen pointerait son nez. Tout le monde savait qui était qui dans le quartier, et même si les voisins ne vous connaissaient pas personnellement, ils connaissaient toujours votre mère ou votre curé.

Margie a fait le signe de croix en passant devant la statue de la Vierge mais, au dernier moment, j'ai été distraite. Là, juste devant moi, est apparu le garçon pour qui j'avais un faible, Jeff McCafferty. Il escortait Ruthie Kalman.

Ruthie Kalman qui, elle, remplissait son pull-over.

– Margie, regarde !

Elle m'a pris la main et soudain j'ai regretté d'avoir parlé.

– Quelle horreur ! Peut-être qu'ils sont tombés l'un sur l'autre parce qu'ils allaient dans la même direction, a murmuré Margie, même si

Jeff et Ruthie étaient à plus d'un pâté de maisons de nous.

Sa bouche dégageait un parfum de chocolat et de satisfaction. Enfin, elle pouvait me consoler.

Depuis quelque temps, j'avais remarqué que Margie avait acquis une certaine autorité à mesure que ses seins s'affirmaient. Qui sait, sa mère avait peut-être déposé sur son lit un peu de sagesse féminine, en même temps que son premier soutien-gorge. Mrs Crotty avait huit enfants et menait son affaire à la baguette. Tout chez elle était parfaitement organisé.

Ruthie Kalman avait de beaux cheveux brun foncé, épais, et des yeux noirs avec des cils si longs qu'ils semblaient faux. Elle vivait dans un appartement, pas dans une maison, ce qui lui donnait une petite touche exotique.

Je l'avais déjà vue discuter avec Jeff. À vrai dire, en y réfléchissant, je les avais même souvent vus ensemble.

– Ne te fais pas de bile, Evie, m'a dit Margie. De toute façon un McCafferty ne peut pas sortir avec une Kalman. Elle est juive, a-t-elle ajouté en baissant la voix, comme si la statue de la Vierge allait lui lancer un petit *pfft* si elle l'entendait.

Margie avait raison. Les préjugés allaient bon train dans le quartier. Cela dit, Ruthie était si jolie que tout était possible. Il suffisait de regarder Jeff, il était fou amoureux, cela crevait les yeux. Je le savais rien qu'en voyant l'arrière de sa tête, que je connaissais par cœur. Je l'avais suffisamment examiné en cours de géométrie l'année précédente. J'avais même repéré le moment précis où il avait compris le triangle isocèle. Alors pas de doute, il était amoureux.

Hélas, Ruthie lui était interdite, mais ça rendait la situation encore plus excitante. Ça me rappelait Roméo et Juliette et la fameuse scène du balcon. Ruthie avait des cousins en Europe qui étaient morts dans les camps pendant la guerre. Quelle veine! Non seulement elle avait la tragédie pour elle, mais une superbe chevelure bouclée.

— Allez, viens, a repris Margie en accélérant le pas.

J'ai suivi, parce que quand il faut y aller, il faut y aller.

Nous étions à deux pas de Jeff et Ruthie, si proches que j'ai vu que le bord du col de son chemisier blanc était élimé, et qu'elle essayait de le dissimuler avec un foulard à pois. Ruthie était toujours tirée à quatre épingles. Elle avait des ongles impeccables, même après une journée de cours. J'étais soulagée, j'avais repéré une faille.

— Je… eff…, a appelé Margie en chantonnant.

Il s'est légèrement retourné tout en continuant à avancer.

— Salut, Margie. Salut, Evie.

— Tu n'es pas censé être à la réunion des enfants de chœur? Je viens de voir le père Owen entrer dans l'église.

— Fiche-moi la paix, a rétorqué Jeff en s'arrêtant net. Il n'y a aucune réunion.

— On parie? Frank vient d'y aller.

Frank était le frère aîné de Margie. Nous venions de le voir filer à son entraînement de base-ball. Comment osait-elle raconter un tel bobard?

— Pardon, Ruthie, a ajouté Margie. J'imagine que chez toi, on ne sait pas ce que c'est, les enfants de chœur.

Jeff a jeté un long regard sur la statue de la Vierge Marie, dont les deux mains étaient tendues en avant, comme pour demander : «Que se passe-t-il?»

Discrètement, Ruthie a repris ses livres de classe sous le bras de Jeff.

— Tu ferais mieux d'y aller, lui a-t-elle conseillé.

Mais au lieu de le regarder, lui, elle nous a fusillées du regard.

Jeff aurait pu dire non. Au lieu de quoi, il a répondu par un vague «À bientôt» et a tourné les talons pour se diriger vers l'église.

Ruthie a repris sa route de son côté.

— Tu as vu un peu cette arrogance? m'a murmuré Margie. La façon dont elle nous a regardées de haut? Elle va voir ce qu'elle va voir.

— Rentrons.

— Allez, viens, sœur Marie-Evelyn.

C'est comme ça que Margie m'appelait quand elle trouvait que je jouais à la sainte-nitouche.

Elle a accéléré le pas pour rattraper Ruthie et a marché sur l'arrière de son mocassin, l'écrasant du bout de sa semelle comme un pneu crevé.

— Pardon! s'est-elle exclamée d'une petite voix aiguë, comme à la chorale, trop contente de chanter en solo.

Pas de chance. J'avais une voix beaucoup plus jolie que la sienne. De même que Ruthie. En plus, nous étions l'une à côté de l'autre à la chorale parce que nous étions toutes les deux plus grandes.

Ruthie a tendu la main pour remettre son mocassin mais elle n'y arrivait pas. Elle a fait quelques pas en sautillant et en essayant de glisser ses doigts sous le talon. Puis elle a abandonné, préférant marcher en écrasant l'arrière de sa chaussure. Elle s'est éloignée à toute vitesse en traînant la patte sur le trottoir.

Margie a voulu la suivre, mais j'ai tiré d'un coup sec sur son chemisier. Ruthie a viré au coin de la rue et disparu.

— Cette fois, elle a compris, a lancé Margie.

— Ça, c'est certain.

Chapitre 3

À peine rentrée à la maison, je me suis écroulée sur la balancelle, sous le porche, en espérant que Joe, mon beau-père, serait là. J'avais
envie que quelqu'un me dise que j'étais jolie,
même si c'était un mensonge. Il fallait que je
chasse de mon esprit l'image de Ruthie s'éloignant en boitillant.

C'est vrai, Margie avait fait son devoir de
meilleure amie. Elle m'avait défendue, elle
avait marqué mon territoire. La loyauté étant
la vertu la plus prisée dans le quartier, j'aurais
dû me réjouir d'avoir une amie prête à se battre
pour moi.

La porte s'est ouverte derrière moi et maman
est venue s'asseoir sur les marches, sa jupe ample
tombant sur ses chevilles. Contrairement aux
autres mères, la mienne s'habillait avec élégance
tous les jours, peu importe si elle risquait de
salir ses vêtements.

Maman était très belle. C'est la première chose
que je disais toujours sur elle, parce que c'est la
première chose qui frappait.

Quant à moi, je tenais plutôt de mon père.

Elle était sublime, tellement sublime qu'elle happait votre regard. Sa façon de tenir sa cigarette, de danser autour de la cuisine, de préparer le dîner avec un verre à pied à la main : elle avait la classe d'une star de cinéma. On oubliait qu'elle n'était qu'une femme au foyer du quartier de Queens.

— Tu as un petit coup de blues ?

— J'aimerais bien porter du rouge à lèvres, ai-je répondu.

Elle a sorti un paquet de cigarettes et un briquet doré de la poche de son tablier. Elle a pris une cigarette dont elle a tapoté l'extrémité avant de la placer entre ses lèvres et de l'allumer. Elle a retiré une miette de tabac de sa lèvre inférieure. Elle portait le rouge à lèvres Revlon «Pomme fatale, la nuance la plus séduisante depuis le clin d'œil d'Ève à Adam».

— Ne sois pas trop pressée de grandir, mon bébé, m'a-t-elle répondu en soufflant un rond de fumée du côté de chez Mrs Carmody, qui balayait son porche en épiant les voisins à mesure que s'allumaient les lumières. Le soleil n'a pas toujours rendez-vous avec la lune, ma chérie.

— Je suis sûre que c'est encore mieux que dans la chanson, ai-je répondu.

— Tu crois ?

Une légère brise a ébouriffé ses cheveux

blonds. En regardant droit devant elle, elle a jeté ses cendres d'une chiquenaude.

Je me suis penchée en arrière sur la balancelle pour l'observer d'en bas : son visage s'était métamorphosé en une figure étrangère. Ses yeux bleus avaient la forme de deux petits triangles et je voyais l'intérieur de ses narines. Bizarre… deux yeux, un nez, une bouche, au fond ça n'était que ça, un visage. J'étais soulagée de découvrir un angle sous lequel maman n'était pas aussi belle.

Je n'avais pas dit un mot mais elle avait deviné.

— Tu es trop jeune pour les garçons.

— Tu t'es mariée à dix-sept ans, ai-je rétorqué.

— Seigneur Dieu, Evie, tu ne vas quand même pas prendre exemple sur moi. En plus, j'étais très mûre pour mon âge.

Sans blague. J'ai une photo d'elle et de mon père. Elle avait déjà cette allure folle, avec une superbe robe à fleurs, accrochée au bras de mon père qui, lui, penche dangereusement en arrière, comme s'il cherchait à tomber dans une autre vie. Ce qui arriva, six mois plus tard. Un matin, il lui apporta une tasse de café au lit et lui annonça qu'il partait pour la Californie, puis il disparut. Elle avait dix-sept ans et elle était enceinte.

Elle a jeté un coup d'œil sur sa montre, une surprise de Joe pour leur anniversaire de mariage un an plus tôt, qu'il avait achetée dans une joaillerie très chic de la Cinquième Avenue. («Tu es fou, s'était-elle défendue, nous n'avons pas les moyens.» «Ne t'inquiète pas, avait-il répondu, j'en fais mon affaire.»)

— Ton père est en retard, a-t-elle annoncé. Pour changer. Le rôti va être dur comme de la semelle. J'entends déjà grand-mère Glam pester.

Ma grand-mère s'appelait Gladys, mais Joe tenait à ce que nous l'appelions grand-mère Glam. Cela devait correspondre à l'image qu'il avait d'elle, opposée à ce qu'elle était en fait. Revêche et toujours prête à semer la pagaille.

— Elle va peut-être se casser une dent, a lâché maman en prenant une taffe.

— Je ne suis pas sourde! a hurlé grand-mère Glam du fond du salon dont la fenêtre était grande ouverte.

Maman a haussé un sourcil complice et j'ai plaqué la main sur ma bouche pour ne pas piquer de fou rire. Peine perdue!

Nous étions là, mère et fille, riant aux éclats sous le porche, tandis que les ombres des arbres s'allongeaient et que les lumières des maisons s'allumaient. L'image du bonheur.

Mais c'était comme le sifflement des bombes — les missiles V2 que les Allemands lâchaient sur Londres à la fin de la guerre. On n'entendait rien, pas un souffle. Quand, soudain, votre maison explosait.

Chapitre 4

Après leur mariage, quand Joe avait appris qu'il était envoyé outre-mer, il avait insisté pour que nous nous installions avec sa mère. Du jour au lendemain, maman et moi nous étions retrouvées dans une maison avec un porche et un jardin. Grand-mère Glam nous faisait payer un loyer, mais après tout nous étions chez elle. Elle pouvait difficilement prêter deux bonnes chambres sans rien demander pendant si longtemps. Et j'imagine que c'était difficile de dire non à Joe puisqu'il était soldat. Nous, les femmes, nous avions le sentiment qu'il fallait consentir à des sacrifices sur le front intérieur. Nous avions le sentiment d'être plus courageuses, et meilleures, si nous aussi, d'une certaine façon, nous souffrions. Même si, en tout cas, chez nous, cet effort se résumait à d'incessantes querelles dans la cuisine.

Maman avait eu une promotion chez *Lord and Taylor* car elle était la meilleure vendeuse du rayon des cravates, avait déclaré son patron. Elle rentrait tous les jours à 17 h 45 pile. Elle n'avait pas intérêt à être en retard, sinon grand-mère Glam lui demandait des comptes. Celle-ci avait calculé le temps qu'il fallait pour aller à pied de chez *Lord and Taylor* au métro, attendre sur le quai, faire le trajet, et remonter de l'arrêt jusqu'à la maison.

D'une certaine manière, c'est grand-mère Glam qui m'a élevée de neuf à treize ans, sauf que j'étais tout le temps fourrée dans la famille de Margie, où je passais des après-midi entiers. Dans mon souvenir, Gladys était affalée toute la journée dans un fauteuil doré à écouter *Amanda of the Honeymoon Hill* à la radio, tout en surveillant l'heure, tel un contremaître d'usine prêt à rogner la paie de ses employés. Je sais, elle considérait que s'occuper de moi était un devoir pour la patrie, de même qu'entretenir notre jardin de la victoire. Tomates et belle-fille, elle nous avait également sur le dos.

Elle ne pouvait s'empêcher de faire des remarques à maman, s'exclamant régulièrement : «Mon Dieu, comme cette robe est brillante, Beverly!» ou : «Tu ferais peut-être bien de prendre une taille supplémentaire pour ce tricot.» Je mesurais les réactions de maman suivant l'énergie avec laquelle elle éteignait ses mégots dans les cendriers. Si j'entrais dans sa chambre et qu'ils étaient broyés, ça voulait dire qu'elles venaient d'avoir une discussion houleuse.

Maman écrasait les pommes de terre dans un grand plat en faisant tinter son bracelet autour de son poignet. C'était un bijou que Joe lui avait rapporté après la guerre, avec de vrais diamants. Tout était bon marché en Europe à cette époque, disait-il, on achetait n'importe quoi pour un prix dérisoire. Les pauvres gens là-bas étaient trop contents de vendre ce qu'ils avaient. On leur rendait service.

Régulièrement, maman s'arrêtait et je versais un peu de lait sur les pommes de terre. Nous faisions la purée à quatre mains depuis que j'avais quatre ans. À l'époque, nous vivions à deux et nous dormions dans le même lit dans un petit appartement, au-dessus du magasin de bonbons. Jusqu'au jour où Joe était arrivé, un chapeau vissé à l'arrière de la tête et les yeux rivés sur maman, et tout avait basculé.

J'ai plongé la cuillère dans le plat pour goûter. Il faisait sombre et la vitre de la cuisine était couverte de vapeur. Soudain, j'ai entendu la voiture de Joe et j'ai couru à la fenêtre puis effacé la buée avec mon poignet. Je l'ai vu sortir de la voiture et j'ai cru que c'était un étranger : son chapeau lui cachait les yeux et il avait les épaules affaissées, ce qui ne lui ressemblait pas.

Mais ça arrivait, surtout depuis son retour de la guerre. Il suffisait qu'il s'absente un peu longtemps, que je le voie sous un autre angle ou que je l'aperçoive dans la rue, et j'avais l'impression que c'était un autre homme, un homme sérieux, en costume. J'ai soupiré et la vitre s'est de nouveau embuée.

J'ai couru dans l'entrée en espérant que grand-mère Glam ne l'ait pas entendu arriver, sinon elle serait la première à l'accueillir. Heureusement, elle était dans son fauteuil à côté du transistor, son large dos penché en avant pour écouter.

La porte s'est ouverte et il est entré. Je n'avais pas allumé, si bien qu'il ne m'a pas tout de suite repérée. J'ai vu son visage sans qu'il voie le mien.

C'était la guerre. Il était interdit de lui poser des questions, interdit de lui rappeler le conflit. Tout ce qu'une femme et une fille avaient à offrir, c'était un foyer heureux. Nous étions là pour ça.

En tout cas, c'est ce que disaient les magazines dont je découpais soigneusement les articles pour maman avant de les déposer sur sa chaise : des recettes, des pages de mode, tout ce qu'une femme pouvait faire pour être plus séduisante aux yeux de son mari… Maman avait démissionné dès le lendemain du retour de Joe. «C'est ça ou ils me virent», m'avait-elle expliqué. Il fallait laisser la place aux vétérans qui avaient besoin de travailler. Désormais, elle se consacrait à son rôle d'épouse, essayait de nouvelles recettes, préparait le dîner du dimanche et frottait les coudes de Joe avec de la lotion Jergen.

— Saloperie ! s'est exclamé Joe.

J'ai failli courir me réfugier dans la vapeur rassurante de la cuisine. Ce n'était pas Joe. Joe, ce bel homme musclé qui semblait danser quand il marchait, qui saluait tous les voisins avec une petite phrase choisie, qui jetait son mégot dans la rigole, interpellait un copain ou balançait une tablette de chocolat à un gamin du quartier d'un geste désinvolte. Combien de fois l'avais-je vu faire !

J'ai allumé l'entrée pour faire comme dans les photos des magazines : la fille accueillant son père qui rentre chez lui, et tous deux ont l'air si heureux que l'on sent presque l'arôme du rôti dans la cocotte.

Il a frappé sur son chapeau pour lui rendre sa forme et l'a pris par le bord. Il a fermé un œil, comme s'il visait, et l'a jeté en le faisant tournoyer dans l'entrée. Aussitôt je l'ai attrapé.

— Les Dodgers ont besoin de toi, ma petite.

Je me suis précipitée dans ses bras, et j'ai senti sa barbe mal rasée et reconnu l'odeur sucrée, si particulière, mêlée à l'arôme de tabac, que dégageait sa peau.

Maman est sortie de la cuisine au moment où j'accrochais son chapeau.

— Bev ! s'est-il exclamé comme s'il s'excusait.

Comment veux-tu que je t'offre des visons et des diamants si je ne fais pas d'heures sup?

— Tu as déjà vu un vison dans la maison?

— C'est vrai, mais peut-être que si tu donnes un baiser à ton mari, le père Noël sera particulièrement gentil avec toi cette année.

— Nous sommes encore en été. Tu as mieux à faire.

Il s'est approché d'elle et a glissé un bras autour de sa taille pour la serrer contre lui. Elle s'est penchée en arrière en le regardant droit dans les yeux.

— Une fois de plus, tu as commencé sans moi, a-t-elle murmuré.

— Un seul, rapide.

Ils sont restés immobiles. Elle était dans ses bras, inclinée en arrière, la main sur sa poitrine. Et soudain, je me suis sentie idiote, comme une chaise, un porte-chapeaux, n'importe quel meuble. À mes yeux, Joe et maman étaient l'image même du «glamour». Ils incarnaient ce que j'imaginais être l'amour à l'époque.

Grand-mère Glam a pointé la tête dans l'entrée.

— Quelqu'un a appelé pour toi, Joe.

J'ai vu la bouche de maman s'affaisser. Grand-mère Glam était trop contente d'annoncer à son fils qu'il avait eu un appel, ça lui permettait de damer le pion à maman. C'était fou de voir leur rivalité, y compris pour un simple coup de fil.

– C'était le même que celui qui a appelé l'autre jour, a-t-elle ajouté.

Elle a croisé les bras sur une de ces robes bleu foncé qu'elle portait invariablement. Certaines étaient agrémentées de fleurs, d'autres de pois, mais elles se ressemblaient toutes.

– Celui qui a demandé de tes nouvelles, si tu étais bien le Joe Spooner du 42ᵉ.

– Ne crie pas. La prochaine fois, dis-lui que je suis sorti, a répondu Joe. Encore un ex-GI qui cherche un job. Je suis chez moi, j'ai envie de dîner et de me reposer.

Ça ne lui ressemblait pas. D'habitude, il aimait le téléphone. Il parlait très fort dans le combiné, les chevilles croisées, appuyé contre le mur. Il répondait : «Allô, allô», ou : «Bill, comment va?» Puis : «Épatant, et toi?»

Joe jouissait de ce que le *Guide de la jeune fille d'aujourd'hui* appelait un «charme naturel». Tout ce dont j'étais dépourvue. Et manifestement, ce n'était pas quelque chose qu'on pouvait apprendre dans un livre. Quand les filles à l'école me demandaient : «Alors, Evie, comment va?», j'aurais rêvé de pouvoir leur répondre : «Épatant, et vous?»

Grand-mère Glam s'est éclipsée dans le salon.

– Si j'étais toi, je ne me réjouirais pas trop du dîner à venir. Les pommes de terre sont de la colle et le rôti est trop cuit.

Maman lui a lancé ça comme un défi et Joe a répondu par un large sourire.

– Tout ce que tu prépareras, je le dévorerai, ma belle.

Maman a glissé le rôti sur un plat. Joe a préparé sa boisson préférée, un Canadian Club on the rocks, et pour maman, un cocktail Manhattan. Il s'est assis sur la table de la cuisine. Le téléphone a sonné et il a bu une longue gorgée, aspirant le liquide en serrant les dents avant de rouler les manches de sa chemise.

Grand-mère Glam a réapparu dans l'encadrement de la porte. La lumière de la cuisine se reflétait sur les verres de ses lunettes et je ne voyais pas ses yeux. Elle avait les mains posées sur sa poitrine comme sur une étagère, et l'air de vouloir s'excuser, elle qui ne s'excusait jamais.

Maman était contrariée. Grand-mère Glam était censée rester au salon avant le dîner pendant qu'elle et Joe buvaient un verre et fumaient une cigarette en tête à tête. Il suffisait qu'elle arrive un peu tôt pour que sa belle-fille le lui fasse immédiatement comprendre.

Maman se plaignait souvent car elle trouvait que maintenant la maison était trop petite. Elle se disputait régulièrement avec Joe au sujet d'un éventuel déménagement, d'abord pour savoir s'il fallait ou non emmener grand-mère Glam, ensuite pour savoir où. Elle voulait un appartement en ville, mais Joe ne cessait de rappeler qu'il y avait une crise du logement. Il préférait s'installer dans un pavillon à Long Island ou dans le New Jersey.

— Le rêve américain, Bev, déclarait-il, il est plus vrai là-bas.

— Sûrement pas dans le New Jersey, répondait maman.

Ce soir-là, elle a planté la cuillère dans la purée en la faisant gicler.

— Le dîner n'est pas prêt, grand-mère Glam !

— Je vois, a répondu celle-ci avant de reprendre : C'était le même homme, Joe, il a insisté, il faut qu'il te parle. Sinon, il propose de passer plus tard, si tu n'as pas le temps de rappeler tout de suite.

J'ai vu les doigts de Joe se crisper sur son verre de whisky et il s'est levé en s'exclamant :

— Nom de Dieu, ils ne pourraient pas foutre la paix à un type qui passe tranquillement la soirée chez lui… ?

— Joe ! a lâché grand-mère Glam en plaquant la main sur ses lèvres, comme si c'était à elle que le nom du Seigneur avait échappé et qu'elle essayait de le remettre au fond de sa gorge.

— Ça suffit, m'man, a rétorqué Joe en la bousculant.

— Eh bien ! Il est d'une humeur de dogue, a dit maman.

— Il a faim, a répondu grand-mère Glam en jetant un regard accusateur sur la cuisinière.

Puis elle s'est éloignée en traînant les pieds dans ses pantoufles rouges.

— C'est ma faute si le dîner n'est pas prêt, a murmuré maman d'un air résigné.

Elle a pris son verre pour boire une gorgée du cocktail préparé par Joe.

— Tu as mis le couvert ?

— Oui, m'man.

Elle a hoché la tête, mais comme si elle le regrettait, sans quoi elle aurait pu se défouler en me reprochant d'avoir oublié.

Elle a versé la purée dans un plat rond avec une cuillère en métal qui cliquetait contre la porcelaine. J'ai reconnu le bruit de renvoi de la sauce qui tombait dans la saucière.

Il valait mieux que je m'éclipse avant qu'elle me trouve un vrai reproche. Vite, je me suis faufilée hors de la cuisine et je suis tombée sur... grand-mère Glam. Elle avait l'oreille collée contre la porte du salon, tellement concentrée qu'elle ne m'a pas vue. Elle ne pouvait s'empêcher d'écouter dès que quelqu'un était au téléphone, même moi, quand je discutais des devoirs à faire avec Margie.

— Ouais, disait Joe, difficile à croire, non ? Il doit y avoir une bonne centaine de Spooner dans l'annuaire de New York, remarque. D'accord, d'accord. Bonne chance, mon vieux.

Il a raccroché.

— Joe, l'a appelé grand-mère Glam.

– Oui, m'man.

Elle s'est approchée de lui car elle n'entendait rien. Ils ont commencé à parler à voix basse et j'ai préféré retourner dans la cuisine.

Maman avait aligné les couverts de service sur la table pour les apporter dans la salle à manger. J'ai pris le plat de purée et je sortais de la pièce quand j'ai vu Joe réapparaître à la porte. Il avait le visage tout rouge, comme s'il s'était penché au-dessus de la cuisinière, et frappait son verre vide contre sa jambe au rythme d'une mélodie de jazz qui défilait dans sa tête.

– Alors, il t'a demandé un boulot ? a interrogé maman.

– Oublie, ce n'était pas le bon Spooner.

Il était appuyé contre l'encadrement de la porte et regardait maman qui repoussa les mèches de son front du dos de sa main.

– Tu as vu ta mère, Evie ? Quel dommage qu'une telle beauté soit condamnée à vivre dans le Queens !

Maman a sorti le beurre du réfrigérateur en marmonnant.

– Une femme d'une telle beauté devrait se prélasser au bord d'une piscine, sortir dîner dans les meilleurs restaurants, faire du shopping toute la journée, sûrement pas se cacher derrière ses fourneaux, tu ne trouves pas ?

— C'est vrai.

— Arrête de faire le perroquet, Evie, a répliqué maman tout en essayant de nous ignorer.

— Écoute-moi, Bev, que dirais-tu si nous allions faire un petit tour en Floride, et dès demain matin?

— Pas la peine de crier, Joe.

— Je suis sérieux. Non seulement en Floride, mais à Palm Beach, la ville la plus huppée de l'État. Je viens de faire le plein, la voiture est prête. Alors?

— Je n'ai rien à me mettre.

— Tu achèteras tout sur place.

— Tu es fou.

— Fou à lier. J'y pensais justement aujourd'hui. J'ai trop travaillé. Il est temps que je prenne un peu de vacances, nous ne sommes pas partis de tout l'été.

— Je te l'avais dit en juillet, a répliqué maman en indiquant le salon. Elle vient avec nous?

— Mon amour, laisse-moi quand même le lui demander.

Maman lui a tourné le dos pour essuyer une assiette propre avec un torchon.

— Si elle vient, je n'y vais pas. Je te souhaite un agréable séjour avec Gladys.

«Moi non plus», ai-je failli ajouter. Mais j'ai préféré la boucler. Je savais parfaitement quand je pouvais intervenir, quand il fallait que je glisse une petite plaisanterie pour que la discussion ne dégénère pas, ou quand il valait mieux que je les observe en la fermant.

Joe s'est servi un verre de whisky qu'il a avalé cul sec.

– En plein dans le mille, a-t-il lancé avant d'aller rejoindre sa mère.

Maman continuait à frotter son assiette. Nous entendions leurs chuchotements dans la pièce voisine, et je mourais d'envie d'aller coller l'oreille contre la porte.

Quelques instants plus tard, Joe est revenu et s'est dirigé droit sur la bouteille de whisky. Il m'a lancé un clin d'œil ravi.

– On prépare les bagages après le dîner. Grand-mère Glam ne vient pas. Elle ne veut pas rater la messe du père Owen.

Maman s'est appuyée contre le plan de travail avec un air las. Je pensais qu'elle serait contente et embrasserait Joe. Mais pas du tout.

– Palm Beach! me suis-je exclamée. Ça doit être tellement chic!

– Allez, Bev, a repris Joe en s'asseyant. On oublie tout, on va s'amuser, comme avant. On a besoin d'un peu de légèreté, une fois de temps en temps, non?

– Parle pour toi.

Maman n'est pas quelqu'un qui lâche facilement. Elle a replié son torchon, lentement, avant de le reposer sur le plan. Puis elle est allée s'asseoir sur le genou de Joe.

– Je ne suis jamais allée en Floride, ai-je dit en m'asseyant sur son autre genou. Je ne suis jamais descendue plus au sud que le New Jersey.

« Je t'en supplie, ne m'abandonne pas ici avec grand-mère Glam », pensais-je.

– Tu n'as pas besoin de me faire ton petit numéro de charme, Evie, m'a-t-il répondu en riant et en passant un bras autour de chacune de nous. Jamais je ne partirais sans mes deux beautés.

– Et l'école ? a demandé maman. Evie reprend la semaine prochaine.

– Evie peut se passer de cours. Elle est plus intelligente que ses professeurs.

– Je pourrai m'acheter un maillot de bain blanc ? ai-je demandé.

– Bien sûr. Tu seras notre Rita Hayworth. Allez, a-t-il ajouté en nous serrant toutes deux contre lui, je meurs de faim. Donnez-moi un grand couteau et je coupe le rôti.

J'ai éclaté de rire en me laissant aller contre son épaule. Je me sentais libre et insouciante, j'avais l'impression que tout était possible : sauter dans la voiture et faire des milliers de kilomètres pour partir à la recherche du soleil.

Pas un instant je n'imaginais que quelqu'un nous poursuivait. Pas un instant.

Chapitre 5

Le voyage nous a pris quatre jours et nous a valu trois pneus crevés. Quatre longues journées sur des routes à deux voies où nous avons dépassé des camions bourrés de poules qui caquetaient dans le Delaware, des voitures de représentants de commerce qui conduisaient coiffés d'un chapeau à la sortie de l'État de Washington, et des camions remplis de cageots de pommes en Virginie. Au début, nous chantions et nous lisions des magazines à voix haute pour passer le temps, et maman nous préparait de bons petits sandwiches au fromage.

Mais est-ce parce que les plaisanteries de Joe sont devenues un peu vaseuses, ou parce que nous pétillions quand il secouait les bouteilles de boisson gazeuse de toutes ses forces ? En tout cas, très vite, plus personne n'a moufté et nous n'avions plus qu'une envie : arriver. Joe avait renoncé à essayer de nous distraire et fonçait droit devant lui, l'œil aux aguets à cause des flics.

Plus nous descendions vers le sud, plus il faisait chaud. Au début, nous étions grisés par la chaleur, nous avions baissé les vitres et jeté nos pulls au fond du coffre. Hélas, la chaleur se métamorphosait peu à peu en fournaise.

À la maison, quand il faisait chaud, il suffisait d'un coup de ventilateur, d'un verre de limonade, éventuellement d'une virée en bus à Rockaway Beach, pour se rafraîchir. Ici, la chaleur semblait sans fond et sans fin. Tout n'était que métal et goudron brûlants. Nous transpirions sur les sièges qui collaient à la peau et nous n'avions de cesse de trouver un peu d'ombre pour nous soulager.

Le bras gauche de Joe était brûlé à force de reposer sur le rebord de la vitre. Il avait sorti un mouchoir qu'il avait humecté pour le poser sur sa nuque.

Nous nous levions à cinq heures du matin pour profiter de la fraîcheur de la matinée et nous nous arrêtions à trois heures de l'après-midi. Maman laissait Joe choisir les motels ou les chambres d'hôtes. Partout nous avions droit aux mêmes couvertures en laine chenille, aux taches de rouille autour des canalisations et aux cuvettes de toilettes que maman prenait soin de nettoyer avant de me permettre de m'y asseoir.

À peine avons-nous franchi la frontière de la Floride que j'ai explosé de joie. Des vagues d'air chaud et poussiéreux soufflaient à travers la fenêtre, et même le miroitement de l'océan était trompeur : nous sommes allés tremper les pieds dans l'eau, mais nous sommes revenus en sautillant sur le sable brûlant et les pieds pleins de sable et de sel.

Maman est retournée dans la voiture en remontant délicatement sa jupe.

— Tu nous avais dit qu'il ferait chaud, a-t-elle souligné en agitant son chapeau comme un éventail, mais pas que la chaleur était un tel enfer.

— On s'en fiche, non ? On sera dans la piscine toute la semaine.

— Si on y arrive. Tu es sûr qu'on ne va pas en Amérique du Sud ? Tu ne serais pas en cavale, Joe ?

— La ferme, Bev !

Elle a détourné le regard vers la fenêtre.

Personne n'a dit un mot pendant près de cent kilomètres.

Le crépuscule tombait à peine quand nous sommes arrivés à West Palm Beach, dans une rue pleine de boutiques, dont un cinéma, et de passants qui baguenaudaient, un cornet de glace à la main. Je me suis penchée à la fenêtre en lapant l'air comme un petit chien.

— Ah, enfin, ça ressemble à quelque chose ! s'est exclamée maman.

– Attends, tu vas voir le côté huppé, a répondu Joe avant de passer un pont. Superbe, non ? Palm Beach, ça n'est pas une simple plage, c'est une véritable île. Tu n'es pas collé avec les gogos du continent. Ici, c'est un lieu de rêve pour les vraies fortunes.

Un lieu de rêve pour nous. D'immenses palmiers étaient alignés le long des rues, plus hauts que tous ceux que j'avais vus. Ou peut-être semblaient-ils plus hauts parce qu'ils étaient huppés eux aussi, de même que Humphrey Bogart n'était beau que parce que c'était une star de cinéma. L'océan n'était pas loin car nous sentions le parfum des embruns. Quand, tout à coup, il apparut, bleu, parfaitement étale sous le ciel lavande.

Les villas qui longeaient les rues étaient impressionnantes, on aurait dit des hôtels. Toutes étaient peintes aux couleurs de robes d'été : rose, jaune, crème…

– Que se passe-t-il ? a demandé maman. Elles sont toutes fermées.

En effet, tous les volets étaient fermés, comme si les yeux des maisons étaient clos. Les rues étaient désertes. Il n'y avait pas un chat.

– Où sont passés les gens ? a interrogé maman.

– Dans leur piscine en train de compter leurs sous, a répondu Joe.

– Tiens, voilà un hôtel ! me suis-je exclamée avec enthousiasme.

Joe a ralenti mais l'hôtel était fermé.

– C'est Palm Beach ou une ville fantôme ? a demandé maman.

J'ai vu la bouche de Joe se tordre et j'ai cru qu'il allait encore lui crier de la boucler.

– Regardez toutes ces fleurs, me suis-je exclamée. Je parie qu'il y a plein d'autres hôtels. On est à Palm Beach !

En effet, il y en avait, des kilomètres d'hôtels, mais tous étaient fermés. Immenses, majestueux, de vrais palaces. Ou plus petits, avec des patios et des fontaines à sec.

– Retournons à West Palm, a proposé maman.

– Je vous ai promis Palm Beach, alors ça sera Palm Beach, a rétorqué Joe. Si j'ai bien compris, tout ferme en été, mais nous sommes au début de l'automne et ils vont bientôt rouvrir.

– Je croyais que tu avais réservé ?

Tous deux se sont tus. J'étais la seule à oser des commentaires, remarquant successivement les villas, les arbres, les massifs en fleurs, une explosion de rose et de mauve. Maman avait la vitre grande ouverte et tapotait ses doigts contre la portière. Calée dans le siège arrière, je sentais l'odeur de transpiration de Joe et je voyais les marques sur sa chemise.

Soudain, alors que je pensais qu'il était prêt à abandonner, il a tourné au coin d'une ruelle et nous le vîmes : un hôtel dont les lumières étaient allumées. Il était tout rose, rose comme de la barbe à papa.

— *Le Mirage*, ai-je annoncé en lisant l'enseigne lumineuse.

— C'est pas trop tôt, j'ai l'impression d'avoir traversé un désert brûlant, a lâché maman.

Joe a conduit la voiture au bout d'une allée qui finissait sous un auvent.

— Vous avez vu cette allée magnifique, spécialement conçue pour les Cadillac !

— Dommage qu'on n'ait qu'une Ford, a répliqué maman avec une pointe d'humour.

Nous avons éclaté de rire.

Un jeune gringalet vêtu d'une veste rouge et d'un pantalon noir s'est précipité sur nous pour nous ouvrir les portières.

— Bienvenue à l'hôtel *Le Mirage*, a-t-il dit au moment où Joe sortait en s'étirant. Voici vos clés, monsieur. Je me charge de vos bagages.

Maman m'a prise par le bras et nous sommes entrées dans le hall en retenant notre souffle. C'était un immense espace carrelé, presque frais, qui évoquait le vestibule d'un château, en un peu plus petit. Il y avait partout du bois sculpté, et là où c'était possible, des dorures.

— Ça me rappelle le musée de Radio City, a murmuré maman en s'accrochant à mon bras.

— Regarde, le plafond est peint, ai-je ajouté en inclinant la tête en arrière.

Un homme et une femme, très grands, ont

traversé le hall pour aller à la salle à manger. Lui avait la main posée au creux du dos de la femme. Elle portait une robe rose échancrée et un gilet noir brodé de sequins négligemment jeté sur ses épaules hâlées et retenu par une broche. Elle avait de longs cheveux noirs, lisses, qui lui descendaient jusque dans le dos. Ils étaient retenus sur le côté par une barrette qui ressemblait à une aigrette de diamants, mais sans doute des faux. Elle n'était pas très jolie – maman l'éclipsait sans conteste – mais c'était le genre de femme sur laquelle on se retournait.

– Ah, ça c'est un beau couple! s'est exclamée maman sur ce ton qu'elle avait pour approuver quelque chose ou quelqu'un, les bonbons Life Savers, ou Gregory Peck dans *Duel au soleil*, par exemple. Je me demande d'où ils viennent.

– Jersey City en passant par Pétaouchnok, a répondu Joe, nous resservant sa plaisanterie qui signifiait «de partout et nulle part».

De toute évidence il n'était pas fâché de voir qu'une petite touche de glamour avait permis de détendre l'atmosphère.

Nous qui rêvions que tout l'hôtel soit à la hauteur de l'entrée, nous n'avons pas été déçus. Nous avions droit à des nappes blanches et des serviettes propres, autant que nous le souhaitions. J'ai mangé mon premier pamplemousse, nappé de sucre. Nous avons appris que les fleurs chatoyant à l'extérieur étaient des bougainvillées, et à organiser nos journées en sachant qu'un orage pouvait exploser tous les jours à quatre heures. Jamais nous n'avions vu de tels déluges, si violents que la pluie semblait tomber au sol pour rebondir directement vers le ciel. Le soir, nous appréciions la brise de l'océan, le parfum du jasmin qui éclôt la nuit et les petits lézards verts. Et chaque fois que nous entendions Joe répondre : «Vous mettrez ça sur ma chambre», nous éclations de rire.

Maman ne mit pas longtemps à comprendre ce que tout le monde savait : on n'allait pas à Palm Beach en automne. La majorité des hôtels n'ouvraient pas avant le mois de décembre. Les boutiques de Worth Avenue et de l'artère principale de Palm Beach étaient fermées. Le cinéma Paramount aussi. Le fait est que nous avions atterri dans une ville fantôme.

L'hôtel avait si peu de clients que nous leur avions donné des surnoms à tous : Gros Lard Sympa et Gros Lard Méchant, M. et Mme Lune de Miel, et Grinche-Mi et Grinche-Moi. Quant au couple que nous avions vu le jour de notre arrivée, nous les avions baptisés les Matuvus.

L'employé de la réception nous proposait régulièrement des activités – cours de tennis, location de bateaux – mais nous n'en faisions rien. Peu à peu, nous avions remarqué les tissus usés des canapés, les taches sur la moquette… L'hôtel avait été fermé pendant la guerre et personne n'avait pris la peine de le rafraîchir avant la réouverture.

Un jour, en leur demandant du feu, maman fit la connaissance du couple un peu m'as-tu-vu. Ils s'appelaient Tom et Arlene Grayson. Elle avait travaillé pour Hattie Carnegie, créatrice de haute couture. Lui était propriétaire d'un «petit hôtel» à New York. Tout ça était parfait aux yeux de maman. Les Matuvus furent désormais appelés par leur vrai nom, Grayson, et maman et Joe se mirent à jouer au bridge avec eux le soir.

Quant à moi, je dînais tôt dans ma chambre et en général je commandais une assiette de petits sandwiches et de chips. Je m'installais sur la moquette, sans quitter mon costume de bain pour ne pas avoir trop chaud, puis j'allais explorer l'hôtel, dont peu à peu je découvrais les coulisses.

J'ai vu les grands placards dans lesquels les femmes de chambre disparaissaient avant de remplir leurs chariots de piles de serviettes épaisses et de savons qui sentaient trop fort; l'employé de la réception qui, pour tromper l'ennui, feuilletait en douce un magazine féminin; les valets de chambre assis sur le muret de pierre blanche pour fumer une cigarette… Parfois, je glissais un œil dans le salon où trônait un poisson-voilier empaillé, et où Gros

Lard Méchant s'installait, seul, tous les soirs, avec son verre. Je traînais dans les couloirs et je jouais à la marelle avec une vieille pièce, sautillant entre les roses de la moquette. Je me fichais de savoir que c'était un peu gamin. Personne n'était là dont le regard pourrait m'embarrasser.

C'est fou comme en un rien de temps on peut passer d'un état où l'on ne connaît pas l'ennui à un ennui sans fond. Oui, je m'ennuyais. Je pensais à l'école, à Margie, à Jeff, je me demandais quand on rentrerait. J'avais envie de m'allonger sur mon vrai lit et d'écouter Frank Sinatra sur mon tourne-disque. J'en avais assez de la chaleur.

Jusqu'au soir où tout a basculé.

Chapitre 6

J'ai d'abord entendu un rire diffus.

Discrètement, je suis allée à la fenêtre pour regarder tout en mâchant mon sandwich au poulet. L'allée de l'hôtel, d'habitude vide, était pleine d'adolescentes qui sortaient de leurs voitures de petites filles gâtées en gloussant avant de rejoindre leurs amies qui posaient sur les marches à côté de garçons vêtus de blazers blancs. Elles regardaient leurs cavaliers avec des yeux de merlan frit, mais elles ne leur parlaient pas – pas encore. Certaines prenaient la pose en jetant un œil sur le miroir de leur poudrier et en s'envoyant des compliments mensongers. D'autres portaient des jupons et des bas, se parfumaient avec l'eau de toilette qu'elles avaient dû recevoir à Noël, ou agitaient leurs superbes chevelures mises en pli et coiffées. C'étaient des filles qui riaient pour un rien. Des filles qui se préparaient pour un bal.

Elles portaient des corsages et des robes vaporeuses aux longues jupes amples qui descendaient jusqu'aux chevilles. Pendant la guerre, les jupes étaient plus courtes car il fallait faire des économies pour les héros de la patrie, mais aujourd'hui, tout était plus long et plus grand : les voitures, les immeubles, les jupes.

Et les parfums ! Du haut de ma fenêtre, je les reconnaissais. Jungle Gardenia, Evening in Paris. Je les respirais, je les humais, ivre du désir qui m'habitait. Le désir d'être comme ces filles. D'être blonde comme ma mère. De porter une robe à la jupe aussi ample.

Je les enviais tellement… jusqu'au moment où je me suis dit : « Et si j'allais au bal, moi aussi, en parfaite étrangère ? » Chez moi, je ferais tapisserie et je verrais mon professeur obliger un garçon à m'inviter à danser. Mais ici, je serais anonyme. Ici, je n'étais pas tout à fait moi.

J'ai ouvert la porte de ma garde-robe.

Déprimant. Il me fallait du tulle, des jupons, des volants, des chaussures assorties à ma robe. Je n'avais que des robes d'été en coton, des socquettes blanches et des chaussures Oxford bicolores.

Il me fallait une marraine qui soit une fée. Hélas, je n'étais pas Cendrillon.

Je n'avais pas besoin de passer la main dans mes cheveux pour savoir dans quel état ils étaient. Lamentable. Je ne les avais pas lavés en rentrant de la plage. Ils étaient lourds et pleins de sel, et pas brillants ni soigneusement peignés, comme les chaperons de ces dames qui s'agitaient sous mes fenêtres.

Je suis allée dans la chambre de maman et Joe en passant par la porte qui la reliait à la mienne. Maman avait dû s'habiller à la hâte car elle avait laissé son poudrier ouvert sur son vanity-case. Une robe qu'elle avait dû décider de ne pas mettre au dernier moment traînait sur le lit. Des sandales à talons avaient été repoussées en dessous. Une petite serviette de toilette avec du talc était posée sur une chaise ; des pinces à cheveux étaient abandonnées sur la coiffeuse comme des osselets.

J'ai ouvert son armoire et je suis tombée sur un amas de chaussures mal rangées et de bas nylon roulés en petites boules. Une vraie garde-robe de femme. Pas comme la mienne, qui sentait l'eau de mer salée et la transpiration.

J'ai reconnu son parfum qui se dégageait de ses robes et de ses vêtements de plage. J'ai passé la main entre les cintres. Beaucoup de robes étaient neuves. Joe avait tenu sa promesse. J'ai fait semblant d'hésiter mais une seule robe m'attirait vraiment.

Elle était en soie, d'un vert printanier, avec des fleurs mauves, un mélange qui peut sembler affreux présenté ainsi, mais qui était très joli. Curieusement, je ne trouvais pas que cette robe soit flatteuse sur maman. Le vert pâle ne lui allait pas. J'aimais beaucoup le décolleté en V du haut ajusté, et la ceinture plissée à nœud. La robe m'irait, j'en étais sûre. À condition de porter un soutien-gorge et des mouchoirs pour le rembourrer. Beaucoup de mouchoirs.

J'ai sorti la robe et je l'ai jetée sur le lit à côté de l'autre. J'ai ouvert un tiroir et, d'un geste avide, j'ai pris le premier soutien-gorge en dentelle qui me sautait aux yeux. J'ai enfilé les deux bretelles, sans me regarder dans le miroir, et je l'ai ajusté de façon à ce que le tissu épouse ma peau. Puis je me suis glissée dans une crinoline, bien raide et grinçant légèrement, comme il se doit.

Je remplissais le soutien-gorge de mouchoirs quand la porte s'est ouverte, et maman et Mrs Grayson sont entrées. J'avais la main droite plongée dans le bonnet gauche.

Les sourcils de Mrs Grayson formaient deux petites arches au-dessus de ses yeux noirs, telles deux ailes de merle. Maman avait une cigarette à la main dont la cendre était sur le point de tomber… et finit par atterrir sur la moquette.

Nous étions toutes trois figées, stupéfaites, comme trois statues de sel.

Soudain elles ont éclaté de rire.

Mrs Grayson a plaqué une main sur sa bouche mais je l'entendais pouffer. Elles étaient écroulées l'une contre l'autre et ricanaient comme deux gamines.

Je me suis regardée dans la glace. Mes cheveux frisottaient. J'avais les bras maigres et j'étais trop grande. Je ressemblais à un chien efflanqué debout sur ses deux pattes arrière. J'ai senti les larmes me monter aux yeux. J'étais mortifiée.

— Ne t'inquiète pas ! s'est exclamée Mrs Grayson. Nous ne nous moquons pas de toi, ma chérie, nous avons juste été un peu surprises, c'est tout. (Elle s'est approchée de moi en faisant claquer ses hauts talons.) Tu es très jolie, il faudrait simplement deux ou trois… retouches.

Elle dégageait un parfum de cocktail, de laque et d'assurance de vraie femme.

— Elle est tellement pressée, a murmuré maman à Mrs Grayson.

— Tu ne l'étais pas, toi ? a-t-elle répondu. Moi, si. Viens, il faut que nous lui arrangions sa coiffure, Bev.

Mrs Grayson s'est approchée de moi et a commencé à me coiffer. Elle avait des gestes apaisants, calmes, comme du beurre doux et bien frais. Elle a repoussé mes mèches derrière mes oreilles et a proposé :

— Il faudrait qu'on te les mouille.

Maman contemplait sa robe verte sur le lit.

— En tout cas, elle n'a pas besoin d'une gaine pour la porter.

— Regarde-moi cette taille, a renchéri Mrs Grayson en m'enserrant la taille des deux mains.

C'est une autre époque pour nous. Viens, Bev, nous allons l'habiller et la farder un peu.

Maman a hésité, mais elle ne pouvait pas dire non à sa nouvelle amie. Et toutes deux m'ont entraînée avec elles en plongeant la main dans leur réserve de peignes et de rouges à lèvres…

J'avais le sentiment de faire partie d'une conspiration féminine, une conspiration dont j'avais toujours été le témoin en aparté, observant les filles qui attiraient leurs amies dans les toilettes pour dames et raccrochaient leurs bretelles de soutien-gorge qui avaient sauté.

Elles m'ont installée devant le lavabo pour coiffer ma tignasse avec un peigne mouillé, sans merci, riant en voyant les grimaces que je faisais. Puis elles ont aspergé de laque mes mèches folles d'un côté et de l'autre. Maman s'affairait autour de moi avec du rouge à lèvres et de la poudre tandis que Mrs Grayson me tirait les cheveux pour former un chignon banane. Comme je tournais le dos au miroir, je ne voyais pas exactement comment elle s'y prenait, mais j'ai repéré une petite ride entre ses deux sourcils, signe de concentration.

— Ne regarde pas, m'a dit Mrs Grayson, sans l'ombre d'un rire, prenant son rôle très au sérieux.

J'étais excitée, pleine d'espoir. S'il y avait une personne qui saurait me mettre en valeur, pensais-je, c'était elle. Maman avait toujours mis le holà à mes velléités de devenir plus féminine. J'avais tout le temps devant moi, disait-elle. Mrs Grayson, elle, semblait penser le contraire.

Maman m'a apporté la robe en la tenant dans ses bras comme un nouveau-né et, délicatement, elle me l'a passée au-dessus de la tête. Elle a accroché les agrafes dans le dos et arrangé la jupe d'une main professionnelle. Mrs Grayson a choisi une paire de sandales blanches à talons. J'ai glissé mes pieds dedans mais je chancelais.

– Ne baisse jamais les yeux, m'a lancé Mrs Grayson. Tiens-toi droite !

Je me suis redressée et j'ai relevé le menton.

– Bien !

– Regarde-toi maintenant, a ajouté maman.

J'ai levé les yeux vers le miroir. Je m'attendais à voir une seconde version de maman et, d'une certaine façon, j'espérais que la robe serait avantageusement mise en valeur sur moi. Hélas, ce n'était pas le cas.

– Souris, m'a dit Mrs Grayson. (J'ai souri.) Voilà, tu es superbe.

Elle était sérieuse, pas comme Joe. D'ailleurs, soudain, j'ai pris conscience que lorsqu'il me disait que j'étais jolie, il m'associait toujours à maman, comme si j'étais le lot de consolation et elle le vrai prix. « Bien sûr que tu es jolie, ma fille, tu as vu ta mère ? »

J'ai croisé le regard de Mrs Grayson dans le

miroir et j'ai eu la surprise d'y saisir un petit air triste.

— C'est ton tour, Evelyn. À toi de saisir ta chance, m'a-t-elle chuchoté à l'oreille.

Juste une danse. Un seul tour de piste. C'est tout ce que je demandais.

À présent, je sais que l'on fait un pas, puis un second, et que l'on ne peut plus s'arrêter. Je sais ce que ça signifie de vouloir quelque chose. Je sais que faire un seul pas est impossible. Mais à l'époque je ne m'en rendais absolument pas compte.

— Vas-y, a repris Mrs Grayson, avant de te transformer en citrouille.

Toutes deux m'ont fait tourner sur place avant de me pousser vers la porte. Je vacillais comme une toupie ralentissant. Je n'avais pas le choix. J'y suis allée.

Chapitre 7

Heureusement, l'orchestre jouait et presque toute la salle dansait. Je me suis dirigée droit sur l'immense bol de punch et je me suis servie un liquide rougeâtre dans un verre en cristal. J'ai pris mon temps, espérant qu'un garçon me voie et me propose de me le servir lui-même. Personne n'est venu.

J'étais debout contre les rideaux de brocart et j'observais la salle en sirotant mon punch tiède et sucré, veillant à ne rien renverser sur la robe de maman.

Très vite, j'ai vu que tout le monde dans la salle se connaissait. En mettant bout à bout les bribes de conversation que je saisissais çà et là, j'ai compris qu'ils étaient tous élèves de terminale dans le lycée du coin, de l'autre côté du pont, à West Palm Beach. C'était le premier bal de l'année.

Si j'avais été jolie, bien faite, une vraie poupée, peut-être qu'un garçon aurait eu le courage de venir vers moi et de se présenter. Hélas, je voyais les regards de tous les cavaliers glisser sur moi comme si j'étais couverte de vaseline, repoussante.

J'avais l'impression de fondre. J'étais accrochée à mon verre vide, incapable de faire un geste pour aller le reposer sur la table. Il suffisait que je bouge un muscle et quelqu'un me repérerait. Il ne me restait plus qu'à demeurer transparente et à m'éclipser.

Ce que je redoutais survint alors. Un garçon me remarqua.

C'était le moins séduisant de la salle, laid comme un pou, une tête de fayot, le type qui n'invite aucune fille à danser parce qu'il sait qu'il va se prendre une veste. Mais comme j'étais une étrangère, il devait se dire, pourquoi pas ?

Il y avait pire que de ne pas être invitée à danser : être invitée par le mauvais cavalier.

Il s'est glissé le long du mur tandis que l'orchestre entonnait *In the Mood*, suivi par un tourbillon de jupes. J'étais piégée, coincée entre les danseurs et le grand bol de punch.

— Tu ne me reconnais pas, je parie ? m'a-t-il dit. Alors nous sommes à égalité. Parce que je viens seulement de te reconnaître. Superbe robe.

Il a fait une pause et a ajouté :

— Je suis groom dans l'hôtel, et voiturier.

— Toi aussi, tu t'es introduit en douce ?

— Non, je suis dans le même lycée qu'eux.

C'est toi qui t'es faufilée ni vue ni connue. Il faut peut-être que j'appelle le directeur.

Était-il sérieux ? Je n'allais quand même pas me laisser impressionner par ce petit morveux du fin fond de la Floride.

– Chiche ? Remarque, ça mettra peut-être un peu d'ambiance dans cette soirée ringarde.

– Je m'appelle Wally.

– Evie.

– Ouais, je sais. On connaît tous les clients par leur nom et leur prénom. Ce n'est pas trop difficile vu qu'il n'y a personne. Tu devrais voir cet endroit en décembre.

– Il paraît, oui.

– Alors ? Un petit tour de piste ?

Il était aux antipodes de l'image que je m'étais faite de cette soirée. Il avait trois points noirs sur le menton et l'on voyait des traces de coups de peigne dans ses cheveux. Une des plus jolies filles du bal nous a jeté un regard en coin en chuchotant au creux de l'oreille de son cavalier. Elle gloussait.

– Non, merci, ai-je répondu. Je... je n'ai pas envie de danser. Il faut que j'y aille, de toute façon. À bientôt !

J'ai tourné les talons, déposé mon verre de punch et poussé les portes-fenêtres derrière moi. J'ai senti une brise fraîche sur mon visage. L'air était comme l'eau dans laquelle j'aurais voulu plonger et nager pour disparaître.

La piscine, illuminée, était d'un bleu inima-
ginable, un bleu comme je n'en avais jamais vu
dans ma vie, ni dans le ciel, ni dans l'océan,
ni sur une robe. Un bleu d'une pureté absolue. Admirer son intensité m'apaisait, de même
qu'admirer la façon dont les feuilles de palmier
s'y reflétaient en oscillant grâce à l'éclairage de
nuit.

J'ai senti une chaise longue derrière mes
genoux et je me suis assise, ma crinoline grinçant toujours un peu. Je n'avais de cesse de me
débarrasser de tout cet attirail et d'arracher les
pinces que Mrs Grayson m'avait collées dans
les cheveux (mon cuir chevelu devait être couvert de rougeurs). J'étais furieuse, je leur en
voulais, à elle et à maman, de m'avoir dégui-
sée en sachant à quel point j'avais l'air godiche
et de m'avoir envoyée à ce bal comme un petit
navire de guerre.

J'ai retiré une de mes sandales à talons
blanches, celles auxquelles ma mère tenait le
plus, et je l'ai jetée dans la piscine.

C'est alors que je l'ai vu. Il était assis de l'autre
côté de la piscine, vêtu d'une chemise blanche
et d'un pantalon kaki. Il avait baissé l'appuie-
tête de sa chaise longue et il était allongé sur le
dos, le visage tourné vers le ciel noir, une cigarette aux lèvres. Il s'est redressé sur les coudes
en observant la piscine comme si elle lui appartenait.

— Alors ?

Je n'ai rien répondu. Il pouvait me dénoncer au directeur de l'hôtel, un homme qui sentait le parfum Vitalis et ne souriait qu'aux clients fortunés.

— Vous ne retirez pas l'autre sandale ?

J'ai retiré la seconde et l'ai jetée dans la piscine.

— J'aime bien ce type de femme.

Femme. Vue de l'autre côté de la piscine, affublée de cette robe, avais-je l'air d'une femme ? Si j'arrivais à m'éclipser, la victoire était à moi.

Mais il y avait le problème des chaussures. Qu'est-ce que j'allais dire à maman ? Je pouvais facilement justifier le fait qu'elles étaient trempées. (Mais quoi ? Un serveur qui aurait renversé une cruche d'eau glacée ? Une inondation dans les toilettes ?) Comment justifier le fait qu'elles soient fichues ?

Il s'est levé et a fait le tour du bassin pour s'approcher de moi. Il a mis un certain temps car il fallait contourner toutes les chaises longues. J'avais mille fois le temps de m'enfuir en courant, mais je n'ai pas bougé. Je ne sais pas pourquoi. Je suis restée. Peut-être parce que j'avais peur d'être grossière.

J'étais tellement bien élevée.

Il s'est assis au bout de la chaise longue à côté de la mienne. Il ne me regardait pas, il contemplait la piscine.

– J'ai plus l'habitude de recevoir des ordres que d'en donner, mais vous devez le savoir, n'est-ce pas, c'est un crime de se laisser aller à la mélancolie sous la pleine lune.

«Vous devez le savoir, n'est-ce pas»… J'entendais les virgules ponctuer sa phrase. Personne dans le quartier du Queens ne parlait comme ça.

Mes pieds pendouillaient par-dessus ma chaise. Il ne devait voir que ça. J'étais gênée car j'avais des coups de soleil sur les orteils.

– J'imagine que vous êtes une rescapée du bal.

– Rescapée de l'ennemi, mon capitaine.

Je le voyais de profil, il souriait.

– Ah, dit-il. Enfin, la promotion tant attendue.

Il s'est détourné et j'ai découvert son visage sous le clair de lune. J'en ai eu le souffle coupé. Il n'était pas simplement beau, mais beau comme un acteur de cinéma. Cheveux blond foncé, nez parfaitement droit. «Un cadeau du ciel», aurait dit Margie.

– J'étais juste un soldat de seconde classe, a-t-il ajouté. Déçue?

J'ai secoué la tête : comment être déçue de quoi que ce soit chez lui?

– Cela dit, je sais comment sauver la soirée d'une jeune fille en robe de bal.

Il s'est levé et s'est incliné face à moi. Il m'a tendu la main.

– M'accorderiez-vous une danse?

– Ici?

– Attendez, m'a-t-il répondu en fronçant les sourcils.

Il s'est rassis et j'ai été cruellement déçue, même si je n'aurais jamais accepté. C'était de la folie, je ne savais même pas comment il s'appelait.

Il s'est penché pour dénouer ses lacets de chaussures. Il les a retirées avant d'enlever ses chaussettes. Ses pieds, blancs, miroitaient sous la lune. Les admirer me semblait trop audacieux, j'ai détourné les yeux.

– Je ne voudrais pas vous écraser les doigts de pied. Je ne danse pas très bien, se justifia-t-il.

Il était debout devant moi, la main tendue. J'étais trop intimidée pour la saisir.

– «Ils dansèrent sous le clair de lune, lune, lune… »

C'était venu tout seul et j'avais les joues cramoisies. Quelle réponse idiote! Quelle idée de citer ce poème sans queue ni tête, *Le Hibou et la Minouchette*[1]. Il allait me prendre pour une bécasse absolue.

– Allez, venez, minouchette, a-t-il repris avec un sourire naturel et bienveillant.

Cette fois-ci, j'ai pris sa main.

Je me sentais moins gauche que ce que je craignais.

1. *The Owl and the Pussycat*, poème anglais d'Edward Lear.

La crinoline crissait à mesure que nous tournoyions, lentement, pour contourner le bassin. Il fredonnait une mélodie. Je la connaissais.

For all we know, we may never meet again[1].

Si seulement maman et Mrs Grayson me voyaient !

Ou plutôt, non, il valait mieux que personne ne nous voie. C'était notre secret.

De temps à autre, nos chevilles se frôlaient, ou l'extrémité de nos doigts de pied. J'avais l'impression de vivre l'instant le plus intense, le plus réel, le plus beau de ma vie. Je faisais corps avec cette nuit chaude et noire. Cette nuit qui n'était que souffle et brise. Et moi, j'étais à fleur de peau.

Il fallait que j'enregistre tous les détails. Ses chevilles. Ses doigts. Sa barbe naissante, blond doré, ses joues.

Mais j'ai tout oublié, sauf ce pas de deux. Pour la première fois de ma vie, j'ai dansé, vraiment dansé, et j'ai compris comment un corps pouvait épouser un autre corps.

This may only be a dream[2]...

1. Que nous sachions, nous ne nous reverrons peut-être jamais.
2. Ce n'est peut-être qu'un rêve.

Chapitre 8

Le lendemain matin, je me suis assise devant la petite table ronde du patio d'où l'on voyait la piscine, là où nous nous étions rencontrés. Je luttais pour ne pas lever les yeux chaque fois que quelqu'un passait la porte.

La veille, il m'avait raccompagnée jusque devant ma chambre. Il s'était incliné vers moi, sans aller jusqu'au baisemain, me gratifiant d'un simple : «Merci pour cette danse.» Il m'avait tendu mes sandales trempées, qu'il avait repêchées dans le bassin avec une épuisette trouvée près de la chaise du surveillant de baignade. Il ne m'avait pas demandé mon nom. Il m'appelait Minouchette.

– Bonsoir, Minouchette, m'avait-il dit.

Les clients habituels arrivaient pour le petit déjeuner. Grinche-Mi et Grinche-Moi commandaient invariablement des œufs pochés, et j'ai dû détourner les yeux, parce que le jaune dégoulinant et la façon dont ils trempaient leur toast sans échanger un mot me répugnaient.

M. Lune de Miel prenait toujours ses repas seul. Gros Lard Sympa était en route pour Miami, ne cessait-il de répéter, mais il n'avait toujours pas décollé. Pour qui prenait son petit déjeuner tôt dans cet hôtel, le patio pouvait être l'endroit le plus démoralisant du monde.

J'ai observé mon reflet dans ma cuillère. Je me sentais comme l'image qu'elle me renvoyait, renversée, tel un personnage de BD comique, étirée, complètement déformée, stupide, tout cela à cause de cet insatiable désir que je contenais en moi.

C'est alors que la porte s'est ouverte, et il est entré.

Il s'est approché de moi en souriant. Il portait un pantalon de couleur claire et une chemise blanche dont il avait retourné les poignets.

Ses avant-bras… Comment imaginer qu'ils pouvaient être si beaux ? Je me suis concentrée sur le bracelet de cuir usé de sa montre. Tout est devenu flou, sauf les poils blonds autour de son bracelet de cuir.

— Je suis content de vous voir, a-t-il dit, j'ai oublié de vous demander comment vous vous appelez.

Si seulement ! si seulement ! si seulement j'avais eu une paire de lunettes de soleil ! J'aurais pu renverser la tête en arrière pour l'admirer sans qu'il voie mes yeux et jouer à la jeune fille mystérieuse. Hélas, c'était un petit jeu que mon visage nu et couvert de taches de rousseur m'interdisait.

– Evelyn, ai-je répondu. Evie.

– Bonjour, Evie. Ils sont bons, ces œufs ?

– Froids.

– Pour une fois qu'il y a quelque chose de froid ici. Je peux m'asseoir à votre table ?

J'ai fait oui de la tête et il s'est glissé en face de moi. Il a pris une serviette qu'il a dépliée d'un petit coup sec.

– Peter Coleridge. Ravi de cette rencontre.

Il a fait un signe au serveur et demandé :

– Merci d'apporter une nouvelle assiette d'œufs pour mon amie...

– Je vous remercie mais...

– Et pour moi, des toasts et du café, bien brûlant si possible, et un jus d'orange, glacial, s'il vous plaît.

Une fois de plus, j'ai apprécié le ton sur lequel il s'exprimait, sans vraiment donner des ordres, mais avec une autorité naturelle à laquelle le serveur répondit sur-le-champ « oui, Monsieur » avant de filer.

Grand seigneur. C'est ainsi que ma mère qualifiait ce type de comportement.

– Je suis arrivé ici hier soir, m'a-t-il expliqué. J'avais du mal à dormir, il faisait trop chaud. Alors je suis sorti. J'ai eu un coup de blues. Puis j'ai dansé avec une ravissante jeune fille et tout est allé mieux. Et vous, quelle est votre histoire ?

Il m'a jeté un regard impatient, comme si j'étais une fille qui avait une histoire à raconter.

Que répondrait Barbara Stanwyck ? Elle jouait toujours le rôle de femmes qui parlaient avec une certaine gouaille. « C'est pas un conte de fées, m'sieur », répliquerait-elle tout de go, et Dana Andrews ou Ray Milland rétorquerait sans se démonter : « Pas de problème, ma poule, parce que j'suis pas prince. »

— Je n'ai pas d'histoire, ai-je répondu. J'attends toujours que la mienne commence.

— Bien. C'est un endroit qui peut être très romanesque, ici.

Avec ses longs doigts, il a pris la tasse de café que le serveur venait de remplir.

— J'avais envie d'aller déjeuner à Delray aujourd'hui.

Delray. Il a lâché ce nom avec un brin de désinvolture, comme s'il évoquait *El Morocco*, la fameuse boîte de nuit de Manhattan. Ça devait être le lieu le plus chic de toute la Floride.

— Où est-ce ? ai-je demandé.

— Un peu au sud d'ici. C'est une vraie ville, avec de vrais habitants, pas comme Palm Beach. Ici, les gens ne viennent qu'en hiver. Delray est plus animé.

— Ah.

— C'était une façon de vous demander si ça vous ferait plaisir de venir avec moi.

Deux pensées se sont télescopées dans mon

esprit. La première : ses yeux étaient d'un vert inouï. La seconde : je n'avais sûrement pas bien entendu.

De toute façon, c'était exclu. Mes parents ne me laisseraient jamais partir avec un homme qu'ils ne connaissaient pas – car Peter (quel nom, idéal!) était un homme, pas un garçon de mon âge. D'ailleurs, s'il savait que j'avais à peine quinze ans, il retirerait immédiatement son invitation. N'avais-je pas l'air d'une gamine, là, assise en face de lui avec ma jupe bleue et mes sandales marron?

Heureusement je n'ai pas eu à répondre : le serveur nous a interrompus en posant devant moi une assiette avec des œufs au plat, et des toasts et un jus d'orange devant lui. Le verre de jus d'orange était présenté sur une coupelle en métal argenté pleine de glaçons. Mes œufs étaient si chauds qu'ils dégageaient de la fumée. J'ai pris un morceau et je me suis brûlé la langue.

Il a bu une gorgée de café en me regardant par-dessus sa tasse.

– Par définition, une fille qui jette ses sandales dans la piscine m'intrigue.

J'étais persuadée que, s'il me connaissait mieux, il me trouverait ennuyeuse comme la fumée. Les filles comme moi n'intéressaient ni les garçons de mon âge, ni les hommes. Tout le monde dans mon quartier savait que Tommy

Heckleman, qui avait douze ans, me trouvait triste à mourir.

– Je ne peux pas, ai-je avoué. J'ai quinze ans.

– On ne déjeune pas quand on a quinze ans ? a-t-il répliqué en prenant une cuillerée de confiture.

– Il faut que je demande à mes parents.

– Eh bien, demandez-leur.

– Ils refuseront sûrement.

– Dans ce cas-là, ne leur demandez pas. Un vieux truc de l'armée.

Une page a tourné dans mon esprit. L'idée ne m'avait jamais traversée que j'avais le droit de m'amuser sans leur autorisation. «Pourrais-je ? » était la question qui résumait le mode de vie d'une fille comme moi. «Allez, réagis ! » hurlerait Tommy Heckleman en me lançant une balle de base-ball à la tête.

Trop tard, maman est entrée dans le patio. Je n'ai pas eu le temps de me reprendre, elle nous a tout de suite repérés et s'est dirigée vers nous. Elle portait ses lunettes noires et ses cheveux blonds étaient encore emmêlés, comme si elle n'avait pas pris le temps de les brosser. Pas de chance, elle était rarement debout à cette heure.

Peter s'est levé pour la saluer.

Elle lui a répondu bonjour en haussant un sourcil intrigué dans ma direction.

– Je te présente Peter Coleridge. Peter... maman.

Non, ça n'allait pas. C'était la façon dont je présentais mes amis à maman dans le Queens. Il devait y avoir une façon plus élégante, une manière de faire qu'on ne m'avait jamais apprise.

Maman s'est écroulée sur la chaise vide à notre table.

— Ravi de vous rencontrer, a enchaîné Peter, avant d'expliquer en se rasseyant : J'ai fait la connaissance d'Evie hier soir.

Maman cherchait le serveur du regard.

— Je voulais juste boire un café, a-t-elle dit d'une voix pâteuse, mal réveillée.

Peter a réagi comme un vrai pro, hélant aussitôt le serveur.

— Un deuxième café, bien serré s'il vous plaît.

Il s'est tourné vers maman en ajoutant :

— D'habitude je viens en hiver. C'est la première fois que je séjourne ici en automne. L'hôtel était fermé pendant la guerre.

— Tout était fermé pendant la guerre.

Le serveur est arrivé avec le café et elle a trempé trois morceaux de sucre dans sa tasse. Le rationnement du sucre n'avait plus lieu depuis l'été, mais nous n'étions pas encore habitués à en avoir autant que nous le souhaitions. Elle a remué son café en faisant tinter sa cuillère et en a bu une longue gorgée. Elle a fermé les yeux quelques secondes, puis jeté un nouveau regard sur Peter.

— Vous me paraissez trop jeune pour avoir été enrôlé.

— C'est un compliment ou une insulte ?

— À vous de choisir.

— J'ai vingt-trois ans. J'étais en train d'expliquer à Evie qu'il y a d'autres sites à voir que Palm Beach.

— J'ai été à West Palm, a répondu maman en haussant ses épaules bronzées. Nous avons acheté un superbe ananas au marché.

— Je connais un endroit à Delray qui vous soulagera de tous vos maux.

— Qu'est-ce qui vous fait penser que je souffre ?

— Mon petit doigt. Je viens de proposer à votre fille d'aller faire un petit tour à Delray. Cela vous dirait de vous joindre à nous ?

Maman m'a toisée du regard, comme si elle venait de remarquer ma présence.

— Où exactement ? a-t-elle poursuivi.

— Un lieu qui s'appelle Tap Room. Vous connaissez ?

— Le monde est plein d'endroits où je ne suis jamais allée.

— Pas mal de monde, sympathique. Les gens du coin, les soldats de la base aérienne d'à côté. Cela dit, si vous venez, vous risquez de provoquer une rumeur comme quoi Lana Turner serait passée.

— Lana Turner…

Maman a levé les yeux au ciel, mais il était

clair qu'elle savourait le compliment autant que son café.

Lana Turner, cette belle actrice blonde et sensuelle, incarnait le fantasme de tous les hommes à l'époque. La légende disait que c'est en enfilant un pull dans un drugstore qu'elle avait été remarquée avant d'obtenir un contrat à Hollywood.

— Venez, vous leur en mettrez plein la vue.

Elle a pris son paquet de cigarettes sur la table et lentement en a extrait une cigarette. Elle a tapoté le bout contre la table en coulant un long regard vers Peter et l'a placée entre ses lèvres. Il s'est penché pour l'allumer en protégeant la flamme d'une main contre un vent imaginaire.

Ce geste, cette façon de s'effleurer, d'inspirer pour prendre une taffe en se penchant en arrière — c'était une danse qui m'échappait. Mais ce jour-là, j'ai décidé d'en apprendre les pas.

Maman a soufflé de la fumée en croisant les jambes. Elle a glissé un pied dans une de ses sandales compensées.

— Vous pouvez aussi proposer à votre mari de venir, a ajouté Peter.

— Demandez-le-lui vous-même.

Et elle a levé la main pour saluer.

C'est alors qu'il est entré. Il portait une chemise froissée et avait l'air grincheux.

– Je me suis réveillé mais tu n'étais pas là, lui a dit Joe.

Il était d'une telle humeur de dogue qu'il semblait n'avoir que faire de la présence de Peter. Il ne lui a pas accordé le moindre regard.

– J'avais mal à la tête, Joe, c'est…

Soudain, Peter s'est levé et la chaise en métal a grincé contre le sol en béton.

– Ça, c'est le pompon, Joe Spooner! s'est-il écrié. Comment allez-vous, sergent?

Il a tendu la main, que Joe s'est contenté de regarder. Il l'observait d'un air sévère, comme s'il essayait de recoller les morceaux pour savoir qui il avait face à lui. Peter a enfoui les deux mains dans ses poches.

– Peter Coleridge. J'étais le seul deuxième classe, je suis sûr que vous vous souvenez de moi. J'étais en train de bavarder avec votre épouse et votre fille, c'est une coïncidence incroyable, non? Je suis descendu en voiture de Long Island. Et vous?

– Si vous saviez le nombre de GI de mon régiment que je rencontre par hasard. Les gars débarquent sans prévenir.

– Joe ne parle jamais de la guerre, est intervenue maman.

– Et alors? On n'oublie pas les copains avec qui on s'est battu. C'est aussi bête que ça.

– Certains copains, je préférerais les oublier, a répondu Joe.

– Certains types, d'accord. Mais moi, je suis là devant vous, et quand on se lie avec un gars à l'armée, c'est pour la vie. Je me souviens très bien, vous n'arrêtiez pas de parler de votre femme. (Peter s'est retourné vers maman pour ajouter :) Les types exagèrent, la plupart du temps. Ils vous décrivent leur femme comme si c'était Betty Grable, vous jetez un coup d'œil sur leur photo et vous voyez qu'elle ressemble à Olive.

Maman riait, quand soudain Joe a attrapé une chaise en la raclant violemment contre le sol en béton. Il était d'une humeur de chien.

– Sauf que Joe, lui, n'exagérait pas. Je comprends pourquoi il est rentré chez lui tout de suite. En plus, j'ai entendu dire qu'il a réussi.

– Il a trois magasins d'appareils électroménagers, ai-je précisé.

– On n'arrêtait pas de parler de ce qu'on allait faire après la guerre, a poursuivi Peter. C'est toujours Joe qui avait les idées les plus ambitieuses.

– Et toi, Coleridge ? a demandé Joe. Qu'est-ce que tu fous ici ?

– Mon vieux a quelques affaires dans le coin. Je comptais plus ou moins m'en occuper, ou descendre jusqu'à Miami. En tout cas, je reste ici un certain temps.

– Peter vient de nous parler d'un endroit qui a l'air épatant à Delray, a dit maman. Il nous propose de nous y emmener.

— Je vous invite aussi, bien sûr, a renchéri Peter.

J'ai croisé les doigts sous ma jupe, comme une gamine. «S'il te plaît, s'il te plaît, je t'en supplie, dis oui.» Les pères avaient toujours le dernier mot. Il suffisait que Joe dise non pour qu'on ne puisse pas y aller.

— Allez, sergent, a insisté Peter. On a traversé quelques épreuves ensemble. Mais petit à petit, je me remets. Comme vous, si je ne m'abuse.

Joe agitait nerveusement le pouce contre la clé de sa chambre.

— Si vous remontiez dans la chambre un instant, les filles ? Je vais boire un café avec Pete ici.

Le fait qu'il l'appelait Pete, et non pas Peter, m'a semblé bon signe. Sur le moment, je n'ai pas remarqué qu'il faisait claquer ses lèvres en prononçant le P, comme une insulte. J'y ai vu une forme de complicité.

J'ai suivi maman jusqu'à la porte de l'hôtel en essayant d'imiter sa démarche ondoyante tandis que les pans de ma vieille jupe bleue tournoyaient en bruissant autour de mes jambes. Et c'est ainsi que nous sommes sorties, telles deux Lana Turner, abandonnant les hommes qui nous suivaient du regard.

Le pire — peut-être même pire que tout ce qui est arrivé après — c'est qu'aujourd'hui, si je devais recommencer à zéro, je ne changerais rien.

Chapitre 9

Ma vie, comparée à celle des enfants de mon âge, avait toujours été un peu particulière parce que maman travaillait. Elle n'avait pas le choix, elle avait commencé à l'âge de quatorze ans parce qu'elle avait perdu ses parents dans un accident de métro. Ils allaient au cinéma et le métro avait déraillé à Times Square. Maman avait été confiée à son oncle, Bill, son unique parent connu. Tous les jours après le lycée, elle travaillait dans sa boutique *Sweet Shop'N Luncheonette*, et c'est là qu'elle avait rencontré mon père. Elle s'était mariée à dix-sept ans et, après la disparition de mon père, l'oncle Bill lui glissait un ou deux dollars supplémentaires le jour du loyer. Puis il mourut et la tante Vivian, elle, ne nous donna plus jamais un sou en plus. Maman disait que nous devions être reconnaissantes à cette vieille sorcière de l'avoir autorisée à garder son job.

Je rêvais d'un père, n'importe quel type de père. Sévère, drôle, un père qui m'achèterait des robes roses, un père qui préférerait avoir un fils, un père qui voyagerait, un père qui ne quitterait jamais son fauteuil Morris. Un père médecin, avocat, chef indien… Je rêvais de voir de la crème à raser dans le lavabo et d'entendre des sifflements dans l'escalier. Voir des pantalons accrochés du côté du revers dans la penderie. Entendre de la monnaie tinter au fond des poches et des glaçons craquer dans un verre à pied à dix-sept heures trente. Entendre maman rire derrière une porte close.

Si j'avais eu le choix, j'aurais choisi le même type d'homme que Joe. J'étais comme maman, je le trouvais irrésistible. J'étais fleur bleue. Dès qu'il rentrait, je m'arrangeais un peu. Je riais à la moindre de ses plaisanteries et je m'assurais qu'il y avait de la bière dans le réfrigérateur à son retour, même s'il fallait sacrifier le lait pour en acheter.

Joe et maman étaient sortis ensemble tous les mercredis et les samedis pendant un an. Très souvent, le dimanche après-midi, Joe nous emmenait à Rockaway Beach ou en ville, pour le plaisir de nous offrir un soda dans un drugstore. Noël approchait et maman avait envie d'une bague, ou au moins d'une promesse de bague. Mais c'était au-dessus de ses moyens. Il avait perdu son job dans une quincaillerie en pleine période de vaches maigres, alors il accumulait les petits boulots à droite et à gauche pour s'en sortir. Deux nuits par semaine, il servait de l'essence, et trois après-midi par semaine, il livrait des caisses de bouteilles de soda et d'eau de Seltz.

Maman commençait à désespérer, et le dimanche matin, après être sortie avec lui, elle tournait en rond en pianotant nerveusement sur la cafetière plutôt que de chantonner.

Puis ce fut Pearl Harbor, le 7 décembre 1941, et nous avons écouté le discours du président comme tout le monde, les yeux rivés sur le transistor de peur de rater un mot si nous le quittions du regard. J'avais à peine neuf ans mais j'avais compris qu'un événement épouvantable avait eu lieu ; au moins ce n'était pas notre faute, pensais-je. Plus tard dans la soirée, nous avons entendu des pas lourds sur les marches. C'était Joe. Il nous a annoncé que cette fois-ci c'était à nous, et tout le monde disait que l'Allemagne serait la prochaine à tomber. Il avait décidé de s'enrôler et a demandé à maman de l'épouser sur-le-champ. Le souvenir de sa demande en mariage se mêle aux voix de la radio qui parlaient de mort, d'explosions et de navires perdus dans un lieu dont je n'avais jamais entendu parler, suivies de l'image de maman sanglotant contre l'épaule de Joe.

Autour de nous, tout le monde semblait mourir ou disparaître.

Maman et moi, nous avons traversé la guerre en croisant les doigts et en attendant le retour de Joe. Le samedi soir, j'étais debout à côté d'elle quand elle lui écrivait et je lui suggérais des idées auxquelles j'avais réfléchi pendant la semaine, de petits détails qui accentueraient son mal du pays pour qu'il se batte avec plus d'ardeur encore. J'étais convaincue qu'il ne mourrait pas. Pas en sachant que nous l'attendions à la maison.

Quatre années ont passé ainsi. Il avait des permissions, au cours desquelles il débarquait dans son superbe uniforme, et nous défilions avec lui, fières comme Artaban, en le tenant chacune par le bras. Puis il repartait, et nous recommencions à nous faire du mauvais sang et à guetter les journaux et le courrier, comme tout le monde. Hélas, quand ses lettres arrivaient il nous semblait encore plus éloigné, car c'était sous forme de *Victory-mail* : les lettres étaient photographiées et réduites par l'oncle Sam, comme si la personnalité de l'expéditeur était comprimée elle aussi.

Il est rentré définitivement un an après la fin de la guerre. «Encore un peu de nettoyage à faire», nous avait-il expliqué. Il était en poste à Salzbourg, en Autriche.

J'ai tout de suite vu où se trouvait Salzbourg parce que j'avais accroché une grande carte sur le mur de la cuisine. Comme tout le monde, j'avais fait des progrès en géographie pendant la guerre. Je savais où se trouvaient la Normandie, les Philippines et Anzio, en Italie. Je pouvais épingler chacun de ces sites les yeux fermés ou presque. «Épingle-moi la bataille», me demandait maman. Et elle priait pour que Joe n'y soit pas.

Les derniers mois furent les plus pénibles. Nous avions l'impression que tous les jours, le père, le mari ou le fils d'une voisine revenait, et la famille fêtait le retour dans le salon ou le jardin.

Quand le père de Margie est rentré par exemple, elle s'est promenée en affichant une insolence rayonnante pendant des semaines. Je n'étais pas loin de la haïr. «Ton père était un vulgaire deuxième classe, avais-je envie de lui balancer. *Pfft!*»

Nous n'en parlions jamais, mais je savais ce que maman ressentait, car j'avais la même impression, que Joe n'avait été qu'un rêve.

Quand soudain, un beau matin d'avril, il a débarqué en ouvrant la porte avec enthousiasme, un immense bouquet de fleurs dans les bras. Je me souviens du courant d'air printanier et frais sur mes joues, de la façon dont il a laissé la porte grande ouverte, que même grand-mère Glam ne s'est pas levée pour fermer. Tous les voisins sont venus pour saluer son retour et personne n'est reparti avant une heure du matin. Le général Eisenhower en personne n'aurait pas pu me forcer à me coucher tôt ce soir-là. J'arborais le cadeau que Joe m'avait rapporté, un bracelet en or, ancien, que je n'arrêtais pas de faire tourner autour de mon poignet. En or pur, m'avait-il précisé.

Je ne le retirais jamais, ce bracelet, même dans la baignoire. Je n'avais jamais réfléchi à la personne à qui il avait pu appartenir. J'étais trop occupée à remonter les manches de mon pull pour que tout le monde le voie.

Moins de deux mois après son retour, Joe ouvrit son premier magasin d'appareils électroménagers dans le Queens. «Vous avez vu ça? disait-il. Ils se battent pour me prêter de l'argent maintenant.» Puis il en inaugura un second à Brooklyn, et il projetait d'en ouvrir deux nouveaux. Tout le monde rêvait d'acheter une machine Bendix flambant neuve de chez Spoon.

Le jour où ils s'étaient mariés à la mairie, *Life*, le magazine qui traînait sur toutes les tables basses en Amérique, avait envoyé un photographe. Le journal cherchait des hommes qui passaient la bague au doigt à leur fiancée avant de partir au combat. Joe était allé droit vers le photographe et lui avait raconté son histoire : il avait réussi à séduire Beverly Plunkett, la plus jolie fille du Queens, et on les surnommait, lui, The Spoon ou «la cuillère», et elle, The Dish ou «le plat»[1].

---

1. *The Dish* signifie aussi «poupée», en argot. Le jeu de mots est intraduisible en français.

C'était Joe tout craché. Car maman n'avait jamais eu de surnom, c'était une pure invention de sa part. Il avait trouvé le gros titre idéal en claquant les doigts, comme Mandrake le magicien[1]. Il lui avait fait l'article, littéralement, en lui vendant ça comme il vendait ses appareils électroménagers.

La photo, dans un cadre en argent, trônait sur le manteau de la cheminée. Elle les représente en train de sauter de la troisième marche de la mairie sur le trottoir, bras dessus bras dessous. Sa chevelure blonde vole dans les airs et elle a la bouche peinte d'un rouge sombre. C'est le cœur de l'hiver, les trottoirs sont couverts de neige, les maris, les frères et les pères s'apprêtent à partir pour la guerre, mais elle, Beverly Spooner, a la vie devant elle, comme un long ruban de ciel bleu. Il suffit de voir ses dents blanches éclatantes, le gardénia qu'elle porte au revers de son manteau en poil de chameau, et la façon qu'elle a de serrer l'un de ses deux poings gantés, prête à foncer sur Herr Hitler des fois qu'il oserait lui bloquer la voie du bonheur.

En haut de la photo, la légende résume :

ET LE PLAT S'EST ENVOLÉ AVEC LA CUILLÈRE.

---

1. Héros de la bande dessinée publiée en France sous ce titre par les éditions Glénat.

J'étais à la mairie, ce jour-là. Maman a même demandé si je pouvais figurer avec eux sur la photo. J'ai vu le regard du photographe glisser sur moi, pauvre gamine de neuf ans sans charme, avec mon manteau écossais et mes jambes couvertes de chair de poule à cause du froid. Le photographe a pris la photo mais je savais que ce n'était pas celle qu'ils choisiraient. J'étais exclue de la fête, exclue des paillettes. L'article de *Life* ne mentionnait pas ma présence. C'était comme si maman se mariait pour la première fois.

Nous nous étions arrêtées dans un bar avant d'y aller. J'avais attendu dehors avec le petit bouquet de la mariée protégé dans une boîte. J'étais flattée. Grand-mère Glam avait refusé de venir. Je serais l'unique témoin. «*Bye-bye*, Evie Plunkett», ne cessais-je de me répéter. Evie Spooner. Evie Spooner. Mon nouveau nom avait un goût de confiture de framboises. Non seulement ça, mais j'avais un nouveau papa.

Chapitre 10

Finalement, les Grayson sont venus avec nous et nous sommes descendus à Delray Beach dans leur Cadillac flambant neuve. Nous avons trouvé une place sur une terrasse au soleil où soufflait une agréable brise. Tout le monde a commandé des hamburgers. Je sirotais ma limonade comme si c'était un vrai cocktail.

Maman, Peter et les Grayson discutaient à bâtons rompus. Tous les sujets dont parlent les adultes défilaient : la pluie et le beau temps, les cocos auraient-ils un jour la bombe, saviez-vous que Fiorello LaGuardia était dans le coma, la maison de Peter à Oyster Bay, sur l'île de Long Island… Manifestement, Peter n'avait pas envie d'insister car il a très vite détourné le sujet de la conversation sur les Grayson. Il avait entendu parler de l'hôtel qu'ils possédaient, *Le Métropole*, qui, disait-on, était un des meilleurs de New York. Mr Grayson semblait ravi du compliment. C'était un homme mince qui, avec ses lunettes à monture en écaille, ressemblait plus à un professeur qu'à un hôtelier. Il paraissait difficile à aborder, mais Peter était diplomate.

Les adultes bavardaient tant que je ne pouvais pas en placer une. Impossible d'attirer l'attention de Peter comme la veille. Je me sentais de nouveau gamine, bécasse, avec mon verre de limonade et mes sandales marron.

Joe était de mauvaise humeur, mâchant son hamburger avec hargne. Je ne l'avais jamais vu comme ça. En outre, sous le soleil resplendissant, il avait l'air plus âgé. Il s'est retourné pour demander au serveur une deuxième bière et j'ai aperçu la peau de son crâne sous ses cheveux.

— Tout ce que les gens veulent par les temps qui courent, c'est sauter dans une bagnole et profiter du volant, a déclaré Peter. Surtout les anciens GI. Moi, je me suis enrôlé le lendemain du jour où j'ai eu mon diplôme à la fac. J'ai conduit de New Haven à New York.

— Ah, vous sortez de Yale ! s'est exclamé Mr Grayson.

— Tout ça pour passer trois ans à recevoir des ordres. J'en avais ma claque. Pas vrai, Joe ?

Pas de réponse. Joe avait la bouche pleine.

— Et vous, Tom ? a poursuivi Peter.

— Exempté, a répondu Mr Grayson. Problème de cœur.

Un silence a suivi. À l'époque c'était la honte. Réformé, 4-F. Inapte au service militaire.

— Quand j'étais sur le front, je me disais que

les gars qui ne pouvaient pas se battre servaient à maintenir la cohésion de la nation, a repris Peter. Grâce à eux, on aurait un pays en état au retour. Mon frère John était 4-F, comme vous. J'estime qu'il a plus contribué à l'effort de guerre que moi. Il était ingénieur dans une usine d'armement. Tout ce que j'ai fait, moi, c'est patauger dans la gadoue. Le vrai héros, c'est John.

Il était sérieux et regardait Mr Grayson avec respect. Celui-ci a relâché ses épaules, visiblement soulagé, et Mrs Grayson a paru reconnaissante.

– Mmm, comme c'est bon! s'est exclamée maman en buvant une longue gorgée de jus d'orange frais. Tu as déjà bu un jus de fruits aussi divin, Arlene?

– Jamais. Ils se réservent les meilleures oranges, j'imagine.

– Les rats adorent les orangers, a remarqué Joe, qui n'avait pas moufté depuis un moment.

– Arrête cet humour morbide, a répliqué maman.

– Comment ça, morbide? Ces pauvres petites bêtes ont besoin de vitamines, comme nous.

Mrs Grayson a ri.

Maman n'avait pas touché à son hamburger. J'ai repoussé le mien. La viande m'avait l'air faisandée, et n'allait pas tarder à empester avec la chaleur.

De grosses gouttes de transpiration perlaient sur le front de Tom Grayson.

– J'ai compris pourquoi l'hôtel est ouvert alors que c'est la basse saison, a-t-il dit. Il est en vente.

– Tu songes à le racheter ? a demandé sa femme.

– Tu penses que ce serait de la folie ?

– Oui.

– Pas si fou que ça, est intervenu Peter. Aujourd'hui on trouve de l'essence partout. De plus en plus de gens vont voyager.

– Vous avez raison, a répondu Mr Grayson en se redressant sur sa chaise. Sans compter le jour où les bâtiments auront la climatisation. Ça attirera les touristes.

– Je suis en train de chercher à élargir ma clientèle aux hôtels et aux restaurants, a renchéri Joe. Il y a un vrai marché de ce côté-là.

– C'est ici que vous devriez vendre vos produits, a ajouté Mr Grayson en s'éclaircissant la gorge comme s'il venait de se réveiller. Je vous le promets, la région va connaître un boom incroyable.

– Joe est un homme d'affaires avisé, a poursuivi Peter. Il sait saisir sa chance. Pas vrai, Joe ?

Joe n'a pas répondu. Il a hoché la tête en direction de Mr Grayson, comme si tous deux étaient les seuls hommes d'affaires dignes de ce nom et que Peter était trop jeune pour comprendre.

Mais Peter s'en fichait. Il s'est retourné vers maman pour l'interroger :

— Et vous, Beverly ? Pensez-vous que la Floride va connaître un boom ?

— Les gens aiment recommencer à zéro, a-t-elle répondu en le regardant sous son grand chapeau de paille. Vous ne risquez pas de perdre de l'argent en pariant là-dessus.

— Le paradis de la Floride me paraît pas mal indiqué pour ça, a renchéri Peter.

— Le paradis est peut-être un peu surestimé.

— Madame, je vous trouve un peu dure.

— Moi ? Je suis douce comme un agneau.

— On devrait tous aller pêcher ensemble un jour, les a interrompus Joe. Louer un bateau et partir en mer.

— Je n'aime pas la pêche, a répondu Peter.

— Vous avez pitié pour les jolis petits poissons ? a demandé maman.

— Ouais. J'ai pitié pour tout ce qui se fait piéger à l'hameçon.

— J'adore le bateau, a déclaré Mrs Grayson. Tom et moi, nous allions régulièrement dans le sud de la France avant la guerre. C'était une époque exceptionnelle. Nous avions l'impression que rien ne changerait jamais.

Elle a écrasé son mégot de cigarette et ajouté :

— Allez, nous avons tous besoin d'un petit café.

Mr Grayson s'est retourné pour appeler le serveur.

J'ai eu un instant de panique. Le déjeuner touchait à sa fin et je n'avais pas dit un mot.

— Qui serait partant pour une petite balade à pied ? a lancé Peter.

Je me suis levée et j'ai failli renverser ma chaise en arrière.

— J'y vais ! ai-je répondu.

— Ne vous inquiétez pas, sergent. Je veillerai sur elle.

Nous avons quitté la terrasse pour descendre vers la plage du côté du pavillon de surveillance.

— Enfin, on a largué nos chaperons. Allez, viens, m'a-t-il chuchoté à l'oreille.

Il a pris ma main et nous avons traversé Atlantic Avenue en courant. Ses doigts étaient mêlés aux miens et il balançait nos bras dans les airs.

Arrivé au pavillon, il m'a lâchée. Nous contemplions l'océan pour éviter de nous regarder. Je n'avais qu'une envie, reprendre sa main dans la mienne.

Le vent s'est levé, nous soufflant en plein visage.

— Tu es sacrément observatrice, m'a-t-il dit. Je t'ai vue. Tu observes et tu écoutes. Mais tu sais ce que je crois ? La seule chose qui n'est pas transparente à tes yeux, c'est toi-même.

Je n'en revenais pas. J'étais en train de me demander quelle platitude j'allais sortir à propos de la pluie et du beau temps, mais il est allé droit au but.

— Qu'est-ce que tu veux dire ?

— Tu ne sais pas que tu es ravissante. Ça se voit à ta façon de marcher. C'est dommage.

— Un jour, grand-mère Glam m'a dit que j'étais aussi banale qu'un bol de soupe de haricots yankee.

Je m'attendais à ce qu'il rie, mais pas du tout.

— Ton problème, c'est que ta mère a un physique spectaculaire. Tu es aveuglée par elle. Tu es incapable de voir ce que tu as en face de toi dans le miroir. Du coup, tu as besoin de te l'entendre dire par un grand frère, en l'occurrence, moi. Tu es jolie, tu sais.

Un grand frère. J'ai été piquée au vif.

— Si tu étais mon frère aîné, tu m'appellerais Bécassine. C'est comme ça que Frank Crotty m'appelle chez moi.

— Parce qu'il t'aime bien.

— Frank ? Il n'y a qu'un truc qui l'intéresse, c'est les Dodgers.

— Ma chérie, tu as encore beaucoup à apprendre sur les garçons.

J'ai rejeté mes cheveux en arrière comme Barbara Stanwyck.

91

— Ah ouais ? Et qui va me l'apprendre ?

— J'avoue que la mission est tentante, a-t-il répondu en souriant.

Le temps avait changé. Les nuages étaient bas et sombres, et l'océan étale, gris et lourd comme une plaque de métal.

De grosses gouttes ont commencé à tomber mais il n'a pas bougé.

— Une mission tentante, mais il vaut mieux que je laisse tomber et que je ne m'approche pas trop près de toi, mon bébé.

Je suis restée muette. Pourquoi s'approcherait-il ? Personne ne s'était jamais approché de moi.

— En tout cas, je vais essayer, a-t-il conclu.

Le ciel se déchira et une violente averse s'est abattue sur nous. Nous étions debout face à face. Je tremblais car je sentais que quelque chose se passait. Quelque chose de mystérieux, qui n'était pas de mon âge.

Il a pris ma main et j'ai senti la sienne, chaude et humide, alors que nous courions sous les gouttes pour rentrer.

Chapitre 11

J'ai passé la journée du lendemain à arpen-
ter le hall de l'hôtel en essayant de marcher
comme une femme consciente de sa beauté.
Je regardais les clients aller et venir : Mrs Grayson qui fila sur un vélo avec un grand chapeau
dans son panier ; Mr Grayson et Joe qui par-
tirent ensemble en voiture ; Mme Lune de Miel
qui allait à la piscine… J'étais persuadée que
plus jamais je ne le reverrais. Pas après la façon
dont il m'avait toisée. Pas après avoir lâché :
« En tout cas, je vais essayer. »

L'après-midi a passé et j'étais de plus en
plus impatiente, aux abois, parce que sa voiture avait disparu du parking. L'heure du dîner
approchait, quand j'ai eu une idée. Je suis
allée à la réception et j'ai attendu que le directeur remarque ma présence. J'avais à la main
un bout de papier à en-tête (très vite devenu
humide) de l'hôtel sur lequel j'avais écrit :
« Merci pour le déjeuner. J'ai passé un moment
très agréable. J'espère te revoir bientôt ! Evelyn
Spooner. »

J'ai failli repartir parce je trouvais le point d'exclamation ridicule.

– Je voudrais laisser un message, ai-je bafouillé quand enfin le directeur a daigné me regarder. Pour Mr Coleridge.

Mr Forney avait une toute petite moustache et des lèvres fines et sèches. Il m'a dévisagée comme si j'étais un cloporte échappé de la suite Lune de miel.

– Mr Coleridge est parti.

Ma tête s'est mise à tourner et j'ai traversé le hall sans savoir où j'allais.

Le garçon qui m'avait invitée à danser au bal du lycée, Wally, s'est pointé derrière moi en confirmant :

– Il est parti hier, sans laisser d'adresse où faire suivre, rien.

Je n'avais pas pensé à lui demander une adresse.

– C'est pas grave, ai-je répondu en haussant les épaules et en glissant le mot dans ma poche.

– Je voulais juste te prévenir, a ajouté Wally.

La nuit tombait et j'étais défaite. Cela signifiait que j'irais me coucher sans le revoir. Maman et Joe discutaient dans le hall avec les Grayson autour d'un dernier verre. Je suis sortie en me disant que si je m'éloignais, si je prenais la bonne rue, je tomberais sur lui. Mais les rues étaient vides, comme d'habitude.

Je suis rentrée tard. Heureusement, depuis que nous étions en Floride, maman et Joe avaient abandonné toute idée de couvre-feu. «Qu'est-ce qu'il pourrait bien lui arriver?» avait répondu Joe à maman qui avait bredouillé un «mais si…».

Soudain, j'ai vu deux silhouettes qui semblaient ne former qu'une ombre sous les arbres.

— Non, se défendait la femme, la voix cassée, en larmes. Je refuse. Tu vas trop loin. Fais-le, mais sans moi.

La porte de l'hôtel s'est ouverte et une femme de chambre est sortie avec un sac-poubelle. Sous le faisceau de lumière, j'ai reconnu Tom et Arlene Grayson.

Mrs Grayson m'a jeté un regard incrédule. Elle avait le visage humide et la bouche déformée. Elle a brusquement repoussé son mari dans l'ombre.

Il était tôt ce matin et j'étais seule à la piscine. Je me suis laissée glisser dans l'eau jusqu'à ce que mon corps touche le fond et rebondisse. Puis j'ai fait plusieurs allers-retours. Je sortais la tête pour respirer au bout d'une longueur quand, soudain, j'ai vu le groom, Wally, qui m'observait en douce. Dès qu'il a vu que je l'avais repéré, il s'est approché.

Il était à contre-jour et je ne voyais pas son visage.

— Alors, miss New York, pourquoi es-tu allée au bal si tu ne voulais pas danser ?

J'ai fait la planche en agitant les pieds pour ne pas couler.

— Parce que je pensais que tu aurais du mal à suivre.

— Et si j'avais suivi ? a-t-il répondu en s'accroupissant au-dessus de moi.

— Trop tard.

— C'est le dernier bal avant le mois de décembre, alors tu as sans doute raison. Mais tu as laissé passer une occasion.

— Je ne m'en remettrai jamais, ai-je lancé avant de rouler sur le côté pour plonger.

Quand j'ai refait surface, Wally avait disparu et j'ai aperçu Mrs Grayson. Elle était assise sous un parasol et écrivait sur un bloc de papier, avec une pile de cartes postales à côté d'elle. Je suis sortie de la piscine et elle m'a fait signe de la main. J'ai pris une serviette et je suis allée vers elle.

Elle a tapoté sur la pile de cartes du bout de son stylo.

— Nous sommes les deux lève-tôt de l'hôtel, j'ai l'impression, a-t-elle dit.

Je ne voyais pas ses yeux, cachés derrière ses lunettes noires.

— «Tu nous manques», c'est un cliché, non ? On écrit ça mais on le pense rarement, tu ne crois pas ? Du reste, pourquoi venir en Floride, si ce n'est pour couper les ponts ?

— Vous cherchiez à couper les ponts ?

Un coup de vent a fait valser ses papiers. Je me suis précipitée pour les ramasser quand j'ai posé un pied sur un bout de papier à en-tête de l'hôtel. Je ne l'ai pas lu. Pas vraiment. Mais les mots m'ont sauté aux yeux. « Ça risque de nous exploser au visage… Il serait plus sage de retarder l'envoi du télex autant que possible pour toi. »

J'ai aperçu l'extrémité de sa sandale noire, vite, j'ai ramassé le mot et je lui ai tout rendu.

Elle a glissé le bout de papier dans son sac avec élégance. Puis elle a incliné la tête de côté en me regardant et dit :

— Tu as conscience que Bev t'habille comme une gamine ? L'autre jour, je t'ai vue avec une robe-tablier. Tout de même ! Quel âge as-tu ?

— Seize ans en octobre. Le trente et un.

— Ouh là, mais c'est bientôt. Si je t'emmenais faire un peu de shopping ?

J'hésitais. Je n'avais pas envie de quitter l'hôtel. Et si je ratais Peter ?

— Ma chérie, si j'ai un conseil à te donner, n'attends jamais un homme, jamais. Et si je revois un jour cette vieille robe bleue, je hurle. Je connais une boutique à West Palm, qui n'est pas mal. Je t'offre une nouvelle robe, d'accord ? Ne dis pas non. Nous verrons bien ce qu'on trouve dans le coin.

Elle m'a adressé un clin d'œil complice,

comme si j'étais une adulte, et nous sommes montées nous changer. Peu après, elle frappait à notre porte avec détermination. Maman a ouvert, encore en peignoir. On entendait Joe qui se mouchait sous la douche.

– J'emmène ta fille faire un peu de shopping en ville. Je t'interdis de refuser, je lui offre tout.

– Arlene, a répondu maman, pas vraiment ravie, c'est gentil mais je ne suis pas sûre que ce soit une bonne idée. Sans compter qu'elle a déjà plein de vêtements.

– Je ne suis pas d'accord. Evie est une jeune fille qui a besoin d'être mise en valeur.

– Elle est trop jeune.

– Interdit de refuser. Allez, ouste, a rétorqué Mrs Grayson. Profites-en pour passer une matinée agréable avec ton mari.

– OK, je me rends.

Et maman a levé les mains comme si son amie allait l'arrêter.

Mrs Grayson descendait l'avenue Royal-Poinciana, une main sur le volant et en écoutant Tex Williams chanter *Smoke, Smoke, Smoke that Cigarette* à la radio. Je jetais des coups d'œil discrets sur elle, fascinée par son assurance et son allure folle. Car il suffisait qu'elle se déplace dans une pièce ou s'incline pour ramasser un verre et elle dégageait un pouvoir de fascination inouï. Elle avait un visage plutôt plat, une bouche large et de petits yeux noisette. Le tout n'était pas particulièrement harmonieux, surtout qu'elle avait les cheveux mouillés parce qu'elle sortait de la piscine. Alors comment une femme parvenait-elle à convaincre qu'elle était belle alors qu'elle ne l'était pas ?

Ce jour-là, elle ne portait pas de chapeau, mais un foulard noué en bandeau pour retenir ses cheveux sur son front. Elle avait un haut plissé, bien dégagé sur ses épaules dorées, et une jupe à rayures, ample, qui lui tombait jusqu'aux chevilles. Un large bracelet en argent serti d'une turquoise glissait sur son bras chaque fois qu'elle levait la main pour la passer dans ses cheveux ou pour appuyer sur l'allume-cigares.

J'avais du mal à croire que quelques jours plus tôt, je l'avais vue le visage défait et en larmes. Était-ce un rêve ?

– Mr Grayson va acheter l'hôtel, vous pensez ?

Elle a lâché un léger *pfff* en tournant le volant vers la gauche avec la paume de sa main.

– Un accès de fièvre tropicale, voilà ce que c'est.

C'est alors que j'ai aperçu une voiture décapotable un peu plus loin devant nous. Elle a tourné dans une petite ruelle qui menait au centre de l'île. Mon cœur battait la chamade et, un instant, ma vue fut brouillée. C'était la voiture de Peter. Il était là! Si seulement il m'avait vue, toute seule à côté de Mrs Grayson. Qui sait si nous ne nous serions pas salués de la main, s'il ne nous aurait pas suivies, si…

— Tu as vu cet hôtel, *Les Brisants*? C'était un hôpital pendant la guerre, m'a expliqué Mrs Grayson. Là, au coin, il y avait un mess pour les soldats. En tout cas, c'est ce qu'on m'a dit. La guerre a apporté beaucoup de bonnes choses, au fond. C'est étrange, non? Même les gens les plus étroits d'esprit avaient de quoi s'occuper. Remarque, maintenant ils ont les espions communistes pour s'occuper.

Jamais je n'avais entendu parler de la guerre en ces termes. Était-ce parce que Mr Grayson avait été exempté?

— Vous avez perdu des parents pendant la guerre? ai-je demandé.

C'était une question qu'en principe on ne posait pas, même si, à un moment ou à un autre, elle finissait toujours par être posée.

— Oui, a-t-elle répondu.

Nous sommes arrivées à Clematis Street, dans West Palm, et elle a trouvé une place pour se garer. Elle a pris sa pochette en raphia et la conversation s'est arrêtée là. D'habitude, les gens vous répondaient : «Mon oncle Jimmy a été tué à Guadalcanal», ou : «Mon frère John est mort à Omaha Beach.» Et l'on comprenait tout de suite, parce qu'on connaissait par cœur le nom de chaque bataille dans chaque pays, chaque île du Pacifique Sud, outre l'année exacte et le mois.

Arlene Grayson avait simplement répondu oui.

Dans Clematis Street, une foule de gens déambulaient, faisaient du lèche-vitrines ou s'engouffraient dans les magasins pour profiter de l'air conditionné. Mrs Grayson a sauté de la voiture en refermant la portière d'un coup de hanche comme si elle dansait la rumba. Un homme s'est arrêté en plein trottoir pour l'admirer.

Elle est entrée d'un air décidé dans une boutique de prêt-à-porter et je l'ai suivie. Elle passait entre les rayons en triant d'une main experte les cintres qui cliquetaient sur les portants, ignorant poliment les commentaires de la vendeuse — « Ces rayures vert menthe apportent un peu de fraîcheur quand il fait très chaud ». Quant à moi, j'ai hésité devant une robe à basques en rayonne rose, avec une longue jupe plissée.

— Pas de rose, a déclaré Mrs Grayson en la raccrochant sur son portant.

Quelques instants plus tard, j'entrais dans la cabine d'essayage, les bras chargés de robes. C'était une vraie fournaise et j'avais peur de transpirer en les essayant. Je sentais la présence de Mrs Grayson qui attendait derrière le rideau et je me demandais jusqu'à quand elle aurait la patience d'attendre. J'ai enfilé un premier modèle, en seersucker, sans manches, dont la taille était très marquée. J'ai été surprise de voir qu'il m'allait parfaitement.

— Alors, je peux voir ?

Je n'ai pas eu le temps de répondre, elle a tiré le rideau. Elle m'a déshabillée du regard en agitant l'index pour que je tourne sur place.

— Bien. Maintenant, essaie l'imprimée.

J'ai essayé la robe en question, en rayonne, à manches courtes, avec un bel imprimé et des boutons rouges, mais elle a secoué la tête en signe de désapprobation.

— Passe l'autre.

Cette fois-ci, c'était une grande jupe évasée avec un haut à carreaux vichy dégagé sur les épaules, comme ce qu'elle portait ce jour-là.

— Parfait, on prend celle-ci, la robe en seersucker, et le pantalon blanc, là. Tu pourras porter le chemisier que tu as avec. Cela dit, enlève-moi ce nœud. Emprunte un des foulards de Beverly et noue-le en ceinture. Mets en valeur ta taille, ma chérie, un jour tu la perdras, crois-moi. Bon, maintenant, il te faut quelque chose pour sortir.

Elle m'a passé une robe du soir, bleu pâle, avec un bustier et une jupe ample.

— C'est notre modèle Clair de lune, a commenté la vendeuse, la plus jolie robe de la boutique.

– Auriez-vous la gentillesse de m'apporter une paire de chaussures à talons pour aller avec, s'il vous plaît ?

C'était une manière à peine dissimulée de congédier la vendeuse.

Je me suis glissée dans cette superbe tenue de soirée. Mrs Grayson est rentrée dans la cabine en souriant.

– Il va falloir que tu balances ça, a-t-elle lancé en dégrafant mon soutien-gorge d'une main experte avant de le jeter dans un coin.

J'avais les joues cramoisies. Heureusement, j'ai trouvé agréable de sentir ses mains fraîches et habiles remonter la fermeture éclair dans mon dos avant d'accrocher les agrafes du haut. La robe tombait parfaitement, avec une taille marquée et de longs pans de soie qui glissaient jusqu'aux chevilles. Le tissu était d'un bleu si pâle et chatoyant qu'il était presque blanc. Enfin, j'ai enfilé une paire de sandales à talons comme jamais, au grand jamais, je n'en porterais pour aller en classe ou à l'église.

– Vous ne pouvez pas m'offrir cette robe, me suis-je défendue. C'est trop.

– Quand on fait du shopping, il faut toujours finir par un petit extra, a-t-elle répondu en observant mon reflet dans la glace. (Elle a délicatement dégrafé le dos de la robe.) Il faut que tu saches une chose, Evie, ça me fait un immense plaisir de t'offrir ces cadeaux.

— Mrs Grayson, je ne sais pas comment vous remercier…

— Amuse-toi, voilà comment tu me remercieras. Mais fais-moi le plaisir de changer de coiffure. (Elle a retiré les barrettes que j'avais au-dessus du front.) Lâche tes cheveux. Porte-les avec la raie sur le côté, et la nuit, mets-toi des pinces.

Elle a poursuivi en souriant :

— Tu as l'âge parfait pour un premier amour, une petite aventure. Tu pourras rentrer chez toi et raconter ça à ta meilleure amie.

Elle est allée payer à la caisse et je me suis rhabillée à la hâte, gênée de voir qu'elle avait deviné ce que je croyais avoir dissimulé. J'avais envie de lui répondre que mon but n'était pas d'impressionner Margie, ni personne. C'était une réaction infantile. J'étais plus mûre que les filles de mon âge.

Je pensais à Peter nuit et jour. Il était derrière chacune de mes phrases, chacune de mes pensées. C'était la première fois que j'éprouvais cette faim, terrible et sublime à la fois, qui dépassait tout ce que j'avais vu au cinéma.

Mrs Grayson a déposé les sacs sur le siège arrière de la voiture avant de s'installer au volant.

Quelque chose chez elle m'inspirait confiance. Elle était directe, elle s'adressait à moi comme à une amie, pas la fille d'une amie. Les sacs empilés à l'arrière créaient une atmosphère rassurante, propice aux confidences. J'avais besoin de me confier à quelqu'un qui comprenne. C'est ainsi que je me suis surprise à avouer, alors que chaque mot me coûtait :

— Je ne sais pas si je pourrai le revoir.

— Tu le verras à l'hôtel.

— Non, il est parti.

— Ma petite chatte, il revient demain. Il travaille là.

J'ai mis quelques secondes à comprendre.

— Il est mignon, a-t-elle ajouté.

Elle pensait à Wally, le petit gringalet, le groom de l'hôtel. À ses yeux, nous étions faits l'un pour l'autre. «Evie et Wally, assis sous un palmier, se bécotaient… »

J'avais du mal à lui en vouloir, vu les superbes robes qu'elle venait de m'offrir, mais quand même. Je suis montée dans la voiture en claquant la portière.

— Je ne suis pas comme les greluches de mon âge, me suis-je défendue. Je me débrouille toute seule depuis que je suis toute petite. Depuis le CP, je me prépare moi-même mes sandwiches pour le déjeuner. Combien de fois je suis allée me coucher sans personne ! Et combien de fois j'ai préparé le dîner parce que maman était fatiguée. Vous n'imaginez pas.

Hélas, elle ne semblait pas comprendre. Elle s'était fait une idée de moi complètement fausse, et j'ai reconnu l'autre femme en elle, celle que j'avais vue en larmes et détournant le visage. Sous son apparence pleine d'assurance, quelle tristesse !

— D'accord, Evie. Tu n'es plus une gamine, j'ai compris.

Elle a démarré et ajouté :

— Mais ne grandis pas trop vite, c'est tout.

Son ton avait changé du tout au tout et je me suis interrogée : pourquoi m'avait-elle invitée ? Au fond, elle me l'avait proposé juste après la découverte du mot au bord de la piscine. Cette séance de shopping était-elle une façon de me soudoyer ? D'acheter mon silence ? De m'obliger à taire ce que j'avais lu et entendu ?

« Ça risque de nous exploser au visage… Je refuse. Tu vas trop loin… Fais-le, mais sans moi. »

Chapitre 12

Le lendemain, j'étais assise avec un livre de maths sur les genoux, à l'ombre d'un arbre dont les branches pulvérisaient les rayons du soleil en une myriade de petits points étincelants. Les chiffres dansaient sous mes yeux. Le lycée me semblait à mille lieues d'ici. Je pensais à Peter, mais je pensais aussi au regard brusquement glacial d'Arlene Grayson.

J'ai senti une main sur mon épaule, une esquisse de poignet, un bouton de manchette… J'ai fermé mon manuel.

Doucement, il a sifflé en m'aidant à me relever, puis reculé pour admirer ma robe en seersucker. J'avais serré la ceinture aussi fort que possible et lâché mes cheveux qui m'arrivaient aux épaules.

— Mazette ! Regardez-moi ça !

— Tu as quitté l'hôtel ? ai-je bafouillé avant de piquer un fard en comprenant que je venais d'avouer que je m'étais renseignée sur son départ.

Il s'est assis sur le bras de mon fauteuil de

jardin. Le soleil illuminait ses yeux verts et mettait en valeur les poils dorés sous sa chemise ouverte.

— J'ai un ami qui a une maison pas loin, un ami de la famille. Mon père lui a dit que j'étais à l'hôtel et, ouh là! lui et sa femme l'ont très mal pris. «Peter ne peut pas loger à l'hôtel, et patati et patata… » Du coup, je suis chez eux. La villa est fermée pour la saison, mais je campe. Il fait trop chaud pour travailler. Viens, allons au cinéma. J'en connais un qui est climatisé, à West Palm.

Mon cœur battait au fond de ma poitrine. J'étais prête à bondir et à partir avec lui sur-le-champ, mais j'hésitais.

Il a indiqué la plage d'un mouvement de tête en disant :

— J'ai vu tes parents là-bas. Va les prévenir, je t'accompagne.

Nous sommes descendus sur la plage. Joe discutait avec maman qui contemplait la mer. J'ai retiré mes sandales pendant que Peter attendait.

— Pourvu qu'il accepte, ai-je murmuré.

— Insiste et dis-lui bien que je m'occuperai de toi.

J'ai sautillé sur le sable brûlant jusqu'à l'arrière de la paillote puis reposé les pieds sur le sable plus frais, à l'ombre du toit de paille.

— Il suffit de choisir l'image la plus grande,

de prendre la plus grosse part du gâteau, disait Joe pendant que je boitillais jusqu'au carré de sable frais voisin.

Il a levé les yeux vers moi en fronçant les sourcils mais, sur le moment, j'ai cru qu'il plissait les yeux à cause du soleil. J'étais incapable d'imaginer qu'il soit contrarié de me voir. Sa chemisette était déboutonnée et il transpirait à grosses gouttes. Maman devait sortir de l'eau car son costume de bain était mouillé et ses jambes ruisselantes. Elle avait relevé ses cheveux en un vague chignon.

— Est-ce que je peux aller au cinéma avec Peter ?

Joe a soupiré en regardant la mer. Maman faisait des dessins dans le sable avec un coquillage.

— La salle est climatisée, je meurs de chaud. En plus il m'a promis… promis qu'il s'occuperait de moi.

Quelque chose dans ma voix — mais quoi exactement ? — sonnait faux.

Joe s'est retourné vers Peter qui attendait plus haut. Il l'a regardé un long moment avant de répondre :

— Ça ne me plaît pas, Bev.

— Elle a presque seize ans.

— Justement.

— Et alors ? C'est la séance de matinée, Joe. Tu es trop dur.

Maman a fourré sa serviette dans son sac en raphia en ajoutant :

– Puisque c'est comme ça, c'est moi qui les accompagnerai. J'ai eu ma dose de soleil pour la journée.

Elle s'est levée et a noué son pagne à motifs tropicaux assorti à son sac. Elle a mis la main en visière et déclaré en le toisant du regard :

– Je n'en peux plus de cette chaleur.

Elle n'a pas attendu que Joe la salue. Elle m'a prise par le bras et nous sommes remontées sur le sable brûlant pour retrouver Peter. Je fus la seule à me retourner. J'ai vu le dos de sa chaise de plage et sa tête tournée vers l'océan. Il avait un bras ballant, et le poing serré.

Nous sommes entrés dans la salle en frissonnant à cause de sa fraîcheur. Maman s'était changée et portait un chemisier sans manches blanc, avec une jupe blanche, brillant dans l'obscurité. Peter nous a entraînées au milieu, pas trop loin de l'écran. Nous avions de la chance. Nous sommes arrivés pendant les actualités filmées.

Le film qui suivait était *Les Passagers de la nuit*, avec Lauren Bacall et Humphrey Bogart. L'acteur avait le visage entièrement bandé, mais au bout de vingt minutes j'ai perdu le fil de l'intrigue. J'étais concentrée sur le bras de Peter qui frôlait le mien. De l'autre côté, maman était une étrangère.

Soudain, l'étrangère m'a donné un léger coup de coude et m'a glissé un billet dans la main en chuchotant :

– Je meurs de faim. Tu pourrais aller nous acheter un petit quelque chose, ma chérie ?

– J'y vais, a répondu Peter à voix basse.

Quelqu'un a lancé : « Chut... »

– Non, merci, Evie sait ce que j'aime.

Je me suis glissée le long de la rangée, pliée en deux pour ne pas déranger les autres spectateurs, et j'ai couru jusqu'au comptoir. Je ne savais pas vraiment ce que maman aimait, elle mangeait rarement des sucreries, sauf le jour de la Saint-Valentin. Mais je ne voulais pas m'éterniser, alors j'ai pris des bonbons au chocolat, une barre chocolatée Hershey et du pop-corn. J'ai mis la monnaie dans ma poche et je suis retournée dans la salle.

Je me suis arrêtée au fond pour me réadapter à l'obscurité avant d'y aller. Peter était assis à ma place. La tête blonde de maman était penchée vers la sienne et elle lui murmurait quelque chose à l'oreille. Je ne voyais plus que leurs deux chevelures blondes et leurs chemises blanches, trop blanches, qui miroitaient dans le noir.

J'ai pensé qu'il fallait que je trouve quelque chose à dire à Peter pour pouvoir me pencher vers lui de la même façon.

Je suis allée me glisser à côté de lui et j'ai

passé les chocolats à maman et à lui le pop-
corn. Il a posé la boîte sur ses genoux, et maman
et moi nous plongions la main çà et là, nous
cognant parfois, tout en regardant l'intrigue se
dénouer sur l'écran à mesure que les méchants
étaient tués.

Nous sommes sortis du cinéma au beau
milieu de l'après-midi, à l'heure où la chaleur
semble monter des trottoirs pour vous sauter
en plein visage au point qu'on a l'impression de
pouvoir la palper.

— Je vous offre un soda chez Walgreens, a
déclaré Peter.

— Un soda au drugstore, c'est bath ! s'est
exclamée maman d'une voix un peu trop stridente.

Peter a souri, même si c'était une façon de le
taquiner sur son âge, pas si gentille que ça. Bon
joueur, il ne s'est pas vexé, mais j'étais furieuse
contre maman.

Nous nous sommes assis à la buvette pour
commander des Coca. Ils étaient pleins de glace
pilée, bien froids, divins. Une foule de lycéens
nous entouraient, parmi lesquels j'ai reconnu
Wally. Il était différent, il portait un pantalon
un peu large et une chemise à manches courtes
et il avait les cheveux en pétard. Mais il paraissait plutôt plus âgé que plus jeune. Avec son
uniforme de groom et ses tenues de soirée, on

aurait dit qu'il avait mis les vêtements de son père. J'étais contente qu'il me reconnaisse, pour une fois. J'ai rejeté mes cheveux en arrière en posant un regard langoureux sur Peter pour qu'il comprenne.

Wally a agité la main et je lui ai rendu son salut.

– C'est un de tes amis ? m'a demandé maman.

– Il travaille à l'hôtel.

– Tu ne veux pas aller faire un brin de causette avec lui ?

– Non, pas particulièrement.

– Vas-y, il sera ravi, a insisté Peter en me poussant, à peine, dans le creux du dos.

Je me suis levée pour y aller tandis je sentais brûler le creux de mon dos.

– Salut, Wally. En fait, on sort du cinéma.

– Ah ouais, c'est le meilleur moyen d'avoir un peu de fraîcheur. J'ai vu le film, moi aussi, a-t-il répondu avant de boire une gorgée de soda en regardant ses chaussures. (Il était incapable de me proposer de m'asseoir à côté de lui.) Alors, miss New York, tu as été en haut de l'Empire State Building ?

– Bien sûr.

– Et au musée de Radio City ?

– Tu parles. Tu peux avoir des entrées gratuites pour assister à des émissions.

Allait-il me dresser la liste de toutes les

attractions touristiques de New York? Il avait beau essayer de discuter, le pauvre, il était ennuyeux comme la fumée. Derrière moi, j'entendais Peter qui riait. Était-ce encore parce que c'était un chic type et qu'il voulait faire plaisir à maman? Je mourais d'envie d'y retourner pour le protéger contre elle.

– Un jour, je suis allé à Washington DC, avant la guerre, a repris Wally. Et mon père va m'emmener à Tampa.

– Terrible!

– Tous les samedis, on sort en mer. Oh, pas sur un très gros bateau, mais j'aime bien. Il y a plein de choses à voir, des endroits intéressants où aller. Tu as déjà vu des marais entourés de cyprès?

C'est vrai, je n'étais pas dans mon état normal. Mais comment ce garçon osait-il me demander si les marais m'intéressaient?

– Tu veux un Coca à la cerise? Je vais demander à Herb de t'en préparer un.

– Non merci, il faut que j'aille retrouver mon fiancé.

– Ton fiancé? a-t-il répondu en se tournant vers Peter et maman. Bon, d'accord. À bientôt, alors.

C'était la première fois qu'un garçon me proposait de m'offrir un verre. Un mois plus tôt, j'aurais été grisée, même de la part de Wally, le groom.

Maman était en train de jeter un œil sur son maquillage dans le miroir de son poudrier et Peter lançait quelques pièces sur le comptoir quand enfin j'ai réussi à les rejoindre. Hélas, il fallait rentrer, et j'avais à peine échangé une dizaine de mots avec Peter. Je me demandais quand je le reverrais. Je voyais déjà la longue soirée qui m'attendait : jeux de cartes, dîner, des heures à la fenêtre à contempler la lune… Je ne supporterais pas de passer la soirée sans lui.

Nous sommes arrivés à l'hôtel.

– Merci pour votre délicieuse compagnie, mesdames, a-t-il dit en nous ouvrant la portière.

Maman est sortie et je l'ai suivie, gênée, car j'ai dû me tortiller sur le siège brûlant et collant. J'ai essayé de balancer les jambes de côté avec élégance, comme elle.

– Merci pour le cinéma, a-t-elle dit en tendant la main. Et pour le soda, c'était bath !

– On recommence quand vous le voulez.

– Bon, je crois que je vais aller me promener sur Worth Avenue pour voir si je trouve un magasin ouvert, a ajouté maman.

– J'y vais avec toi, me suis-je écriée.

– Non, tu as des devoirs.

Je n'en croyais pas mes oreilles. Devant Peter ! Déjà que je leur en voulais de m'avoir obligée à apporter mes livres de classe en Floride. J'étais mortifiée. Mais j'ai obéi et je l'ai regardée s'éloigner en tenant à bout du bras son foulard en mousseline.

— Tu es une crème, Evie Spooner, m'a dit Peter.

Et il a attendu, comme au cinéma, que je monte l'escalier jusqu'à la porte de l'hôtel. Je me suis retournée en haut des marches, il m'observait toujours. Plus loin, j'ai vu ma mère continuer à descendre la rue déserte, avec son foulard qui voletait dans l'air comme un oiseau des tropiques.

Chapitre 13

Après le cinéma, j'ai passé l'après-midi sur mon lit à rêvasser et à faire des plans sur la comète. Il faisait chaud, j'imaginais l'avenir avec Peter, mue par un espoir fou. Je le voyais à Oyster Beach, à mille lieues du Queens. Il y avait d'immenses maisons blanches avec des pelouses, et pas un café en vue. Mais il avait une voiture…

L'heure de l'apéritif est arrivée mais maman n'était toujours pas là. J'ai jeté un œil dans l'embrasure de la porte qui reliait nos chambres. Joe s'était changé et coiffé, et il attendait en fumant une cigarette, pianotant sur ses genoux comme dans un solo de batterie sans fin de Gene Krupa. Il n'avait pas l'air d'humeur très causante.

Son impatience résonnait à travers la porte. J'entendais les battements et j'ai reconnu le bruissement synonyme de nouvelle cigarette. Enfin, je l'ai entendu décrocher le téléphone et appeler la réception. Il a demandé s'ils avaient vu maman et grommelé une vague réponse, signe qu'elle n'était pas encore rentrée.

– Si ça continue j'appelle les marines, Evie, a-t-il crié d'un ton enjoué.

Si enjoué qu'enfin j'ai eu le courage de lui poser la question que je voulais lui poser depuis toujours. C'était l'occasion ou jamais.

– Il était comment, Peter, pendant la guerre ? ai-je demandé depuis le sas séparant nos deux chambres, du ton le plus dégagé possible.

– Quelle drôle de question, a-t-il répondu en lançant un curieux regard.

– C'est la première fois que je rencontre un de tes compagnons d'armes.

– Ce n'était pas un compagnon. C'est ce qu'il dit, mais je ne le connaissais pas vraiment. Je n'ai rien à ajouter.

Je suis restée sur ma faim. J'allais poursuivre quand j'ai entendu ses talons claquer dans le couloir.

Elle est entrée, les cheveux lâchés, tenant à la main le vase le plus laid que j'aie jamais vu, en forme d'ananas, jaune vif et vert.

– Qu'est-ce que c'est que cette horreur, Seigneur ? s'est écrié Joe.

– Un cadeau pour ta mère, a-t-elle répondu en le posant sur la commode.

Tranquillement, elle a passé la main dans ses cheveux face à la glace.

– Bev, tu as perdu la tête ? Il est près de dix-neuf heures. Où étais-tu ?

– Je suis allée chez le coiffeur. Mais tu ne remarques jamais rien. J'en ai profité pour faire deux ou trois achats.

Elle est venue m'embrasser et j'ai reconnu le parfum des bonbons Life Savers, avec une pointe sucrée, dans son souffle.

– Arlene m'a donné quelques bonnes adresses.

– Ce n'est pas une réussite, a déclaré Joe en jetant un œil critique sur le vase.

– Tu es perfide, a rétorqué maman en entrant dans la salle de bains pour se changer.

– Je voulais te parler. Il y a du nouveau. Evie, ça te concerne aussi.

Il a pris un air solennel tandis que maman ressortait de la salle de bains en combinaison. Elle a jeté sa jupe et son chemisier blancs par terre.

– J'ai passé l'après-midi avec Tom. Nous allons peut-être faire affaire ensemble.

– Ah, a lâché maman. Les affaires…

– Il va sans doute acheter l'hôtel et il voudrait que j'investisse avec lui.

Il parlait comme s'il déroulait un tapis rouge et attendait que maman réagisse.

– Qu'est-ce que tu y connais, à l'hôtellerie ? C'est la première fois ou presque que tu séjournes dans un hôtel.

– Tom s'y connaît. Et moi, j'ai le sens du commerce. Nous en avons parlé toute la journée. Apparemment, il y a peu de concurrence. En plus, nous avons notre petite idée pour transformer cet endroit en un véritable hôtel beaucoup plus chic. Par exemple, on pourrait imaginer d'installer des boutiques dans le hall. Ça devrait te plaire, Bev. Motus et bouche cousue, cela dit. Tom n'en a pas encore soufflé un mot à sa femme. Mieux vaut ne pas vendre la peau de l'ours avant de l'avoir tué. Des concurrents risqueraient de nous voler l'idée.

– C'est ça, il y a foule, a commenté maman en se fardant. Et où vas-tu trouver l'argent ?

– C'est là où c'est fabuleux. Je n'ai pas un sou à avancer. Tom peut le racheter haut la main. Ensuite, petit à petit, j'achète la moitié des parts. Une fois les boutiques installées, si elles rapportent, je rembourse ma dette au fur et à mesure.

– Qu'est-ce qui te fait dire que tes magasins auront du succès ?

– C'est le meilleur investissement qui soit !

– Je croyais que tu avais trop diversifié, pour reprendre ta propre expression.

Diversifié. Le fait est que j'avais déjà entendu l'expression au cours de conversations assommantes que je n'étais pas censée écouter.

– Le nouveau magasin de Brooklyn est dans un quartier mort, comment pouvais-je le deviner ? Le type qui m'a vendu le bail était un escroc. À cause des barrages routiers.

— Quel est l'intérêt ? a répété maman. J'essaie de comprendre.

— Rien. J'en ai assez de vendre des appareils électroménagers.

— Déjà ? Je croyais que c'était la voie royale pour devenir millionnaire.

— Mais ça n'est pas la seule. La Floride est à l'aube d'un développement exceptionnel. J'en ai assez du Queens, j'y ai vécu toute ma vie. Tu as vu tous les militaires qui profitent du soleil et du jus d'orange frais ici ? Tu crois qu'ils auront envie de rentrer chez eux après ? Réfléchis, mon amour. Tu ne nous vois pas installés ici ?

— Vaste programme, a répondu maman devant son miroir.

Mais ce n'était pas son reflet qu'elle regardait. Au-delà de la vitre, elle observait le soleil encore brillant de ce début de soirée tropicale. Elle semblait en être déjà lasse, lasse de cette nouvelle vie extraordinaire que Joe lui faisait miroiter.

Elle avait épousé un gars qui gagnait sa vie en livrant des bouteilles de soda et en distribuant de l'essence, et qui aujourd'hui possédait trois magasins. Depuis toujours, nous faisions des économies de bouts de chandelle : pour acheter une nouvelle paire de chaussures, de la rufflette que nous cousions sur les ourlets de mes robes pour les rallonger... Et ce soir, nous étions là, assis dans la suite d'un hôtel à Palm Beach. Tout ça grâce à Joe. Alors pourquoi ne faisait-elle pas confiance à son savoir-faire?

La Floride... Cela voulait dire abandonner Margie et mon lycée. Honnêtement, cela ne me coûterait pas tellement. Margie pleurerait toutes les larmes de son corps, elle m'enverrait deux ou trois lettres pour me dire à quel point je lui manquais, et nous finirions par nous perdre de vue.

Je ne sais pas pourquoi, mais j'étais sûre que ça finirait comme ça.

«Les gens aiment recommencer à zéro», avait déclaré maman à Peter. Tout le monde en rêve à un moment ou un autre. Même à l'âge que j'avais alors. Surtout à cet âge, peut-être.

Le père de Peter avait quelques affaires à Miami, nous avait-il dit, or il semblait dans la dèche. Qui sait si Peter ne déciderait pas de s'installer ici lui aussi?

Tout était possible. À mon tour, j'ai observé maman, avec le même regard concentré que Joe.

Elle a sorti de sa penderie sa robe blanche, celle qui avait une grande jupe évasée brodée de fils noirs et rouges, et des motifs de fleurs.

– Tiens, Evie, je suis sûre qu'elle t'ira très bien.

– Tu crois?

Je me suis précipitée dans ma chambre pour

l'essayer. J'ai entendu Joe et je me suis arrêtée. Je ne voulais pas rater un mot de leur conversation.

– J'apprécierais que ma femme soit un peu plus solidaire. C'est peut-être toi qui as un problème. La guerre est finie, j'ai fait mon devoir, et aujourd'hui j'estime qu'il y a de l'argent à gagner ici. Je n'ai aucune envie de retrouver la vie que j'avais avant.

J'ai enfilé la robe par la tête et remonté la fermeture éclair dans le dos, comme maman, en me tortillant jusqu'à ce que j'atteigne le haut. Elle m'allait comme un gant. J'adorais le décolleté rond. C'était une robe de tous les jours, pas une robe de soirée, mais quand même.

– D'accord, mais je ne sais pas quel bénéfice Grayson compte tirer de cette affaire, c'est tout.

Maman n'avait pas tort. Mr Grayson et Joe avaient fait connaissance ici, en vacances, mais que savait Mr Grayson sur Joe, et nous, que savions-nous sur lui ?

« Ça risque de nous exploser au visage. »

J'ai glissé les pieds dans mes nouvelles sandales et je les ai rejoints en espérant assister à la suite de la conversation, mais Joe était debout, dos tourné, devant la fenêtre. C'était courant chez lui : il prenait très facilement la mouche. Maman disait qu'il avait besoin qu'on le soutienne à deux cents pour cent.

Elle a déposé sa brosse à cheveux et j'ai vu qu'il lui en coûtait de se lever. Mais elle l'a fait, et elle est allée vers Joe en passant la main sur son épaule.

– Qu'est-ce que j'en sais au fond? a-t-elle dit. J'ai tendance à m'inquiéter, tu le sais. Je suis sûre que ce sera merveilleux. Allez, descendons dîner pour fêter ça.

– Je n'ai plus envie.

– Mais si, mon chéri, a-t-elle insisté en posant la tête sur son épaule.

À force de mots doux et de gestes tendres, elle a réussi à le convaincre de mettre sa veste et d'allumer une cigarette en attendant qu'elle enfile sa robe de cocktail préférée, la bleue.

Il était d'une humeur massacrante.

– Comment c'était, le film? a-t-il aboyé.

– Bogart avait la tête complètement bandée, a-t-elle répondu en mettant son rouge à lèvres.

– Et comment allait Peter Coleridge, M. Haute-Estime-de-Soi?

– C'est un gosse adorable.

– Un escroc à la petite semaine, oui. Je n'ai aucune envie de l'avoir dans les pattes.

– Je t'en prie, Joe, c'est un gamin.

– Ce n'est pas du tout un gamin, je te le garantis. Je l'ai vu à l'œuvre pendant la guerre. Ça te concerne aussi, Evie. Ne t'avise pas d'avoir une amourette avec ce filou.

Une amourette! J'étais tellement outrée que je suis restée muette.

— J'ai compris, Joe, a répondu maman, mais c'est difficile de l'éviter complètement. Tom l'a invité à dîner avec nous ce soir.

— Dans ce cas-là, je ne peux rien faire. Mais je vous préviens toutes les deux, gardez vos distances.

J'avais toujours considéré Joe comme mon père. Ce qu'il disait avait du poids. C'est lui qui établissait les règles de la vie quotidienne.

Ce serait la première fois que je lui désobéirais. Et sans hésiter.

Chapitre 14

Maman était si resplendissante, si belle, que je me sentais transparente à côté, comme d'habitude, même si la soirée a commencé sur une note inattendue.

– Ouh, là, là, regardez-moi cette jolie jeune fille, s'est exclamée Mrs Grayson en agitant la main. Je sais qu'il n'y a que des couples à table ce soir, mais viens, Evie, assieds-toi à côté de moi.

Mr Grayson a ajouté que j'étais ravissante, sur un ton réservé et courtois qui était encore plus flatteur.

Peter s'est levé pour déplacer une chaise près de Mrs Grayson, il serait donc mon second voisin. Joe m'a fusillée du regard.

– Si je comprends bien, je suis ton cavalier, m'a glissé Peter à l'oreille.

– Et moi, ta cavalière.

J'étais assise à la table des adultes et je portais une robe de femme. Les chandelles brillaient, une brise agréable soufflait par les fenêtres ouvertes, tout le monde était sur son trente et un.

Peu à peu, je m'adaptais au rythme de la conversation des adultes où la moindre remarque était l'occasion de rebondir par une plaisanterie. On riait même si ça n'était pas drôle, du moment que le ton y était. Joe avait entendu une rumeur selon laquelle deux marins allemands avaient abandonné leur sous-marin pendant la guerre pour rejoindre la plage à la rame et boire un verre dans un bar avant d'aller au cinéma. Mrs Grayson a réagi en déclarant que les gens se méfiaient beaucoup trop des espions et pas assez des hommes politiques. Toute la table a éclaté de rire. Peter pensait que l'anecdote était véridique car les gens adoraient le cinéma, même les Allemands. Et Joe d'ajouter que si l'on avait envoyé Lana Turner à Berlin, Hitler se serait rendu sur-le-champ. Tous se sont de nouveau esclaffés.

— Vous avez vu ? a lancé Mr Grayson. Ici même, autour de cette table : c'est exactement l'atmosphère que j'aimerais que cet hôtel dégage en permanence.

— Avec ces chaises hideuses ? a répondu sa femme.

Tout le monde riait mais j'ai vu la petite ride sur son front qui trahissait son inquiétude. Je l'avais repéré, ce léger sillon, à peine visible pour qui n'y prêtait pas attention.

— Avec moi et Joe aux commandes, on gagne à tous les coups, a déclaré Mr Grayson.

Un silence pesant a suivi, si pesant qu'on l'entendait vibrer dans l'air.

— Qu'est-ce que c'est que cette histoire, Joe ? a demandé Peter. Vous allez vous associer ?

— Tom ? a demandé Mrs Grayson.

— On y réfléchit, mais il faut qu'on approfondisse un peu la question. Parcourir la côte, jusqu'à Miami peut-être, pour voir à quoi ressemblent les hôtels dans le coin. Prendre le pouls de la région. Cela dit, la Floride est une mine d'or. Ça ne fait aucun doute.

— Vous êtes donc partenaires. C'est épatant ! s'est écrié Peter.

— Confiance et poignée de main, et c'est bon, a résumé Joe.

— Sauf qu'il faut que ça dure, a dit Peter.

— On devrait tous s'installer ici ! ai-je lancé en espérant attirer l'attention de Peter.

— Pourquoi pas, j'adore Palm Beach, a répondu Mrs Grayson avec un rire résonnant comme des couverts en argent contre de la porcelaine.

— Je pourrais prendre des cours de tennis, a dit maman.

— Excellente idée ! s'est exclamé Joe. Ça t'occupera. Tennis, golf, tout ce que tu veux. En Floride, on peut jouer toute l'année. Allez, commandons une bouteille de champagne.

— Je connais un terrain de golf à Lake Worth, a ajouté Peter. L'après-midi, il y a toujours une brise très agréable.

– Parfait pour moi, a dit maman.

Les assiettes de poulet et de crevettes sont arrivées.

Mr Grayson m'a servi une demi-coupe de champagne sans que Joe fasse de remarque. Maman a bu deux coupes, elle était plus éclatante que jamais. Mrs Grayson fumait, grignotant à peine, pendant que son mari et Joe poursuivaient leur discussion professionnelle.

– Si nous allions prendre le café dans le hall ? a suggéré Mr Grayson.

Tout le monde a reculé sur sa chaise en même temps.

– Je vais me coucher, a annoncé Mrs Grayson.

– Moi aussi, a renchéri maman. J'ai la tête qui tourne à cause du champagne.

– Et moi une épouvantable migraine, a dit Mrs Grayson, qui n'avait pas bu une goutte.

– Je monte avec toi, a dit Joe à maman.

– Ne sois pas idiot, a-t-elle répondu. Reste pour discuter avec Tom. Je vais prendre de l'aspirine et me mettre au lit.

Peter a salué la compagnie en m'accordant à peine un regard. Tom et Joe se sont isolés dans un coin, et maman et Mrs Grayson ont rejoint les ascenseurs.

«Peter doit être prudent pour éviter de froisser Joe», pensais-je.

Je tournais en rond dans l'entrée, je m'ennuyais,

je me sentais tellement seule que même un jeu de solitaire était impensable.

J'ai aperçu Wally qui se dirigeait vers le bureau de la réception, sifflotant gaiement, ce qui signifiait que c'était la fin de son poste. Vite, je me suis éclipsée. Je n'avais aucune envie qu'il me voie.

J'ai tué le temps comme d'habitude, en traînant dans les couloirs, en jetant un œil sur la piste de danse déserte, sur le gros client assis au bar... J'ai fini par sortir par une petite porte de côté.

J'ai respiré l'air de la nuit. Pourquoi était-il tellement chargé de promesses ? Était-ce le mélange unique des fleurs, de l'océan et du ciel ?

Soudain, j'ai vu Peter dont la chevelure blonde et la veste blanche brillaient dans la rue sombre. Le monde semblait se resserrer et se concentrer sur lui. J'ai couru pour le rejoindre.

Ravie.

– C'est toi, ma belle ? Que se passe-t-il, tu n'arrivais pas à dormir ? Viens, allons sur la plage, a-t-il ajouté en me prenant par la main.

Ravie.

Chapitre 15

Une belle lune trônait dans le ciel mauve telle une tarte renversée, et quelques étoiles jaillissaient çà et là comme des feux d'artifice. Nous avons retiré nos chaussures pour aller tremper les pieds dans l'eau. Les vaguelettes nous léchaient le bout des orteils.

– C'est drôle, la lune, a fait remarquer Peter, quand j'étais outre-Atlantique, je la contemplais souvent mais je n'arrivais pas à me faire à l'idée que c'était la même qu'ici. Tout se passe sous une seule et même lune. Des choses auxquelles tu n'aurais jamais pensé assister. Ni pensé faire.

Comme je savais qu'il parlait de la guerre, je n'ai pas osé poser de questions. J'ai baissé le menton pour lui jeter un regard en coin, comme Lauren Bacall dans le film que nous venions de voir.

Il regardait fixement la plage.

– Quand j'ai été mobilisé, je ne connaissais rien à rien. Comment j'aurais pu ? Tout ce que je fichais, c'était… jouer au tennis, mener ma petite vie de fils unique pourri gâté.

— Mais tu as un frère.

— Ah, ouais. Sauf que tous les espoirs étaient fondés sur moi. Papa voulait que j'entre dans la marine, il a failli exploser de rire quand je lui ai annoncé que j'avais choisi l'infanterie. Je me suis retrouvé dans ce qu'il y avait de pire après quelques jours d'entraînement. On passait de la chaleur suffocante à se geler les… enfin, à se geler. Tout ce que je savais c'est qu'il fallait avancer. Ça me faisait une belle jambe. On n'a pas vraiment marché pendant la bataille des Ardennes. On rampait sur le sol. J'imagine que tu as lu tout ça dans les journaux.

— On a appris très tard que Joe y avait participé, mais c'est vrai qu'on le redoutait.

Nous savions, pendant la bataille elle-même, à quel point elle était épouvantable. Dix-neuf mille soldats américains avaient été tués. Dix-neuf mille. L'un d'eux était un garçon qui vivait à deux pas de chez nous : William Armstrong, vingt ans. C'était lui qui sifflait le mieux dans le quartier. Je me souviens, il sifflait l'air de *Chattanooga Choo Choo* quand il passait devant chez nous pour aller chercher sa petite amie, Rosa Natalucci, le samedi soir. La mélodie résonnait sous mes fenêtres comme une petite fanfare, sauf que ça n'était que Bill Armstrong.

— De la boue, de la neige, et une bande

de crétins. Voilà à quoi ça se résumait, cette bataille.

– C'est là que tu as rencontré Joe?

Il a réagi comme s'il venait de s'apercevoir que j'étais assise à côté de lui.

– Hé, je ne suis pas assez bête pour parler de la guerre avec une jolie fille. Si on parlait de toi?

J'ai haussé les épaules tout en hésitant. Le *Guide de la jeune fille d'aujourd'hui* recommandait de parler du garçon, jamais de soi-même.

– Raconte-moi un peu où tu vis. Commençons par ça.

– Bon, disons que dans mon quartier, tout le monde connaît tout le monde. C'est très familial. En plus, nous, on vit avec la mère de Joe que je suis censée appeler grand-mère Glam.

– Elle mène la maison à la baguette, je parie?

– Comment tu as deviné? De toute façon, maman pense que maintenant la maison est trop petite. On va peut-être déménager. Ici, d'ailleurs, puisque Joe et Mr Grayson risquent de racheter l'hôtel.

– Ouais, c'est ce que j'ai découvert ce soir, a dit Peter en ricanant.

– Tu penses que c'est une mauvaise idée?

– Je ne sais pas. Cela dit, je ne vois pas l'intérêt. Je croyais que Joe vendait ces nouvelles machines à laver.

– Il en a assez.

– Je me demande combien il compte investir.

– Rien, apparemment. Il gérera l'hôtel.

– Je ne vois pas ce que Grayson en tirera. Ni ce qu'un couple aussi élégant fiche ici hors saison.

– C'est peut-être des espions.

– Tu ne manques pas d'imagination, ma petite !

– C'est juste que… elle n'a pas l'air heureuse, à mon avis elle joue la comédie. Quant à lui, il évite soigneusement de parler de lui. J'ai remarqué qu'elle quitte très souvent l'hôtel toute seule. Il y a une base aérienne importante dans le coin. Qui sait les manigances secrètes qu'il s'y passe. Elle a toujours avec elle un immense cabas…

– Tous les ingrédients d'un roman d'espionnage, c'est ça ?

– Pourquoi pas ? L'hôtel serait la couverture idéale, non ? Je ne pense pas qu'elle soit tellement patriotique.

– C'est sûr. Espionne à la solde des cocos.

Peter a hoché la tête d'un air grave. Il me traitait comme une gamine, ce que je n'appréciais décidément pas.

– Tu as déjà pensé t'installer ici ? ai-je poursuivi. À cause des affaires de ton père, je veux dire.

– Non, je n'y ai pas vraiment réfléchi. Mais peut-être que je devrais. Ce n'est pas ce que dit ta mère, que les gens aiment recommencer à zéro ?

– En tout cas, pour moi c'est vrai. Je n'ai pas envie de rentrer chez moi.

– Pauvre petite chatte. Et pourquoi ?

J'ai oublié de lui couler un regard de côté, mais ce n'était pas grave.

– Tu es irrésistible.

Il s'est penché vers moi et a posé ses lèvres sur les miennes.

Ça n'a duré qu'une seconde. Il ne m'a pas prise dans ses bras. Mais ce fut un baiser, un vrai. Sur la bouche. J'ai senti sa barbe mal rasée contre mon menton. Un homme, pas un garçon, venait de m'embrasser.

J'ai compris le sens du mot défaillir. Faiblir, faillir, défaillir : tous ces mots se sont télescopés dans mon esprit pour n'en former qu'un seul, qui résumait ce que j'ai ressenti à cet instant exact.

– Je n'aurais pas dû. Mais tu es si mignonne.

– Je n'ai opposé aucune résistance, non ?

– C'est bien ça, le problème, ma jolie. Ça m'est égal d'être un fumier de temps en temps, mais je n'ai pas l'intention de te faire de mal.

– Ne t'inquiète pas, tu n'y arriveras jamais. Ni à être un fumier. Au contraire, tu es le raffinement incarné, ai-je répondu en riant car je me souvenais de ma conversation avec Margie – qui me semblait si loin.

— Tu es un peu fofolle.

À nouveau il m'a embrassée, sur le bout du nez cette fois, donc ça comptait pour du beurre. Un baiser sur le bout du nez n'était pas un vrai baiser.

— Je te souhaite plein de choses, a-t-il dit, entre autres, je souhaite que tu rentres chez toi, dans cette maison que ta grand-mère Glam mène à la baguette.

C'était la déclaration la plus romanesque du monde. Nous étions en train de tomber amoureux en sachant que ce n'était pas bien, mais tant pis, nous y allions. Chacun suivrait son cœur, en toute légèreté. Chacun écouterait la lune qui avait rendez-vous avec le soleil.

Chapitre 16

Notre rythme de vie changea. Joe et Mr Grayson partaient en fin de matinée et rentraient rarement avant l'heure de l'apéritif. Mrs Grayson disparaissait sur son vélo pendant des heures. Maman et moi, nous prenions notre temps, pour nous habiller, paresser dans le hall ou autour de la piscine ; nous faisions semblant d'être étonnées quand Peter débarquait dans sa voiture décapotable bleue pour nous proposer d'aller faire un petit tour. Nous savions que Joe ne voyait pas d'un très bon œil ces sorties, mais on s'en fichait. Il était tellement absorbé par ses affaires avec Mr Grayson qu'il n'avait pas le temps de nous surveiller.

Longer la mer en voiture me mettait dans un état rêveur. Je contemplais le bleu idéal du ciel qui se mariait au bleu de l'océan et, chaque fois que j'apercevais un palmier, j'éprouvais un léger choc, comme si la vie me hurlait à l'oreille que c'était bien moi, et que tout ça était réel.

En général, maman et moi étions assises sur le siège avant, moi au milieu, contre Peter.

Nous écoutions la radio, nous commentions nos chansons préférées : *Almost Like Being in Love*, ou *Put Yourself in my Place*[1]. Parfois, je me sentais tellement bien que j'oubliais toute timidité et je chantonnais tout haut comme lorsque j'étais toute seule chez moi.

— Tu as une jolie voix, m'a fait remarquer un jour Peter, elle ressemble à celle de Doris Day.

J'ai continué en chantant le début de *Sentimental Journey*, et enchaîné avec *Winter Wonderland*[2].

— Tu es folle ? a lancé Peter en riant.

— Evie a une voix ravissante, a ajouté maman. Mais elle est trop timide pour accepter de chanter en solo dans sa chorale.

— C'est Gloria Pillson qui chante en solo.

— Cette fille n'a aucune pudeur.

— Eh bien, je vous annonce qu'à partir d'octobre prochain, Gloria Pillson va avoir une nouvelle concurrente, a lancé Peter.

Je n'avais aucune envie de penser au retour, aucune envie de penser à quoi que ce soit sinon à l'instant présent. Joe avait raison. La Floride pourrait être un nouveau départ pour nous tous.

Parfois, nous allions sur les quais pour attendre

1. « C'est presque comme si j'étais amoureux », « Mets-toi à ma place ».
2. « Voyage sentimental », « L'hiver, pays des merveilles ».

138

le retour des bateaux de pêche. Peter nous apprenait le nom des poissons de Floride, tous plus bizarres les uns que les autres : le pompano, le poisson-voilier, le tarpon… Nous nous asseyions sur la plage pour regarder les *surf-casters*, ces pêcheurs dont les longues lignes s'enroulaient en serpentant sur les brisants. Nous dénichions des plages désertes où nous allions nager.

Un jour, j'allais me précipiter à l'eau quand maman a posé sa main sur mon bras.

– Non, Evie. Tu viens de manger un sandwich. Attends une petite heure.

– Je n'y crois pas ! a lancé Peter. Allez, Beverly. Evie n'est pas une gamine. Je nage dans l'océan depuis que je suis tout petit. Fais-moi confiance, ce n'est pas parce qu'elle a avalé trois morceaux de poulet qu'elle risque de se noyer.

– Elle est tout ce que j'ai. Je garde un œil sur mon bébé.

– Et hop ! a répondu Peter en me prenant par la taille avant de me faire voltiger par-dessus son épaule.

J'ai senti la peau de son dos contre ma joue réchauffée par le soleil, ses muscles tendus contre ma peau douce. Je poussais des cris de joie tandis qu'il a couru à l'eau et m'a balancée à bout de bras comme si je ne pesais rien.

J'ai refait surface en clignant des yeux. Maman hurlait en courant vers nous, riant aux éclats. Elle avait l'air d'une adolescente. Elle s'est précipitée sur Peter pour le rouer de coups sur la poitrine. Il l'a soulevée dans ses bras et l'a fait tournoyer, puis l'a balancée à l'eau à son tour.

— Il serait temps qu'Evie apprenne à conduire, a suggéré Peter quelques jours plus tard.

C'était par une journée chaude et lourde, et nous nous sentions mous et assoupis. Peter était au volant de sa voiture et se dirigeait vers l'ouest, dans les terres, où commençaient à apparaître les champs et les fermes.

Maman a ouvert la bouche mais il a posé un doigt sur ses lèvres.

— Ne me dis pas que c'est parce qu'elle est trop jeune. Tu prends le volant, Evie ?

C'est ainsi qu'après d'innombrables à-coups, calages intempestifs, valse de la voiture et maman pliée en deux sur le siège arrière, en toute insouciance, j'ai appris à conduire. Peter n'avait jamais l'air d'avoir peur, même quand je me dirigeais droit sur un fossé. Il tendait tranquillement la main vers le volant en souriant et corrigeait la direction.

Régulièrement, nous nous arrêtions dans une station d'essence pour boire un Coca glacé. Les stations avaient deux fontaines à eau : l'une pour les Blancs, l'autre pour les «Gens de couleur». Un jour, dans l'une d'elles, une fillette noire buvait à la fontaine pendant que sa mère surveillait les alentours. Elle a croisé mon regard et aussitôt détourné les yeux.

– Tu es gênée, ma chérie ? a dit Peter qui observait lui aussi la scène.

– Je n'y avais jamais réfléchi, mais toi qui as fait la guerre, tu n'aimerais pas que le monde soit un peu plus juste quand même ?

– Pense un peu au monde en général, tout est affaire de ségrégation, a répondu Peter en brandissant sa bouteille de Coca. Entre les riches et les pauvres. Ici, les gens de couleur ont de la chance, d'une certaine façon. Ils ont des panneaux, ils ne peuvent pas se tromper. Tandis que nous, on vit sur des malentendus. Il faut tout le temps qu'on se creuse la cervelle pour détourner habilement les règles.

J'avais du mal à croire que Peter était convaincu par ce qu'il disait. Comment un fils de famille pouvait-il être si étroit d'esprit et si amer ?

J'ai regardé sa pomme d'Adam alors qu'il buvait une longue gorgée à la bouteille.

– Rien ne t'empêche de détourner les règles, ai-je répondu. Eux, ils ne peuvent pas, c'est interdit par la loi.

– Bien sûr que si. Regarde Jackie Robinson[1].

1. Joueur de base-ball qui fut le premier Noir à être autorisé à jouer en ligue majeure.

141

– Ça, c'est l'exemple typique que les gens sortent quand ils veulent clore la discussion sur le problème des Noirs. Ça me fait pitié pour Jackie Robinson. C'est beaucoup pour un seul homme, lui qui assure déjà la deuxième base.

– Tu es bonne, tu sais?

– Pas si bonne que ça.

– Ne repousse pas systématiquement les compliments.

Il s'est tourné vers maman pour ajouter :

– C'est un trésor que tu as, dis-moi.

– La septième merveille du monde, a répondu maman en passant un bras autour de moi.

Elle m'a embrassée sur la tempe, en un point très précis, que seules elle et moi connaissions. Puis elle a tendu la main et nous avons emmêlé nos doigts.

– Toi et moi, a-t-elle commencé.

– Liées à jamais.

– Tels Ginger et Fred.

– Qu'est-ce que c'est que ce petit rite? a demandé Peter en souriant.

– Une ritournelle qu'on a depuis toujours. Quand les temps sont durs.

– Quand les temps sont durs?

– Quoi, tu crois qu'on n'a jamais vécu de périodes de vaches maigres? a lancé maman avec un air de défi, souriant, mais le regard dur, comme si elle lui reprochait de ne rien comprendre.

– Ah, oui, j'imagine, quand Joe était sur le front…

– Bien sûr, mais aussi avant. Quand je payais le loyer en retard, quand je me faisais virer à coups de pied au derrière de mon appartement, quand je n'avais plus de blé pour acheter quoi que ce soit à part des haricots en conserve…

– Le jour où j'ai eu la scarlatine…

– Et tu n'imagines pas les notes du médecin…

– Et l'époque la pire : quand la tante Vivian a voulu me retirer à maman pour m'adopter. Maman s'est battue comme une louve. Elle a failli y perdre son job, et à l'époque ce n'était pas évident de trouver du boulot.

– Personne ne me prendra jamais mon bébé.

– Alors, que s'est-il passé ?

– Je suis allée prier à l'église, ai-je répondu.

– Et Dieu nous a entendues. Un miracle a eu lieu. Tu ne devineras jamais quoi !

– Langue au chat.

– Tante Vivian est tombée enceinte, ai-je expliqué. Et elle n'avait plus du tout envie de moi.

– C'était un miracle ?

– On voit que tu n'as jamais vu la tante Vivian, a conclu maman avec une pointe d'ironie.

Maman et moi parlions très peu ensemble car nous n'en avions pas besoin. Par ailleurs, elle savait, comme je savais, qu'il valait mieux ne pas mentionner nos escapades avec Peter. Nous avions signé un pacte mais il était plus prudent de ne rien dire. En général, Peter nous déposait à l'hôtel et je montais travailler dans ma chambre, ou au moins je faisais semblant. Je passais des heures à écrire «Mrs Peter Coleridge» dans mon cahier, le type même de comportement qui m'exaspérait quand il s'agissait de Margie.

Maman prenait des cours de golf – la preuve à mes yeux que le climat d'une région peut vous transformer, dans la mesure où son idée du sport se résumait à croiser et décroiser les jambes. «Qui aurait jamais deviné que je finirais par aimer le golf?» disait-elle. Elle était de plus en plus mince, bronzée, et blonde comme les blés. Elle rentrait en riant parce qu'elle avait obtenu un score lamentable, et sa voiture était souvent couverte de pétales orange. Je la regardais par la fenêtre balancer ses clés à Wally avant de monter les marches en courant. Puis j'observais celui-ci nettoyer la voiture au savon, passant soigneusement l'éponge en cercles, avant de jeter des seaux d'eau pour rincer le tout jusqu'à ce que la carrosserie brille. Parfois, s'il n'y avait personne à la ronde, il retirait sa chemise et travaillait torse nu au soleil, et j'étais surprise de voir qu'il avait de beaux muscles saillants.

Je ne me souviens pas exactement quand, mais les choses ont commencé à changer à ce moment-là, de façon imperceptible, comme lorsqu'on prend une bouteille de lait dont on sait que le lendemain il aura tourné, mais on le verse quand même sur son bol de céréales.

Joe picolait plus que d'habitude. Avant de descendre pour l'apéritif, il buvait un ou deux verres. Il ne voulait pas que Mr Grayson le voie, disait-il, car son ami ne buvait qu'un gin tonic. Il se plaignait, trouvait que Mr Grayson traînait des pieds, et se demandait pourquoi il avait accepté de s'associer avec lui. Il voulait que maman passe plus de temps avec Mrs Grayson parce qu'il était sûr qu'elle freinait des quatre fers. Il finit par repousser pour la seconde fois notre retour à New York, et eut une altercation violente avec sa mère au téléphone à ce sujet. Elle ne voyait pas d'un très bon œil l'idée que son fils se lance dans une nouvelle entreprise en Floride.

– C'est l'occasion de ma vie, m'man! La chance est peut-être en train de me sourire, tu ne pourrais pas te réjouir pour une fois?

Une époque bénie. C'est ce que je pensais. J'avais une veine incroyable et je voyais la vie en rose. Je marchais avec assurance, sûre de mon charme, un foulard noué bien serré sous les passants de ma ceinture pour mettre en valeur ma taille. Je ne prêtais aucune attention au regard de Joe ni des Grayson. Je vivais au jour le jour, chaque instant étant ça de pris avec Peter.

Sauf que je commençais à me lasser de nos virées en voiture, avec maman assise à côté de moi sur le siège avant. J'avais envie d'être en tête à tête avec lui.

Margie et moi, nous avions appris par cœur un poème du *Guide de la jeune fille d'aujourd'hui* :

Si en dépit de vos mises en garde
Votre Galaad a la main qui se balade
Si lors d'une sortie ses lèvres errent
Votre vertu jamais ne doit se perdre
Votre réputation est un précieux gage
Pour la conserver il vous faut être sage
Si une fille est libre pour Tom, Dick et Harry
Il y a peu de chances qu'un jour elle se marie.

Perdre sa vertu était un péché, m'avait expliqué Margie. Mais j'avoue qu'à mes yeux, c'était plutôt sa mère, mère de huit enfants, qui avait gâché sa vertu tous azimuts !

«Votre réputation». Qu'est-ce que cela signifiait ? Dans le Queens, ça voulait dire qu'on ne devait pas passer à l'acte avec un garçon. Mais ici... je ne connaissais personne. Personne ne pouvait me voir. Qu'est-ce qui m'empêchait de chercher à savoir ce que Peter avait derrière la tête ? Il m'avait embrassée une fois, un vrai baiser, sur la bouche. Certes il l'avait regretté, mais il l'avait fait. Il m'avait même dit que j'étais irrésistible, alors pourquoi résistait-il ?

Jusqu'au jour où j'ai compris, un soir en m'endormant.

Il attendait que je lui fasse savoir que j'étais prête.

Chapitre 17

J'ai reconnu le bruit des pas de Joe qui courait dans le couloir quand, brusquement, il a ouvert la porte en me fusillant du regard.

— Où est ta mère ?

— Au golf.

— Viens, on va la chercher un peu plus tôt que d'habitude.

Il est entré dans la chambre et m'a soulevée pour me balancer en l'air.

— Ça marche. Tom a fait une offre et ils l'ont acceptée.

— Tu veux dire qu'on s'installe en Floride ?

— Oui, on déménage, ma jolie ! On n'a encore rien signé mais, Tom et moi, on s'est serré la main pour sceller notre partenariat.

— Extra !

— On signe mercredi. Allez, viens, on va répandre la bonne nouvelle. Tom m'a proposé d'emprunter sa Cadillac.

Il m'a prise par la main et nous avons filé en bas.

Nous avons bondi dans la superbe voiture de Tom, et Joe a démarré au quart de tour, toutes vitres baissées, fonçant vers l'océan. À mesure que nous contournions le pont de Lake Worth, la surface de l'eau virait au gris terne, et les premières gouttes sont tombées. J'ai entendu un grondement de tonnerre au loin.

Il s'est garé sur le parking du golf. Face à nous se déployait un immense rectangle de pelouse verte qui longeait le lac. Les joueurs poussaient leur chariot vers le *club-house*, sans se presser, en dépit de la pluie fraîche. Nous étions assis dans la voiture en attendant de repérer la tache rose du polo de maman ou celle de sa jupe de golf blanche.

J'ai jeté un œil sur le parking. Sa voiture n'y était pas. J'allais le dire à Joe quand j'ai compris qu'il l'avait remarqué. Cependant, nous sommes restés assis, les yeux rivés sur la pelouse mouillée, jusqu'à ce que le dernier joueur de golf quitte le terrain, et le tonnerre a explosé.

Elle est entrée par la porte principale tandis que Joe et moi l'attendions, dans le hall. Joe avait refusé de monter dans la chambre et de se changer, il préférait rester assis dans un fauteuil, les deux pieds fichés dans le sol. J'aurais mieux aimé l'attendre dans le patio, mais il m'avait répondu : « Je t'interdis de bouger. »

149

Elle nous a gratifiés de son plus beau sourire, mais quelque chose dans l'expression de Joe a dû l'alerter parce qu'elle a rejeté ses cheveux en arrière avec ce mouvement que je connaissais par cœur, qu'elle avait quand elle était en retard pour payer le loyer, ou quand elle n'avait pas réglé le laitier. Pas vraiment fuyante, plutôt provocante.

— C'était comment, cette partie de golf ? a demandé Joe en posant son verre et en se calant dans son fauteuil.

Elle a fait un pas en avant d'un air décidé, pris son verre et bu une gorgée.

C'est alors que Mrs Grayson est arrivée avec son grand cabas en toile. Maman a reposé son verre.

— Salut, la compagnie, a lancé Mrs Grayson.

— Je ne suis pas allée au golf, j'étais avec Arlene.

Celle-ci portait ses lunettes de soleil. Pour qui ne l'observait pas suffisamment, pour Joe, par exemple, qui avait le regard tourné vers maman, il était impossible de voir qu'elle hésita un instant avant de répondre :

— C'est moi qui lui ai donné mes meilleures adresses, tu devrais être content, non ? Tu n'as rien à craindre pour ton porte-monnaie.

Elle a filé vers l'ascenseur. Maman s'est penchée pour embrasser Joe.

— Deux minutes, je prends un bain rapide et

je redescends, a-t-elle annoncé avant de courir pour rattraper son amie.

– Tu ne lui as rien dit ? ai-je murmuré.

Joe a penché la tête en arrière et fermé les yeux.

Cette nuit leurs voix m'ont réveillée.

– Pourquoi des cravates, Bev ?

– Épargne-moi ça.

– Pourquoi des cravates ? Pourquoi pas des gants ? Ou des robes ?

– Pour l'amour de Pete, c'est là qu'ils m'ont mise.

– Au rayon des cravates ?

– Oui, a-t-elle répondu d'une voix infiniment lasse.

– Tu as dû avoir plein de clients.

Il avait souligné le dernier mot en appuyant sur le « cl » de clients.

– Chut… Tu vas réveiller tout l'hôtel.

Je me suis levée pour aller coller l'oreille à la porte.

– Maman m'a dit que tu étais une excellente vendeuse. Il paraît que tu as vendu plus de cravates en un mois que le pauvre type qui te précédait en dix ans.

– Plus ou moins, mais parce que c'était pendant la guerre.

– Tu t'en souviens quand même, non ?

Je les entendais se déplacer dans la chambre

et se préparer pour se coucher. Sa brosse à cheveux a claqué sur son vanity-case.

— Je vois que tu te souviens que ton mari a servi pendant la guerre, c'est déjà ça.

— Il est tard. Couchons-nous.

— Et le magasin de bonbons, Bev ? C'était gentil de la part de ton oncle de s'occuper de toi.

— Oui, j'ai eu de la chance.

— Evie m'a raconté. Il t'accordait des pauses, et des petits extras le jour du loyer. Après sa mort, ta tante a serré la vis. Pourquoi penses-tu qu'elle a réagi ainsi ?

— Parce que c'est une salope.

— Ce n'est pas une raison.

— La ferme.

— Pas une raison du tout.

— Je vais me coucher.

— Pas vrai ? a répondu Joe en montant d'un ton.

J'ai entendu un bruit de verre, suivi d'un petit cri de maman. Brusquement, j'ai ouvert la porte.

Le vase en forme d'ananas gisait par terre, brisé. Maman s'est penchée pour ramasser les bris de verre et je me suis précipitée vers elle mais elle a secoué la tête.

— Va te coucher, ma chérie.

Elle avait la voix parfaitement calme, mais ses mains tremblaient tandis qu'elle ramassait les morceaux jaune vif et vert.

— Aucune raison, ai-je entendu marmonner Joe, le dos tourné, sur fond de glaçons tintant contre du verre.

J'ai été réveillée par la porte qui s'ouvrait. Quatre heures du matin. Je me suis redressée. Joe est entré en titubant avant de trébucher contre une sandale et de s'affaler au pied de mon lit.

Il jurait de tous les dieux, la tête contre la moquette. Grand-mère Glam n'était pas là pour hurler : «Je ne veux plus t'entendre jurer comme un bidasse, tu n'es plus dans l'armée!»

— Ça va? ai-je chuchoté.

— Ouais. (Il s'est retourné.) Je l'aime. J'aime ta mère.

— Je sais, oui.

— Je n'ai pas fait exprès de casser le vase.

— Bien sûr que non.

— Cela dit, ça m'est égal. Nom de Dieu, il était immonde.

— Hideux, oui, ai-je renchéri presque en riant avec lui.

— Si tu savais, je ne pensais qu'à elle quand je rêvais de rentrer au pays. Je rêvais de l'avoir à mes côtés, de lui offrir ce qu'elle n'avait jamais eu, de prendre soin d'elle. Ma poupée adorée.

Son visage mouillé de larmes brillait sous la lumière faible de la chambre.

— Je suis dans la mouise, Evie. Dans la mouise, jusqu'au cou.

— Va te coucher.

Il avait beau faire chaud, je me suis glissée hors de mon lit pour poser une couverture sur lui. Il m'a attrapée par le poignet, les yeux clos, en murmurant :

— Où va-t-elle, Evie ? Où va-t-elle ?

Chapitre 18

Pour fêter l'achat de l'hôtel, pourtant pas encore signé, Mr Grayson annonça qu'il nous emmenait tous dîner sur la côte. Y compris Peter.

C'était enfin l'occasion pour moi de porter ma robe Clair de lune.

J'avais décidé de faire une entrée spectaculaire. Mrs Grayson, qui me l'avait offerte, n'en attendait sûrement pas moins.

Je me suis préparée comme j'avais vu le faire maman : pas seulement en enfilant soigneusement ma robe, mais en allant et venant entre la glace et la garde-robe, en me coiffant soigneusement les cheveux, examinant mon visage, m'accordant quelques pauses, en combinaison, chassant le moindre pli sur ma jupe… En appliquant du rouge à lèvres délicatement, lentement. En poudrant légèrement mon nez et mes épaules nues face au miroir. Enfin, en m'offrant une touche de parfum à la naissance des seins, comme maman.

J'avais vécu presque toute la guerre enfant,

et maintenant qu'elle était finie, je ne voulais en retenir que l'aspect romantique. Je refusais d'y penser dans les termes de Mrs Grayson, qui estimait que la guerre avait permis d'occuper l'esprit des petites gens. Cela me rappelait grand-mère Glam qui admirait son jardin de la victoire en pinçant les lèvres, incapable d'offrir un légume à quiconque.

La guerre était synonyme de musique, de bal, de l'idée d'être folle amoureuse et de se marier avant que son fiancé embarque ; de langueur, d'attente infinie, de chansons – *I'll be seeing you in all the old familiar places* [1]. À présent, tout ça avait un sens, la moindre des paroles. Il ne s'agissait plus seulement d'une mélodie qui passait à la radio. Les cordes étaient tendues et vibraient, et je devenais folle.

Si Peter et moi nous étions rencontrés pendant la guerre, nous serions-nous fiancés ? me demandais-je. Les choses seraient-elles allées plus vite ? Au lycée, je connaissais des filles qui se disaient non pas fiancées, mais « promises », et je trouvais ça d'une suffisance inouïe. Aujourd'hui j'en rêvais. Le temps semblait foncer sur moi comme une rame de métro, un pur courant d'air et de chaleur. J'avais peur que du jour au lendemain nous fassions nos bagages, sautions dans la voiture, et je le perdrais à jamais.

1. « Je verrai ton image dans tous nos endroits préférés. »

— Tu es prête ? a hurlé Joe.

— Pas tout à fait. Je te retrouve en bas.

— Jésus Marie Joseph, Evie, promets-moi que tu ne deviendras jamais comme ta mère !

Je l'ai vu sur son visage : Peter a été époustouflé, réellement, de même que Mrs Grayson, et maman et Joe.

— Tu es belle comme un soleil, m'a dit Peter.

— Où as-tu déniché une robe pareille ? a crié Joe.

Un silence pesant a suivi.

— C'est moi qui la lui ai offerte, a expliqué Mrs Grayson. Elle est renversante, n'est-ce pas ?

— Sublime, a renchéri Peter. Une vraie femme.

— C'est ridicule, s'est écriée maman d'un ton sec qui a glacé l'assemblée.

— Remonte et va mettre une robe décente, m'a sommée Joe en me tordant le bras.

— Joe, elle est tout à fait décente. ., m'a défendue Mrs Grayson.

— Je suis son père ! a-t-il hurlé en me poussant vers l'ascenseur.

— Elle va bientôt avoir seize ans, a argumenté Mrs Grayson.

Mais elle a croisé le regard de son mari et s'est tue.

Joe et maman sont montés avec moi dans l'ascenseur. J'étais au bord des larmes, au bord d'une vraie crise de nerfs, mais je me suis retenue.

Maman est allée dans ma garde-robe et a sorti ma vieille robe de soirée, rose, avec de la dentelle autour du cou. Elle a déboutonné celle que je portais pour m'aider à la retirer avant de me passer l'autre.

– Ça suffit, a commenté Joe. Ça suffit, Evie. Je sais que tu files doux derrière mon dos, mais dis-toi bien qu'aujourd'hui c'est fini.

Maman remontait la fermeture éclair dans mon dos.

– Il est hors de question que ce type traîne autour de ma fille. Tu as vu le regard qu'il lui a jeté ? Pire qu'un boy-scout lèche-cul qui rêve de recevoir son badge d'honneur !

Maman a fini de remonter ma fermeture. Elle m'a essuyé le visage avec un mouchoir en papier. Sauf que je ne pleurais pas. C'est elle qui pleurait.

– Il faut que ça s'arrête, murmurait-elle. Mon bébé, il faut que ça s'arrête.

Après avoir bu trois verres, Joe était de bien meilleure humeur. Il donnait de grandes claques dans le dos de Tom en l'appelant «mon pote». Il avait le visage rouge et fumait cigarette sur cigarette. Quant à moi, j'avais choisi un cocktail baptisé Shirley Temple et un grand plat de spaghettis, pas vraiment la combinaison idéale.

Le dîner était censé être l'occasion de

fêter un événement joyeux, sauf que personne n'avait l'air joyeux. Tout le monde s'agitait, comme Joe, ou buvait, comme maman. Mrs Grayson et maman n'ont pas échangé un mot de la soirée. Je pensais que c'était à cause de la robe. Mrs Grayson a commandé un gin tonic mais n'a rien bu. Maman n'a pas touché à son assiette.

Joe avait beau répéter : «Ce sera une soirée inoubliable!», chacun ne souhaitait qu'une chose, l'oublier au plus vite. Même Mr Grayson avait l'air mécontent. Il a dévoré son steak, puis noué sa serviette autour de son cou pour manger ses spaghettis. Il avait l'air d'un gamin de dix ans.

Peter m'a gratifiée d'un sourire pincé en s'asseyant mais ne m'a pas adressé la parole. À chaque bouchée, à chaque instant, j'avais envie de le prendre par la main et de fuir avec lui. Ce fut le dîner le plus long de ma vie.

— On devrait organiser une sortie de pêche. Qui serait partant, demain? a lancé Joe. On pourrait louer un bateau sur les quais et passer une superbe journée en mer.

Personne n'eut l'air très enthousiaste.

— Qu'est-ce que tu en dis, Tom? On embarque un ou deux thermos et on demande à Rudy à la cuisine de nous préparer un casse-croûte.

— J'ai entendu dire qu'une mauvaise tempête se prépare.

— On n'ira pas au large, on restera dans la lagune.

— J'ai le mal de mer sur les bateaux à moteur, a objecté Mrs Grayson. Je préfère la voile.

— Il suffit d'avoir quelqu'un d'un peu expérimenté à la barre, est intervenu Peter. J'ai grandi au bord de la mer. J'ai le pied marin.

— Ah! a lâché Joe. Ton petit papa plein de fric t'avait offert un bateau à moteur. J'espère qu'il te laissait déclencher la corne de brume.

— Bien sûr. J'adore déclencher les cornes de brume, bien fort, pour que tout le monde entende.

— Personne ne t'a demandé de venir, Coleridge.

— Si, moi, a répondu Tom. Si on part en mer, c'est tous ensemble.

— Tu vois, Joe? Personne n'aime être largué. Ça rend nerveux, un peu comme si ça te démangeait.

— T'as qu'à te gratter.

Toute la tablée les regardait. La vague de colère, explosive, allait et venait entre eux.

— La lune est superbe ce soir, vous avez vu? a lancé Mrs Grayson.

Après le dîner, chacun a fumé une cigarette avec son café, quand, enfin, il fut l'heure de rentrer. Nous sommes allés devant le restaurant en attendant les voituriers. Les feuilles de palmier noires chuchotaient dans la brise fraîche. J'ai regardé Peter. Il avait les mains dans les poches et observait maman et Joe.

«Regarde-moi regarde-moi regarde-moi… »

La voiture de Mrs Grayson est arrivée, tout le monde s'est déplacé, et Peter s'est retrouvé à côté de moi.

– Un mouillage de sécurité, voilà ce qu'il nous faut.

– Un mouillage de sécurité ?

– C'est ce qu'il faut quand il y a un ouragan. Tu te débrouilles pour trouver une petite crique bien abritée et tu amarres ton bateau là en attendant que la tempête passe. Toi et moi, on devrait se trouver un mouillage de sécurité.

– Il est temps d'y aller, Coleridge, a déclaré Joe.

– Je ne suis pas assez bien pour ta fille, c'est ça ? Pas assez bien, même pour lui parler ? Pour quoi encore je ne suis pas assez bien, je peux savoir ?

Joe était prêt à lui casser la figure.

Peter a alors poursuivi d'une voix si basse que seuls nous trois avons dû l'entendre.

– C'est qui le salaud, ici, Joe ?

Ils étaient face à face. Le visage de Joe était fermé.

Ses doux yeux bruns étaient devenus noirs et sans vie. Pour la première fois j'ai compris : ce n'est pas Peter qui avait peur de Joe, c'était le contraire. Joe avait peur de Peter.

Joe a brandi le poing et Peter a reculé, mais il n'a pu éviter le coup qui a touché, heureusement ni la mâchoire ni le nez, mais l'oreille, et pas trop fort. Joe a chancelé et failli tomber, ce qui l'a rendu plus furieux encore. Il était prêt à flanquer un second coup de poing quand Peter a fait un pas en arrière, les mains levées.

– Il est peut-être temps d'arrêter, sergent ? Bonne nuit, Evie.

Il a tourné les talons et filé à l'autre bout du parking. Maman et les Grayson montaient dans la voiture, ils n'avaient rien vu. Le voiturier a couru pour aller récupérer la voiture de Peter, quand celui-ci l'a rattrapé et l'a pris par l'épaule.

C'est arrivé si vite que personne ne l'a remarqué sauf moi.

Chapitre 19

Nous nous sommes garés devant l'hôtel et Wally s'est dirigé vers nous d'un pas tranquille. D'habitude, il se précipitait sur la portière qu'il ouvrait en moins de temps qu'il n'en faut pour le dire.

— Tenez, cher Walter, a déclaré Mr Grayson en lui remettant vingt-cinq cents.

Wally a pris les clés et la pièce, sans un mot.

Dans le hall, nous sommes tombés sur le directeur, Mr Forney, debout face à nous, qui semblait nous attendre.

— Mr et Mrs Grayson, je pourrais vous dire un mot ? Près de la réception, là-bas.

Pas de « s'il vous plaît ». D'ordinaire, il passait son temps à essayer de nous « être agréable ». « S'il vous plaît, Monsieur, vos messages. » « S'il vous plaît, Monsieur, votre réservation pour le dîner est confirmée. » « S'il vous plaît, Monsieur, par ici. »

De même, Wally nous avait épargné ses « oui, M'sieur ».

J'ai vu la colonne vertébrale de Mrs Grayson

frissonner. Elle a jeté un œil sur son mari, qui demeura imperturbable, souriant.

— Pourquoi pas ici ? a-t-il répondu.

Joe s'est approché de Mrs Grayson.

— Il y a un problème ? a-t-il demandé.

— Vous avez reçu un appel ce soir, a expliqué le directeur, d'une certaine Mrs… (il s'est éclairci la gorge) Mrs Garfinkle. (Il avait prononcé le nom comme un mouchoir en papier humide qu'il tiendrait du bout des doigts.) Elle a demandé que vous la rappeliez. Une histoire de transfert d'argent par virement.

Le directeur a repris :

— La dame a précisé qu'elle était votre mère.

Mr Grayson a pris le feuillet avec le message écrit et fait volte-face.

— Merci.

— Je voulais vous interroger sur…

Mr Grayson a pivoté si brusquement que Mr Forney a reculé d'un pas.

— Vraiment, vous vouliez m'interroger ?

— Pour m'assurer que cette dame est votre mère.

— Jusqu'à preuve du contraire, oui.

— Tom, a murmuré Mrs Grayson en effleurant sa manche.

— Je suis navré, mais nous avons une politique très stricte.

— C'est-à-dire ?

— Mr Grayson, nous étions certains que

vous et votre épouse étiez des goys. Mais après avoir parlé avec votre mère, je crains de m'être trompé.

– Vous ne m'avez rien demandé.

– C'est une règle tacite, acceptée par tous à Palm Beach. Du reste, je crois savoir que les vôtres s'épanouissent plus volontiers autour de Miami. Je vais vous envoyer un groom pour vos bagages.

– Vous êtes en train de me chasser de votre hôtel ? s'est écrié Mr Grayson, le visage cramoisi.

– Il se trouve que votre réservation arrive bientôt à échéance et nous avons de nombreux clients prévus dans les jours qui viennent.

– N'importe quoi, est intervenu Joe.

– Nous faisons tout pour assurer le confort de tous nos clients au Mirage, et nous estimons qu'ils sont en droit de…

– Tom, partons, a lancé Mrs Grayson en tirant son mari par le bras.

– Pas ce soir. Il est hors de question que je parte tout de suite pour dégoter un hôtel en pleine nuit.

– Je peux vous en recommander quelques-uns.

– Nous serons partis avant le petit déjeuner, a répondu Mr Grayson en fusillant le directeur du regard.

Celui-ci a soutenu son regard jusqu'au moment où il a légèrement incliné la tête.

— J'accepte.

Il s'est éloigné d'un pas vif, comme si c'était lui qui était en droit d'être froissé.

Un long silence a suivi.

— Allons-y, Tom, a répété Mrs Grayson.

— Tu ne vas pas encore me dire que tu avais raison? a-t-il répondu sans conviction.

— Mon amour, a-t-elle chuchoté.

Une telle bonté, une telle chaleur se dégageaient de ces mots que j'ai été étonnée qu'il ne se retourne pas. Il s'est contenté de regarder droit devant lui.

— Tom, l'a interpellé Joe. Je peux faire quelque chose pour t'aider?

— M'aider à préparer mes bagages, peut-être, a-t-il rétorqué avec une grimace.

— C'est épouvantable, a renchéri maman. Je...

L'heure était grave pour les Grayson, et exclusivement pour eux. Arlene a jeté un œil rapide sur maman comme pour dire : «Mêle-toi de tes oignons», mais j'ai très bien compris.

Et nous sommes restés ainsi, penauds, à les regarder appuyer sur le bouton de l'ascenseur. Les regarder attendre. Les regarder monter. Nous étions pétrifiés.

Atroce.

Un jour, dans ma cour de récréation, Herbie Connell a lancé une pierre qui m'a atteinte en plein dos. Voilà ce que j'ai ressenti : atroce, c'était atroce d'être poignardé dans le dos.

– Eh bien ! a lâché maman dès que la porte de notre suite fut fermée. Ce directeur minable de rien du tout ! J'aurais dû lui arracher son nœud papillon grotesque pour le lui fourrer dans la gueule.

– Je n'en reviens pas qu'une chose pareille m'arrive, a répondu Joe. On signe demain. Ça fout tout en l'air.

– Comment ça ? Ils se font virer de l'hôtel, pas de Floride. Pourquoi ne signerait-il pas ?

– Tu as vu leur tête ? Tu n'as pas compris ? L'affaire est foutue. Seigneur Dieu, Bev ! Tu ne pourrais pas avoir un peu de jugeote de temps en temps ?

– Ce n'est pas ma faute. Tu m'entends, Joe ? Tout n'est pas ma faute !

– Laisse-moi réfléchir, a-t-il répondu en arpentant la chambre.

– Réfléchir à quoi ? Demain, tu discutes avec Tom et vous vous arrangez.

– Tu crois qu'on peut racheter l'hôtel maintenant ? Avec ce qu'ils viennent de découvrir ?

– Dans ce cas-là, achetez un autre hôtel. Tu n'es pas obligé de rester à Palm Beach. Tout le monde s'en fout.

– Je te ferai remarquer que tu ne m'as jamais soutenu. Pourquoi est-ce que tu écoutais Arlene qui te disait de te méfier ? Tu n'aurais pas pu m'aider un peu ? Que s'est-il passé avec elle, de toute façon ?

— J'étais sûre que tu m'accuserais. Tu as été encore plus rapide que ce que je pensais. Trente secondes. Tu savais que l'affaire était risquée. Tu savais qu'il était juif, non ? C'est pour ça qu'il avait besoin de ton nom pour signer.

— Il devait être un partenaire silencieux. Qui serait allé vérifier ?

— Les gens de l'hôtel, justement. Alors, qui sait s'il n'avait pas envie de le faire exploser, cet hôtel – et je ne dis pas qu'il a tort –, mais tout ce que je sais, c'est que tu ne devrais pas t'étonner que votre projet s'écroule. C'est le risque, quand on essaye de reprendre une affaire. Surtout une affaire que des gens huppés veulent relancer à leur image.

— Ça y est, c'est ma faute.

— Non, ce n'est pas ta faute, Joe, a répondu maman d'une voix lasse. Mais ce n'est pas non plus la mienne. Tu ne me dis jamais rien des contrats que tu comptes signer, mais quand tu te fais baiser, c'est ma faute. Laisse-moi me faire baiser de mon côté, je te remercie.

— Oh, je te rassure, tu es excellente de ce point de vue, ma poupée jolie. Ça, c'est certain.

— Arrêtez de vous disputer ! ai-je hurlé.

Mais ils ont continué.

— Pourquoi m'as-tu épousée, Joe ? Pourquoi m'as-tu demandé de t'épouser ?

— Je n'étais pas le même.

— Tu ne me fais pas confiance, c'est ça ? Tu ne m'as jamais fait confiance, mais je n'ai jamais voulu l'admettre. Je pensais que c'était parce que tu étais fou amoureux de moi. Mais pas du tout, tu t'es débrouillé pour que quelqu'un me surveille pendant que tu étais de l'autre côté de l'Atlantique. Ta mère, qui m'avait à l'œil, comme un faucon. Il suffisait que je m'arrête pour acheter un paquet de chewing-gums et elle me demandait pourquoi je rentrais en retard.

— Tu avais besoin d'être surveillée, Bev ?

— Arrêtez, ai-je supplié. Je vous en prie, arrêtez !

— Tu as dû rencontrer un sacré nombre de types quand tu vendais des cravates.

— Arrêtez !

Je ne pouvais plus en entendre davantage. Je suis sortie en courant.

Chapitre 20

J'ai dévalé la rue pieds nus, sandales à la main, évacuant ma douleur en hoquetant et en haletant. Je suis passée devant *Les Brisants*, puis j'ai descendu une rue bordée de palmiers, et de nouveau tourné.

Il faisait nuit noire. Les nuages cachaient la lune. Les haies de hauts ficus plantés sur les deux côtés ressemblaient à des géants malveillants et terrifiants. Je courais, courais dans la rue sombre et silencieuse. Les villas avaient les volets fermés, les propriétaires étaient absents jusqu'à l'hiver. « Quel endroit détestable, pensais-je, il faut attendre le mois de décembre pour que tout se réveille. »

J'étais hantée par l'image de la main de Tom Grayson, agrippant le mot à la réception, et celle du visage du directeur. Il devait rêver de lui balancer ça en pleine figure, enfin ! Trop content. Ça me révoltait.

Et Joe et maman. Je les avais déjà entendus se disputer, mais jamais avec une telle violence, prêts aux reproches les plus mesquins, les plus douloureux.

Quel secret se cachait derrière ce drame? Il fallait que je le sache.

J'ai décidé de me diriger du côté où j'avais vu la décapotable bleue tourner. Il n'y avait pas la moindre voiture à la ronde, pas de lumières aux fenêtres des maisons. J'ai continué à marcher, marcher, une rue, puis une autre. Plusieurs allées bifurquaient à partir de la voie centrale et je remontais chacune d'elles pour voir si sa voiture était garée là, plaquant le visage contre les portes vitrées des garages.

J'ai fini par apercevoir un chemin en terre sous une voûte de pins. L'obscurité était totale et je ne voyais rien, sinon les contours d'une maison blanche dissimulée par de grands arbres aux racines tordues. Les volets étaient bouclés. J'ai contourné la maison en suivant un petit sentier couvert de coquillages écrasés. J'ai remis mes sandales.

Deux chaises longues étaient placées l'une en face de l'autre. Peter était dans l'une des deux, dans le noir, contemplant la piscine vide et couverte de débris, de feuilles, d'herbe et de sable accumulés dans le fond sale et brunâtre.

– Tu venais prendre de mes nouvelles? a-t-il déclaré, le dos tourné. Quelle délicatesse.

Il n'avait pas l'air ravi.

Je me suis approchée et il s'est retourné. Son visage était d'une neutralité absolue.

— Salut, toi.

J'étais décontenancée.

— L'atmosphère est sinistre. Tu n'allumes pas? ai-je bafouillé.

— Les gens coupent l'électricité en été. Mes amis m'ont dit d'allumer mais je ne voulais pas abuser de leur gentillesse. Je te l'ai dit, je campe.

— Pourquoi les fenêtres sont-elles barricadées?

— À cause des ouragans. Je n'ai pas voulu demander au gardien de les ouvrir. Le type doit avoir près de quatre-vingt-dix ans. À quoi dois-je le plaisir de ta visite, à part ça?

— Il fallait que je te voie.

— Ne t'inquiète pas, ma petite chatte. Joe ne m'a pas fait mal.

— Non, enfin, je suis désolée pour ça, mais... les Grayson se sont fait renvoyer de l'hôtel. Ce soir. Ils sont juifs. Le directeur les a virés, ni plus ni moins.

Peter a lâché un long *pfff* en secouant la tête.

— Palm Beach est une zone réservée. Tout le monde le sait.

— Je ne savais pas. De toute façon, tu n'as pas le droit de virer quelqu'un comme ça.

— Bien sûr que si. C'est comme ça que ça marche. Je te l'ai déjà dit. Il n'y a pas de panneau devant l'hôtel, mais Arlene et Tom savaient parfaitement ce qu'ils risquaient. Qu'est-ce qu'ils vont faire ?

— Ils partent demain matin. Peter, tu ne comprends pas. Le directeur : il y a pris un vrai plaisir.

Il a soupiré.

— Ça me dépasse ! me suis-je exclamée.

— Tant mieux. Tant mieux si tu es dépassée.

— Mais toi, tu ne l'es pas. Alors, puisque tu comprends, explique-moi. Dis-moi comment on peut se comporter ainsi et en tirer satisfaction.

— Mon bébé, je reviens de la guerre, n'oublie pas. Je comprends parce que c'est là qu'est la source du mal dans le monde : des mecs qui aiment faire le mal.

Le visage de Peter s'est fermé et contracté. Il a ajouté :

— Moi aussi, je me suis mal comporté à une époque. Nous nous sommes tous mal comportés, au moins une fois dans notre vie. Impossible d'y échapper.

J'ai senti l'obscurité chaude se resserrer autour de moi.

— Dis-moi, dis-moi ce que tu as fait ! ai-je imploré, doucement car la vérité semblait peu à peu se dévoiler, la vérité la plus crue, là, face à moi. Ce que toi et Joe vous avez fait. Qu'est-ce qu'il s'est passé ? Tu m'as dit que j'étais gentille.

173

Je me fiche d'être gentille. Je veux savoir. Je veux savoir pourquoi Joe boit et pourquoi il t'en veut à mort. Pourquoi il veut déménager ici. Pourquoi il veut fuir de chez lui.

– Demande-lui. C'est ton père.

– Avoue, Peter. Avoue à quelqu'un et que ce soit moi.

Il a brusquement tourné la tête pour regarder la piscine.

Il avait l'air tellement abattu que j'ai eu un sursaut d'audace.

– Confie-toi à quelqu'un qui t'aime.

– Tu ne m'aimes pas, ma grande. Tu es une jeune fille adorable avec un petit faible très touchant. Mais tu ne me connais pas…

– Si, je te connais. Je te connais de fond en comble. J'ai remarqué que tu as été très délicat avec Mr Grayson quand il était gêné d'avoir révélé qu'il avait été réformé. Je sais que le soir où je t'ai rencontré tu avais pitié de moi, tu savais à quel point je me sentais gauche dans cette robe, mais tu as quand même dansé avec moi. Tu m'as appris à conduire parce que tu voulais que je goûte un peu à ce qui fait la vie d'adulte. Tu avais conscience que maman me traitait comme une gamine et tu voulais lui montrer que j'avais mûri. Et tout à l'heure, tu n'as pas balancé de coup de poing à Joe parce qu'il avait bu et tu l'aurais assommé. Quelle que soit l'erreur que tu as faite, si terrible soit-elle, toi-même, tu n'es pas quelqu'un de mauvais.

Il était là face à moi et j'ai senti quelque chose changer en lui. J'ai senti que sa vision de moi changeait. La robe dont je pensais qu'elle m'avait transformée à ses yeux ? Ce n'était rien. C'était ça au fond, que j'attendais de lui.

Il s'est assis au bord de la piscine, les pieds dans le vide, et je l'ai rejoint.

— Quand tu es dans l'infanterie, a-t-il commencé, tu parcours des kilomètres et des kilomètres à pied au milieu de ruines : des arbres cassés en deux, des ponts écroulés, des murs de fermes explosés derrière lesquels tu vois des chaises et une table de cuisine avec une tasse, pleine de poussière mais intacte. Et il y a tout ce que tu traverses et que tu ne vois même plus. Il n'y a plus que ton escadron et toi qui comptent. Tu ne te souviens plus de ton pays, même si tu passes ton temps à en parler à tes potes. Tu t'habitues à piquer des objets sur les uniformes des autres, une clé à molette, un fusil, des rations de nourriture... une Jeep même. Tout le monde vole. La guerre te métamorphose en escroc, en menteur, en arnaqueur. Sauf que tu ne trahis jamais tes camarades.

Il a mis les mains sur les hanches comme pour prendre de l'élan et se jeter à l'eau.

— Tu te rappelles l'histoire de la grotte d'Aladin qu'on lisait quand on était petits ?

– Oui.

– Eh bien, Joe et moi, on l'a trouvée. Après la guerre. C'était un hangar à Salzbourg. Plein à craquer, un immense butin, un vrai trésor. Qui n'appartenait à personne. Ça venait d'un train qui avait quitté la Hongrie à la fin de la guerre, bourré d'objets. Les Allemands avaient essayé de tout cacher. Sauf qu'on a découvert la manne. C'étaient des affaires volées aux Juifs. Tu avais de tout : de la vaisselle, des tapis, des montres, des bagues, des peintures, de l'argenterie, et j'en passe. Ils avaient tout entassé dans ce dépôt avant de décider quoi faire avec.

– Qu'est-ce qu'il s'est passé pour… ?

– Les Juifs ? Aucune idée. La plupart étaient morts, je suis sûr, envoyés dans les camps. Peut-être que certains s'en sont sortis ; la fin de la guerre était proche. Il y avait sûrement des «DP», mais comment retrouver leur trace ?

DP. *Displaced Persons.* Personnes déplacées. Nulle part où rentrer, pas de chez-soi. Pas de ville, de village, pas de pays.

– Quoi qu'il en soit, il y avait un monceau de caisses, dont la plupart des propriétaires devaient être morts. Les Allemands avaient consigné chaque nom, qui possédait quoi, jusqu'à la moindre cuillère. Pourquoi ? Où est-ce que tout ça devait aller ?

«Joe et moi, on était devenus copains – il était agent de biens immobiliers, tu vois – et un soir on s'est dit : «À qui le moindre de ces trucs va manquer, franchement ?»

— Et vous avez volé ?

Je croyais vouloir connaître toute la vérité. Mais pas ça.

— Il n'y avait pas que nous. Des officiers ont piqué des tapis et de l'argenterie pour leurs quartiers généraux. Joe en a été témoin, certains envoyaient même des objets chez eux, mais tout le monde fermait les yeux. En tout cas, sur le moment. On s'était débrouillés pour trouver un moyen commode de faire sortir les objets, juste une ou deux caisses, mais des objets de valeur, tu comprends ? En plus, Joe avait entendu parler d'une valise qui contenait de l'or. Des pépites d'or. Alors que faire ? Laisser l'armée s'en emparer ? C'était la fin de la guerre, on pensait déjà au retour et à ce qu'on allait faire une fois rentrés au pays. L'idée, c'était que Joe fasse passer l'or aux États-Unis, et un type qu'il connaissait devait lui fournir du liquide en échange en prenant une commission au passage. Ensuite, je devais le rejoindre et partager le reste avec lui. Sauf que, une fois rentré, Joe n'a pas eu la patience d'attendre, trop bien assis sur son tas d'or. Il a tout pris et acheté un négoce, puis un autre.

— Il nous a dit que c'était grâce à un emprunt accordé aux GI.

— Au bout de quelque temps, je lui ai envoyé

un mot mais il n'a pas répondu. Du coup, dès que je suis rentré aux États-Unis, je suis parti à sa recherche. Il évitait mes appels. Il avait tout dépensé. Jusqu'au moment où il a fichu le camp en Floride…

— C'est toi qui as appelé ce soir-là ?

— Oui et le lendemain je me suis présenté chez vous. Ta grand-mère mène peut-être la maison à la baguette, mais très vite elle s'est mise à vanter les mérites de son fils qui était parti prendre des vacances en Floride. J'ai tout de suite suivi.

— Si je comprends bien, Joe t'a complètement entourloupé ?

— Mettons les choses ainsi : il serait soulagé si je disparaissais.

— Je ne comprends pas. Ton père a de la fortune. Pourquoi est-ce que tu as tellement besoin de cet argent ?

— Ouais, enfin, je ne m'entends pas franchement bien avec mon père. De toute façon, c'est une question de principe. Et maintenant, Joe m'annonce que, s'il signe ce contrat avec Grayson, il récupérera du fric et il me donnera ce qu'il me doit. Il prétend que c'est lui qui a pris tous les risques et que je peux attendre. Mais je commence à en avoir ma claque d'attendre.

— Si les Grayson savaient ce que Joe a fait…

— Ouais, ils seraient un peu moins partants. Monter une affaire avec un gars qui a spolié les biens de Juifs ?

J'essayais d'imaginer le hangar plein de caisses. Le mur de ferme détruit derrière lequel on voyait la table, les chaises et la tasse vide. Toutes ces affaires qui appartenaient à des familles disparues. J'ai jeté un œil sur le fin bracelet en or que j'avais au poignet, que je ne retirais jamais. Je l'ai enlevé et fait tournoyer au bout de mes doigts. Je me demandais à quoi ressemblait la jeune fille qui avait été obligée de le remettre à un officier allemand.

Soudain, j'ai revu Margie écrasant l'arrière de la chaussure de Ruthie Kalman.

– Le problème, a repris Peter, c'est que là-bas, c'était très facile. On ne se posait pas de questions, on avait une occasion à saisir et on la saisissait. Mais je t'avoue que, depuis quelque temps, les pensées les plus folles me traversent l'esprit. Qui sait si cet argent n'est pas maudit et si quelqu'un ne doit pas payer ?

L'heure était grave. J'avais la conviction qu'il fallait que d'une manière ou d'une autre j'aide Peter. Mais j'avais du mal à y voir clair, à distinguer l'image que j'avais de lui, de ce qu'il venait de m'avouer. Je l'aimais. J'aimais tout chez lui, même les parties qui m'échappaient.

J'ai joué avec le bracelet qui est tombé en cliquetant. Il a roulé jusqu'au bord de la piscine où il est resté en équilibre – une seconde. Nous l'avons regardé basculer dans un silence absolu.

– Tu sais ce que dit le prêtre à la fin de la confession ? ai-je demandé. Quand tu as vidé tout ton sac de péchés ? Le prêtre dit : « Je t'absous. » En fait, il le dit en latin, et souvent d'une voix lasse, en marmonnant dans sa barbe, mais tu sais ce que ça signifie et tu y crois. Tu sors de là avec un nouveau lot de grâces, prêt à tout recommencer.

– Tu pourrais faire ça pour moi ?

– Je t'absous.

Je me suis penchée vers lui et je l'ai embrassé sur la bouche. Mon souffle s'est mêlé au sien.

Nos visages étaient si proches, ses yeux si doux... Il a secoué la tête, non pas pour dire non, mais comme s'il s'interrogeait.

– Tu penses vraiment que c'est aussi simple que ça ? Qu'une fille comme toi peut faire naître en moi...

– Faire naître en moi quoi ?

– Faire naître en moi.

J'ai eu l'impression de me déployer, comme si la nuit m'avait emplie d'étoiles.

– Viens, m'a-t-il dit en se levant. Il vaut mieux que je te ramène.

Il m'a aidée à me redresser et j'en ai profité pour m'appuyer contre lui.

Pour une fois, il ne cherchait pas à conserver une distance entre nous. Il a passé la main le long de ma colonne vertébrale en demandant :

– Tu sais ce que tu as ? Le sens du nord.

– C'est quoi ?

– À l'intérieur de toi, là, le long de ta colonne… (Il a de nouveau glissé un doigt, et j'ai frissonné.) Tu as un truc, comme l'aiguille d'une boussole. Tu sais spontanément où se trouve la bonne direction.

Il m'a regardée droit dans les yeux et cette fois-ci j'ai compris. J'ai compris comment dire oui sans ouvrir la bouche.

Il m'a embrassée, et son baiser s'est prolongé en un long et profond secret.

Sa bouche s'est entrouverte, la mienne aussi. J'ai senti sa langue mais j'ai été tellement surprise que je n'ai pas su comment réagir. Au début. Puis il m'a montré.

Mon pouls semblait s'être déplacé. Il venait d'ailleurs, d'un lieu profond et enfoui que je venais de découvrir en moi. Il a posé la main dans le creux de mon dos, comme si nous dansions, et il m'a serrée contre lui.

Il s'est allongé sur la chaise longue et je l'ai suivi, couchée sur lui, dans ses bras, et nous nous sommes longuement embrassés, plus profondément, mus par un besoin plus fort encore.

Je savais que ce n'était pas bien mais je m'en fichais. Pourtant j'étais un peu perdue. Personne ne m'avait jamais expliqué les différentes étapes. Mon unique référence était Margie, qui hochait consciencieusement la tête alors qu'elle n'y connaissait rien.

J'ai senti un mouvement contre moi, contre ma jupe. C'était peut-être ça, le cœur du mystère.

Je n'avais aucune envie d'arrêter, mais il fallait que je reprenne mon souffle.

– D'accord, a-t-il murmuré. D'accord, mon amour, on arrête.

Je me suis écartée, très légèrement.

– Non, je ne veux pas qu'on arrête.

– Evelyn ! a hurlé une voix.

Maman était à quelques mètres.

– Evelyn, lève-toi.

Je l'avais déjà vue en colère contre moi. « Ferme la porte, tu ne sens pas le courant d'air ? » « Tu crois que je vais passer mon temps à te crier après ? » « Si je te dis rentre à neuf heures, c'est neuf heures, pas neuf heures vingt ! »

Mais ce soir-là, c'était différent. Son visage semblait plus émacié, plus pâle, ses yeux étaient sombres.

Je me suis dégagée.

– Bev…

– Je vous interdis de m'adresser la parole, ni l'un ni l'autre.

– Comment tu m'as trouvée ?

– Ce n'est pas ce que tu penses, Bev…, s'est défendu Peter. Elle…

– Je l'aime ! ai-je hurlé. Je l'aime ! Je n'ai rien fait de mal. Je l'aime et il m'aime.

– Evie, monte immédiatement dans la voiture.

Sa voix m'a fait froid dans le dos, si sèche, si cassante.

– Je l'aime !

– Beverly !

Elle a ramassé un cendrier qui traînait et l'a jeté violemment.

Qui visait-elle ? Moi ou Peter ?

Le cendrier a heurté le béton et j'ai reçu un éclat de verre en plein front, près de l'œil.

– Seigneur ! a hurlé Peter en sortant un mouchoir pour me l'appliquer sur le front.

Le sang a coulé sur mes tempes.

– Tu es folle, Beverly !

Peter m'a jeté un regard implorant, mais si rassurant que j'ai eu l'impression de n'avoir plus rien à perdre. « Il m'aime. Il m'aime, oui, il m'aime. »

– Monte dans la voiture, a répété maman. Tout de suite. Et toi, fous le camp, illico.

J'aurais pu lutter contre elle. J'aurais pu utiliser ce que je savais de ses sentiments à lui pour le lui cracher en plein visage, lui prouver que j'étais une adulte. Mais le sentiment d'être une adulte ? Je venais de découvrir quelque chose : c'est une impression qui va et vient. Je craignais encore ma mère.

Je suis passée devant elle et je l'ai abandonnée face à Peter.

La voiture était garée à côté de celle de Peter, sous l'arbre. J'allais ouvrir la portière du côté passager quand je me suis arrêtée : un vent soudain s'est levé et une pluie de pétales orange est tombée, revêtant le capot d'une douce couverture.

J'ai pris une poignée de pétales que j'ai écrasés dans ma main. Que faire maintenant ?

Maman avait assisté à tout. Elle savait ce que je ressentais pour Peter. Elle savait où je m'étais réfugiée. Et elle le dirait à Joe. Je ne reverrais jamais Peter s'ils s'y opposaient Ils feraient tout pour que je demeure une petite fille sage en robe rose. Ils refuseraient de voir en moi ce que Peter avait vu ce soir.

Mais étais-je une adulte si j'étais incapable de lui tenir tête ? Pourquoi étais-je incapable de revenir en arrière pour l'affronter ?

Je me suis appuyée contre la voiture et j'ai aperçu mon visage dans le pare-brise. Telle de la buée sur une vitre. J'ai eu envie de briser cette image de petite fille timorée. À qui est-ce que j'en voulais, à moi, ou à maman ?

Elle s'est précipitée sur la voiture, elle a ouvert la portière et je suis montée. Elle a démarré en marche arrière en faisant crisser les pneus sur les coquillages écrasés, et remonté l'allée avant de filer vers l'hôtel.

Elle conduisait à toute allure, les vitres baissées. J'avais mal au front et je saignais. J'ai tiré la langue pour goûter mon sang.

– Je t'en prie, Evie, ne fais pas les mêmes bêtises que moi.

Nous sommes arrivées et elle s'est garée sur le parking. Elle a posé la tête sur le volant avant de se redresser et de tourner le rétroviseur de son côté. Lentement elle a remis du rouge à lèvres en tâchant de maîtriser ses doigts qui tremblaient.

Elle est sortie en claquant la portière, s'est recoiffée, a lissé sa jupe pour en chasser les plis.

— Je ne dirai rien à Joe.

Je lui ai jeté un regard surpris.

— Ça sera notre secret. Mais je t'interdis de recommencer. C'est déjà allé trop loin.

J'ai failli répondre que je ne retournerais pas en arrière. Mais à quoi bon ?

— Jamais. Promets-moi.

Seul le bruit de nos talons sur les pavés brisait le silence. Elle avait sollicité ma promesse mais je n'avais pas répondu. Et elle n'avait pas insisté.

Chapitre 21

Quelqu'un avait oublié une planche dans la piscine. Elle flottait en heurtant le bord. J'ai voulu m'y allonger pour dormir. J'ai retiré mes sandales, remonté ma jupe d'une main et je suis entrée dans l'eau pour l'attraper et glisser dessus. De l'eau a pénétré sur les côtés, trempant ma jupe. J'ai repoussé le bord.

Je voulais souiller cet hôtel, y laisser une empreinte indélébile. Que mon sang inonde la piscine après cette soirée... Hélas, il s'est dissous en un fin ruban rose.

Je me suis laissée flotter. Mais sans soleil, il est impossible de s'endormir sur une planche. On est tout simplement trempé.

Soudain, j'ai reconnu Mrs Grayson qui m'observait. Elle portait une jupe avec des ballerines et un sac à main.

– Que fais-tu ici ?

– Je n'arrivais pas à dormir.

– Tu comptes les moutons dans la piscine ?

Je me suis redressée et j'ai ramé jusqu'à elle.

– Tom est en train de ranger les bagages dans la voiture.

– Je croyais que vous partiez demain matin ? Je suis sortie de la piscine, ruisselante.

– Le lit est moins confortable que ce que je pensais.

Elle a écrasé sa cigarette et l'a longuement considérée avant de la jeter avec une chiquenaude dans la piscine.

Nous l'avons regardée flotter en silence. Elle avait un pull autour des épaules et frissonnait, les bras croisés pour se réchauffer malgré la douceur de la température. C'était la première fois que je la voyais sans rouge à lèvres. La bouche d'une femme est si petite et si pâle sans rouge…

– Il va y avoir une tempête, j'ai entendu ça à la radio, a-t-elle dit d'un air absent. Un ouragan qui devrait frapper au sud, du côté de Miami.

– On ne savait pas que l'hôtel était réservé aux non-Juifs.

– Les Juifs savent que Palm Beach applique ce règlement, eux. C'est annoncé dans les contrats immobiliers. Pas de Juifs, pas de Nègres.

– Je ne comprends pas. Pourquoi êtes-vous venus ici alors ?

– Oh, disons que… Tom voulait oublier ce qu'il est, il ne pouvait guère faire plus, il faut bien reconnaître.

Une vague de fatigue m'a envahie. Il fallait que je m'assoie, mais je ne voulais pas qu'elle pense que c'était pour éviter sa conversation.

— À un moment, j'ai pensé que vous étiez des espions.

— On l'est peut-être, a-t-elle répondu avec un curieux grognement.

— Pourquoi est-ce que Tom veut oublier ce qu'il est ?

Elle n'a rien dit, mais elle a vu ma blessure au front.

— Tu t'es blessée ?

— Je me suis cognée.

— Tu as déjà entendu parler de Yom Kippour ?

J'ai secoué la tête et elle a repris :

— C'est un jour sacré pour nous, le jour de l'Expiation. Tom a beau avoir été réformé, la guerre a laissé des traces profondes en lui. Le jour de Yom Kippour, l'année dernière, il est… il est allé au cinéma. Il ne voulait pas rester en famille. Tu sais ce qu'il a déclaré devant sa mère ? « Expiation ? Vu ce qu'il vient de laisser faire, c'est Dieu qui devrait expier pour moi. » Tu aurais dû voir la tête de sa mère. Pauvre Elsa.

— Qu'est-ce que Dieu a laissé faire ?

— Ses cousins, par exemple, tués. Samuel, qui était un frère pour lui, et sa femme, Nadia. Et Irène, leur fille. Elle avait ton âge, au jour près, née le 31 octobre.

– Qu'est-ce qui lui est arrivé ? À Irène ? ai-je demandé en prononçant le nom comme elle, avec un accent chantant, tellement plus joli.

Je l'imaginais parfaitement, cette fille que je ne connaissais pas. Non pas son visage, mais sa silhouette, allongée sur son lit, sur le ventre, les chevilles croisées, écoutant la radio. Une fille normale, comme moi.

– On a essayé de les sauver, tous les trois. Il a fallu attendre la fin de la guerre pour découvrir ce qui leur était arrivé. Un ami de la famille a pris contact avec nous, un survivant des camps qui savait tout.

Une fille née le même jour que moi était morte dans les camps. Une fille que je ne connaissais pas. Je la voyais sur son lit, balançant les pieds au rythme d'un air qui passait à la radio. Je ne parvenais pas à l'imaginer arrêtée. J'étais incapable d'imaginer ce qu'il lui était arrivé ensuite. J'avais entendu parler des camps mais je n'y avais jamais vraiment réfléchi. J'avais vu les articles mais on en avait déjà tellement sur la guerre. Une fois le conflit terminé, après le retour de tous les hommes, je ne voulais plus y penser. Je refusais de croire aux rumeurs qui circulaient sur les cousins de Ruthie Kalman. Je ne voulais plus rien savoir de la guerre. J'en avais assez. Je n'écoutais que Joe qui répétait à l'envi : « C'est fini, là-bas, maintenant c'est ici que ça se passe. »

– Où allez-vous aller ? ai-je demandé.

– Chez nous. Nous rentrons à New York en voiture.

– Ça me dépasse. Pourquoi est-ce qu'ils ne vous autorisent pas à rester ? Pourquoi avoir de telles règles ? Je veux dire, on vient de se battre, il y a eu cette guerre…

– Ce n'était pas pour les Juifs, ma chérie, a répondu Arlene doucement.

– Joe est furieux. Il veut aller voir le directeur dès demain matin…

– Ça serait formidable. Mais il reste, que je sache, il ne quitte pas l'hôtel ?

Je suis demeurée muette. L'idée de quitter l'hôtel ne lui avait pas traversé l'esprit. Ni à maman. Ni à moi.

– Je suis contente que tu aies assisté à cette scène, Evie. C'est bien que quelqu'un comme toi soit témoin de ce genre de scène.

– Pourquoi ? J'ai trouvé ça épouvantable, j'en suis malade !

– Justement. Tu pourrais me rendre un service ?

Elle m'a remis une feuille pliée en quatre. C'était un mot rédigé sur l'envers d'une page de calendrier. Pas sur le papier à en-tête de l'hôtel.

– Tu peux donner ça à Joe, de la part de Tom ?

– Qu'est-ce que c'est ?

– Joe est au courant. Tom se retire de

l'affaire. Il faut que nous rentrions le plus tôt possible.

Elle a souri et s'est penchée vers moi pour m'embrasser.

— J'ai été ravie de faire ta connaissance, Evie Spooner.

Nos visages se sont frôlés.

— Fais attention, désormais, a-t-elle murmuré. Et rentre chez toi. Il est temps pour tout le monde de rentrer chez soi, c'est tout ce qu'il nous reste à faire.

Chapitre 22

Le lendemain matin, Joe s'est levé tôt et a filé. J'ai entendu la porte se refermer alors que le jour pointait à peine, puis le moteur de la voiture qui démarrait par la fenêtre ouverte. Quelques instants plus tard, maman s'est glissée dans mon lit.

Sans un mot, elle m'a serrée contre elle et m'a embrassée sur la tempe, dans ce petit creux qui était notre secret. J'ai posé ma tête contre son épaule et nous sommes restées ainsi un moment en silence.

Au bout d'un certain temps elle s'est mise à parler :

— Il y a une chose qui m'a toujours réjouie, Evie, c'est de voir que tu grandissais comme une fille toute simple, bien dans sa peau. Tu n'as jamais été une petite tête de linotte. Tu es futée et pleine de jugeote. J'aurais voulu que tu le restes aussi longtemps que possible. Quand tu as commencé à devenir une jolie jeune fille, je redoutais que tu en sois consciente. J'y veillais, pour te protéger, tu comprends. Il faut que tu saches une chose : une maman n'a pas envie de voir son enfant répéter ses erreurs.

– Quelles erreurs ? Être trop jolie ?

– Non, mais peut-être en profiter un peu trop. Ce qui m'a valu des ennuis.

Des ennuis. Au début, je ne voyais pas. J'ai cru qu'elle faisait allusion à des punitions à l'école.

– Tu veux dire que… tu t'es mariée enceinte ?

– Oui. Je pensais que tu avais compris ça depuis longtemps.

Moi ? Sœur Marie-Evelyn ?

– Ton père a été obligé de m'épouser. L'oncle Bill ne lui a pas laissé le choix. Remarque, je ne sais pas, j'imagine qu'il m'aimait, à sa façon. Moi, je l'aimais vraiment, mais différemment. Je l'aimais à la folie. Jusqu'au jour où il est parti. Il a donné un grand coup de pied dans notre histoire d'amour comme dans une fourmilière et il a poursuivi son chemin sans moi. J'ai dû t'élever toute seule, et je te promets, ça n'a pas été facile. Parce que j'étais jolie. J'avais un bébé mais pas de mari, et les gens sont rarement bienveillants. Les hommes lorgnent sur toi et les femmes y vont de leurs commentaires, quelle que soit la droiture avec laquelle tu avances coûte que coûte. Tu n'imagines pas à quel point c'est… épuisant.

Avant de rencontrer Joe, si elle avait une liaison, elle disait au revoir à son petit ami devant la porte de la maison grande ouverte.

Jamais elle ne l'aurait laissé entrer. Elle avait eu quelques fiancés, mais aucun de sérieux. « Tous des goujats, disait-elle. La prochaine fois, je serai plus exigeante. »

De mon côté, j'étais très attachée au quartier où nous vivions. J'adorais les rapports amicaux avec les commerçants, avec Mr Gardella, par exemple, qui me glissait des bonbons dans les poches, ou avec Mr Lanigan, qui m'offrait un *egg cream*[1] s'il me croisait en rentrant et qu'il avait de la monnaie sur lui. La fille de Beverly Plunkett avait droit à des *egg creams* et des friandises, et je pensais que c'était parce que je n'avais pas de père. Ou était-ce parce qu'ils étaient sensibles à la beauté de maman ?

— Joe a été une chance pour nous, ma chérie. Je l'ai tout de suite compris. Je me suis dit, enfin un port d'attache. L'occasion de construire une vraie vie : la messe le dimanche, avec le rôti et les pommes de terre.

— Tu étais vraiment amoureuse ?

— Bien sûr, mon bébé. Mais pas comme toi.

Joe est rentré et nous sommes descendus pour le petit déjeuner, comme d'habitude. Nous nous sommes installés à notre table attitrée. Une famille unie, sauf que nous ne disions pas un mot.

1. Boisson à base de chocolat, de lait et d'eau gazeuse.

La tasse de Joe cliquetait sur sa soucoupe. J'ai vu le gardien de baignade ramasser le mégot de Mrs Grayson. Une légère brise a remué les feuilles de palmier et soulevé les serviettes sur la table.

J'essayais de me souvenir de l'atmosphère à la maison avant notre départ. La cuisine pleine de buée, maman et moi sur les genoux de Joe qui nous annonçait notre départ pour la Floride, l'impression que la route se déroulait devant la porte de la maison et qu'il nous y entraînait pour une aventure pleine de rires et de promesses…

Le mot de Mrs Grayson attendait au fond de la poche de ma jupe. L'encre avait un peu coulé mais il était lisible : « Désolé de m'éclipser ainsi. Tu me trouveras à New York. On pourra peut-être lancer autre chose dans un endroit que nous maîtrisons mieux. »

Sous le mot apparaissait le nom de l'hôtel, *Le Métropole*, suivi de l'adresse, sur la Quarantième Rue, côté ouest. Je savais ce qui se passerait si je le remettais à Joe : nous partirions dans la matinée, aujourd'hui même, toujours à la poursuite de cet argent maudit. C'était tout ce que je redoutais. Il fallait que je trouve un moyen pour arranger les choses, mais autrement. Il fallait que je rallie maman et Joe, et que je fasse comprendre à Peter que j'étais faite pour lui. Il l'avait senti la veille, ne fût-ce que pendant une seconde.

D'abord, réconcilier maman et Joe. Je savais faire. D'une façon ou d'une autre, j'arrivais toujours à les réconcilier après leurs bagarres, même à l'époque où ils n'étaient pas mariés. Chacun devait retrouver la place qui lui appartenait.

Je savais que la veille, Peter était à deux doigts de me confier qu'il m'aimait. Je l'avais deviné à sa façon de me répondre : «D'accord, mon amour, on arrête.» Je l'avais lu sur son visage au moment où il m'avait protégée contre la colère de maman.

Soudain, Joe a remarqué la blessure sur mon front.

– Qu'est-ce qui t'est arrivé ?

– Je me suis cognée.

Maman a croisé mon regard au-dessus de sa tasse.

La porte s'est ouverte et Peter est entré. Je m'attendais à tout sauf à ça. Je me suis levée. J'ai cru qu'il était venu pour me voir.

Il nous a dit bonjour en reculant de nouveau la chaise pour moi, avant d'en approcher une pour lui. Il a fait signe au serveur de lui apporter un café. Il avait les cheveux coiffés en arrière et sa chemise bleu clair légèrement ouverte.

Il a versé de la crème dans son café, parfaitement détendu.

– Bonjour, tout le monde. En fait, je passais pour dire au revoir aux Grayson, mais Wally

196

vient de me dire qu'ils sont déjà partis. Je pense qu'il est temps que je m'en aille moi aussi.

Maman a sorti ses lunettes de soleil de son sac d'un geste gracieux.

— Tom m'a proposé d'aller leur rendre visite à New York, a ajouté Peter en buvant une gorgée de café. Maintenant que nous savons que nous pouvons discuter du bon vieux temps ensemble.

Que s'était-il passé? Peter s'en allait? J'étais dépassée.

Était-ce une façon de faire chanter Joe? En dépit de son ton affable et chaleureux. «Le bon vieux temps» : allait-il tout révéler aux Grayson? Pour quelle raison? Par dépit?

Ou était-ce une forme d'absolution?

À cause de ce que je lui avais dit la veille?

Alors était-ce ma faute si Joe avait perdu cette affaire et si Peter s'en allait?

Il fallait que je discute avec lui. S'il révélait la vérité aux Grayson, Joe ne le laisserait plus jamais passer la porte. Il devait y avoir une autre façon de s'en sortir.

Il fallait que nous repartions aujourd'hui, nous aussi. J'aurais le temps de réfléchir en voiture.

J'ai fouillé au fond de ma poche et déclaré :

— Ah, papa, j'ai oublié de te donner ça. De la part de Mrs Grayson.

— Tu avais oublié? a-t-il répondu en m'arrachant

le mot et en le parcourant des yeux. Sacrément courageux, ce Grayson. Il n'abandonne pas notre idée d'association.

— C'est bien, Joe, a commenté Peter. Je le lui dirai quand je le verrai. Je pars après le petit déjeuner.

— On devrait tous rentrer, ai-je renchéri, tu ne trouves pas, Joe ?

— Quoi ? Et rater la journée de pêche prévue ? a répliqué Joe.

La surprise de Peter l'a déstabilisé et il a frémi comme un poisson au bout d'une ligne.

— Joe ? a demandé maman.

— J'ai été à la cuisine pour leur demander de préparer un pique-nique avec des sandwiches au poulet.

— Mais les Grayson ne sont plus là.

— Et alors ? Tu veux qu'on se prive de notre excursion parce qu'ils sont absents ? Après tout, Peter s'en va. On ne va quand même pas se séparer sans s'offrir cette sortie en mer.

— Non merci, a répondu Peter. Je viens de faire le plein, je suis prêt à y aller.

— Tu ne m'en veux quand même pas à cause de la nuit dernière, mon gars ? Tu n'es pas du genre rancunier, j'espère. J'étais un peu à cran, j'avoue. À partir d'aujourd'hui, j'abandonne le whisky, je vous l'annonce à tous.

— Je n'y vais pas, a déclaré maman. J'ai mal à la tête.

– La journée est superbe, il y a un bon petit vent. On organisera une petite fête. Tu n'es pas d'accord, Peter ? C'est toi le marin, non ?

Peter est demeuré muet. C'était la première fois que je le voyais perturbé à ce point-là.

– Allez, venez, tout est organisé. J'ai discuté avec Wally, son père nous a trouvé un bateau. Il nous emmène sur les quais en voiture.

– Joe…, a murmuré maman.

– Pas de rabat-joie, a-t-il répondu sèchement. Et elle l'a bouclée.

J'attendais de voir s'il me demanderait de venir. Il n'était pas d'humeur à accepter qu'on le contredise. Nous avions tous un peu peur de lui, de ses accès de violence, même Peter.

– Evie peut rester ici pour faire ses devoirs. On partira tous les trois.

– D'accord, a répondu lentement Peter. Puisque tu y tiens. Je suis de la partie.

Nous sommes descendus au port en voiture, même si nous aurions pu y aller à pied. Le vent s'était levé, provoquant une risée grise sur la surface de la lagune. Ce n'était pas le jour idéal pour une expédition en mer. Les gens amarraient leur bateau plutôt que de le sortir. Joe s'est arrêté devant un ponton avec un panneau qui annonçait : «Capitaine Sandy, bateaux à louer». Il y avait derrière une petite embarcation blanche avec une cabine. Un homme râblé enroulait du câble sur le pont.

— Vous nous autorisez à monter, capitaine ? a demandé Joe.

— Je ne suis pas sûr, a répondu l'homme, les jambes solidement écartées pour résister au roulis.

Il a indiqué du menton un drapeau au sommet d'un mât.

— C'est un avertissement destiné aux bateaux de plaisance. Le capitaine du port nous a conseillé de rester à quai. Désolé. Wally vous a envoyés pour rien.

— Je ne voulais pas un petit canot de rien du tout, a repris Joe. Mais une jolie vedette comme la vôtre, là.

Le père de Wally a secoué la tête. Il avait le visage large, avec une barbe mal rasée poivre et sel, et il nous a dévisagés d'un beau regard clair. Aucune ressemblance avec Wally.

— Trouvez-vous un autre bateau.

— Allez, vous êtes un chic type, juste pour deux ou trois heures. Tant pis pour les avertissements, nous repartons demain. Wally nous a dit que vous seriez ravi.

Il a sorti un billet du fond de sa poche. Combien ? Il l'a glissé dans la poche de la chemise du père de Wally.

— Vous avez déjà navigué en mer ?

— Moi, oui, a répondu Peter, depuis l'enfance.

— On sera de retour à quatorze heures, quinze au plus tard.

— Ou plus tôt, même, a renchéri maman.

— Ne quittez pas la lagune, nous a recommandé le père de Wally. Les affluents qui se déversent dans l'océan sont très dangereux par ce genre de temps. Ne prenez aucun risque.

— Bien sûr que non, a répondu Joe pendant que le capitaine embarquait le matériel de pêche.

— Je ne sais pas si c'est très prudent, a dit maman en observant l'horizon.

— On va s'offrir une petite fête, a répondu Joe. Attendez, capitaine Sandy, je vais vous aider.

— Ça va aller, a dit Peter. J'ai grandi au milieu des bateaux. Le temps n'est pas encore trop mauvais. On ne sort pas longtemps.

Maman semblait avoir déjà le mal de mer.

— Ce n'est pas le moment de contredire Joe, a-t-elle murmuré, à moi plus qu'à Peter.

J'ai eu un moment de panique en voyant les rouleaux au large.

— N'y allez pas ! me suis-je exclamée.

— Ça va aller, ma petite chatte, m'a rassurée Peter. Fais-moi confiance. C'est peut-être justement ce dont on a besoin.

Je l'ai regardé droit dans les yeux. Qui sait s'il n'avait pas raison. Qui sait s'il n'arriverait pas à s'expliquer avec Joe, ou à mettre au point un nouvel accord ? Ou peut-être parviendrait-il à convaincre maman qu'elle pouvait lui faire confiance. Peut-être reviendraient-ils plus détendus et en meilleurs termes.

Ils ont embarqué, d'abord Joe, puis maman, qui s'est assise sur un siège à l'arrière, nerveuse. Peter a saisi le bout d'amarrage et sauté dans le bateau.

— À très vite, Evie, m'a-t-il lancé en agitant la main. On rentre en début d'après-midi.

Chapitre 23

— Ils annoncent une grosse tempête, m'a dit Wally.

Je contemplais la piscine et j'avais envie d'être seule.

— Un ouragan qui risque de frapper ici. Ou un peu plus au sud, du côté de Miami, si on a de la chance.

J'avais du mal à le croire. Le vent avait forci mais un beau ciel bleu dominait.

— Tes parents sont partis sur le bateau de mon père?

— Oui, juste une heure ou deux, cela dit. Ils vont très vite rentrer.

— Alors tu es seule. Ça tombe bien, je viens de finir mon service.

Il était bronzé, avec les yeux marron, et des taches de rousseur sur le nez. Ses cheveux étaient coiffés n'importe comment. Il avait un buste étroit, des jambes maigres, et portait des baskets. Je me suis demandé si un jour je m'intéresserais de nouveau aux garçons de mon âge.

Cependant, comme disait Joe à propos des femmes, « l'équipement de base » était là, même si Wally était sans doute incapable de savoir qu'en faire. Mais s'il avait quelque chose à m'apprendre, me suis-je demandé, quelque chose dont je bénéficierais pour mon prochain rendez-vous avec Peter, ce mystérieux savoir que j'avais failli découvrir la veille ?

J'ai vu le désir briller dans le regard de Wally. À présent, je savais l'identifier avec autant d'assurance que Margie quand elle me saluait en criant de l'autre côté de Hillside Avenue. Que se passerait-il si je m'en emparais et si je le menais tel un radeau pour voir où j'échouerais ? Joe m'avait abandonnée comme une gamine. Je ne voulais plus être traitée comme une petite fille.

J'ai senti la colère monter en moi. Je pensais au baiser de Peter, si profond, si long. Mais après le baiser, que se passait-il ? Oui, je savais, la petite graine et tout le reste, mais je voulais connaître la vérité. Il fallait que je passe à l'acte.

– Tu veux aller te promener ? m'a proposé Wally. Du côté des vagues ?

J'ai dit oui.

La plage était déserte. Le vent soulevait des rafales de sable qui nous picotaient les jambes. La mer, déchaînée, déferlait en rouleaux verts sur le rivage. Nous sommes passés devant les hôtels fermés et les grandes villas aux volets clos construites face à l'océan derrière les dunes.

— Qu'est-ce qu'il se passera si l'ouragan arrive jusqu'ici ? ai-je demandé au moment où nous arrivions sur la plage.

— Ça dépend. Si c'est un vrai, ils évacueront l'île. Ils installeront tout le monde dans le palais de justice, là-bas, à West Palm. J'ai vécu ça plusieurs fois, ce n'est pas si terrible.

— Parce que tu es courageux. Les garçons sont plus intrépides que les filles, ai-je répondu, sans vergogne.

Je l'ai regardé en coin en m'asseyant sur le sable et je l'ai vu ravaler sa salive. «Aie l'air idiote ! me soufflait toujours Margie avec un ton de reproche. Ça marche !»

— On va sans doute rentrer bientôt, ai-je ajouté en dessinant avec mon doigt dans le sable.

— Ah, bon ? C'est dommage.

— Oui. J'aurais bien aimé avoir le temps de faire ta connaissance.

— Vraiment ? J'ai toujours l'impression que tu me fuis.

— Oh, non, ou peut-être par timidité.

J'ai attendu qu'il m'embrasse. J'entendais la voix impatiente de Joe : «Quand il faut y aller, il faut y aller.»

Mais Wally s'est éclairci la gorge en contemplant la mer et c'est moi qui ai fait le premier pas. Je l'ai embrassé sur la joue, il s'est retourné et nous nous sommes cogné le nez. Soudain, il m'a embrassée à pleine bouche.

Le sable me grattait les jambes et je le sentais qui glissait sous mon dos. Nos bouches étaient pressées, collées l'une contre l'autre, à tel point que j'ai eu mal aux dents. J'ai posé la main sur sa jambe, pour voir, et j'ai senti qu'il frémissait. Nous avons continué à nous embrasser jusqu'à ce que je n'en puisse plus ; je ne sentais plus qu'une chose, son genou frottant contre le mien. Je brûlais d'envie d'arracher ma bouche à la sienne et de hurler.

Mais Wally n'était plus le même. Il respirait par le nez, de manière saccadée. Il dégageait une odeur forte, un mélange de sueur, de sel, et de cette lotion qui donnait l'impression que ses cheveux étaient en permanence humides. Je me suis demandé si le directeur en gardait une bouteille cachée derrière le bureau de la réception pour lui et les grooms, un petit coup de Vitalis en douce, à la place du whisky, toutes les deux heures.

Soudain, il a plaqué la main sur ma poitrine en appuyant de toutes ses forces.

C'est là que j'étais censée l'arrêter... ce que je n'ai pas fait. Je voulais savoir.

J'ai perçu en moi ce pouvoir que je tenais de

maman. Je voyais bien que Wally était ailleurs. Il ne visait plus que l'objet de son désir, avec une détermination qui lui échappait, tel un train franchissant les obstacles sans perdre de vitesse.

J'ai posé la main là où j'avais senti Peter cette nuit-là, et Wally a pris une longue inspiration, mais les choses m'échappaient, j'avais l'impression de l'encourager malgré moi, «vas-y, vas-y, n'arrête pas», et tout cela n'avait rien à voir avec mes sentiments. J'aurais voulu que tout se déroule lentement, continuer à m'ennuyer.

Il m'a repoussée et soudain s'est jeté sur moi. Il a fouillé à l'intérieur de son pantalon et j'ai senti de la chair contre ma jambe nue. Solide et douce. Je savais que je n'étais pas menacée mais, brusquement, j'ai pris conscience du poids de son corps, de son souffle contre mon cou, trop chaud.

Je suffoquais. Ma jambe était clouée sous son genou et son menton m'écrasait l'épaule. Il pressait tout son corps contre le mien et j'étouffais. J'ai ouvert les yeux et j'ai aperçu un bouton près de son oreille. J'ai eu un haut-le-cœur. J'ai senti une odeur de transpiration se dégager mais je ne savais si c'était lui ou moi. J'en savais assez.

Je l'ai repoussé de toutes mes forces, le prenant au dépourvu.

– Qu'est-ce qu'il se passe? a-t-il lancé, furieux,

avant de rouler sur le côté en se couvrant des mains.

J'ai dû me mettre à quatre pattes pour me relever. Il a tiré sur ma jupe pour m'en empêcher et elle s'est déchirée. J'ai poussé un cri, qui fut emporté par le vent.

— Oh, Evie ! Pardon, je suis désolé, s'est-il exclamé en se rhabillant et en remontant la braguette de son pantalon.

— Je voudrais rentrer.

— Ne dis rien à personne, je t'en supplie. Tout est allé trop vite.

— Je ne dirai rien. Je voudrais juste rentrer.

— Bien sûr, bien sûr, je te raccompagne.

J'avançais en titubant dans le sable, comme une ivrogne. Nous étions à mi-chemin quand j'ai éclaté en sanglots. Wally marchait prudemment, veillant à ne pas me frôler, ni le bras ni la main, évitant à tout prix de me toucher, comme s'il craignait ma réaction.

J'avais voulu découvrir l'amour, mais cela n'avait rien à voir avec ce que j'avais éprouvé dans les bras de Peter. C'était lamentable, idiot, et ça vous collait à la peau. C'était animal et minéral, ça avait mauvais goût et ça vous laissait une impression épouvantable.

— Tu es une chic fille, tu sais. Je ne m'attendais pas à ça. Promis.

Je sanglotais tant et plus, mais je ne savais plus si c'était à cause de lui, ou parce que je n'étais pas avec Peter, ou parce que j'avais mal au cœur ?

– Evie, il faut que je t'abandonne ici. Il vaut mieux que je ne t'accompagne pas jusqu'au bout.

J'ai reconnu l'hôtel derrière mon rideau de larmes. Wally était nerveux, mal à l'aise, et sincèrement ennuyé. Il était pratiquement sur la pointe des pieds, prêt à disparaître en courant.

– Ça va, merci, ai-je répondu.

À l'instant même, Mr Forney est sorti pour fumer une cigarette. Il nous a déshabillés du regard, mon visage, mes vêtements, le pantalon de Wally.

– Wally, il faut que je te voie, a-t-il lancé. Tu feras ton lot d'heures sup ce soir.

J'ai traversé le parking en me précipitant pour rejoindre la porte de service réservée au personnel.

« Pourvu que ce soit la dernière fois que je vois Wally, pensais-je. Pourvu que l'ouragan arrive jusqu'ici et nous emporte tous à New York. »

Ils ne sont pas rentrés à trois heures de l'après-midi, ni à quatre. À l'heure de l'apéritif, ils n'étaient toujours pas là. J'ai prévenu Forney, qui à son tour a appelé le père de Wally, qui lui-même a répondu qu'il ne les avait pas vus, puis a alerté le garde-côte. Au dîner, toujours personne.

La mer montait et l'ouragan se dirigeait vers Palm Beach. Ni vers le sud ni vers le nord, mais droit sur nous.

Le vent soufflait en rafales d'une violence folle, et la pluie commençait à tomber à verse quand le chef de la police de Palm Beach est venu me voir. Il avait des yeux doux, mais il avait l'air très inquiet, en dépit de ses efforts pour le dissimuler. Mon angoisse augmentait, envahissait tout mon corps. Mes mains tremblaient.

— Y avait-il un vrai navigateur dans leur groupe ?

— Oui, Peter, Peter Coleridge. Ils pensaient être de retour vers quatorze ou quinze heures. Je suis sûre qu'il y a eu un problème.

Son regard a croisé celui de Forney et j'ai cru voir une bulle de bande dessinée au-dessus de leurs têtes qui disait : « Quels crétins, ces touristes ! »

— Ne vous faites pas de bile, miss. La mer est trop déchaînée pour qu'ils aient poursuivi, ils doivent être à l'abri dans une crique. J'ai alerté toute la côte, de Jupiter jusqu'à Fort Lauderdale. Nous les retrouverons.

J'étais allongée sur mon lit, incapable de dormir. Oui, ils avaient sans doute trouvé une crique, comme il disait. Et, avec un peu de chance, l'ouragan changerait de direction.

Demain matin j'étais prête à être évacuée. Mais ils seraient de retour demain matin. Parce que, dès que je fermais les yeux, je les voyais sur la mer démontée et je devenais folle. Maman. Peter. Joe. Sur cette frêle embarcation

Chapitre 24

Le lendemain matin, un peu avant l'aube, nous n'étions que trois dans le hall d'entrée. Les femmes de chambre étaient venues frapper à nos portes pour nous annoncer que l'île était évacuée. La plupart des clients avaient quitté l'hôtel la veille, Grinche-Mi et Grinche-Moi étaient rentrés chez eux dans le Missouri, les autres aussi, en voiture, dès l'après-midi. J'avais entendu des portes claquer et des voix qui lançaient des «Dépêche-toi, vite», jusqu'à dix heures la veille au soir.

La pluie tombait, amicale, pour ainsi dire, crépitant contre les vitres quand, soudain, une violente bourrasque a noyé nos paroles et nous avons vu les feuilles des palmiers fouetter l'air sous les rafales de vent.

Forney nous a offert du thé et du café avec une assiette de beignets. Gros Lard Méchant ne cessait de hurler contre lui en répétant qu'il ne voyait pas pourquoi il fallait qu'il quitte l'hôtel, il avait vu des tempêtes beaucoup plus

fortes à Detroit. M. et Mme Lune de Miel semblaient tétanisés, même le mari.

– Je t'avais dit, il aurait fallu partir hier soir,
se plaignait la femme.

Elle portait un petit chapeau bleu avec des
fleurs blanches qui tressaillaient chaque fois
qu'elle s'adressait à son mari. Elle avait les
jambes et les chevilles parfaitement croisées,
suivant les préceptes des guides de savoir-vivre.

– J'ai discuté avec un type qui prétend qu'il
n'y a que les touristes pour avoir peur des ouragans, a répondu son mari. Ici, les gens orga-
nisent un apéro avant de s'éloigner en voiture.

– Et où est passé ce type, Norman ? Quand je
pense que je dois être évacuée avec ces misé-
rables *crackers*.

– L'hôtel va nous préparer des sandwiches,
suis-je intervenue par gentillesse.

Elle m'a répondu par un regard noir. Plus
tard, j'ai appris que les *crackers* n'étaient pas
des biscuits salés, mais une expression qui
désignait les pauvres du Sud.

J'avais à mes pieds une valise qui contenait
un méli-mélo d'affaires, car j'avais eu du mal à
choisir. J'avais pris des vêtements appartenant
à maman et à Joe car je me doutais qu'ils me le
demanderaient : les bijoux de maman, sa nouvelle robe de soirée avec ses sandales bleues
assorties, les cravates préférées de Joe, le tout
entassé dans ma valise, à la hâte, la peur au

ventre. Et le parfum de maman, parce que je me disais que si elle disparaissait, je conserverais son odeur. Pas une seconde je n'avais songé que j'aurais pu aller en acheter une bouteille dans un drugstore pour trois dollars et quatre-vingt-quinze cents. Non, c'était cette bouteille à moitié vide que je voulais.

Je suis montée en voiture avec Mr Forney, suivant le cortège des autres clients vers West Palm Beach, en traversant le pont Royal Palm. J'avais le regard rivé sur le pare-brise pour observer le paysage dès que les essuie-glaces dégageaient la vue. Le ciel était jaunâtre, sale, et la lagune grise, très sombre. La mer avançait comme une grosse bête, roulant et explosant contre les quais. On entendait les cordages des bateaux à voile cliqueter en heurtant les mâts, telles des cloches sonnant pour nous alerter du danger.

La radio diffusait des conseils d'évacuation. Emportez de la nourriture si vous en avez, des couches pour les bébés et des jouets pour les enfants. Attention aux noix de coco qui valsent dans les airs.

Le monde était cul par-dessus tête. Mes parents et l'homme que j'aimais étaient perdus en mer. Et des noix de coco tombaient du ciel !

– J'ai demandé à Wally de s'en aller hier, m'a annoncé Mr Forney.

– Vous l'avez viré ?

– Oui. Se lier aux clients de l'hôtel est une faute passible de renvoi.

– Mais…

– Nous avons des exigences haut placées, miss Spooner. Y compris pour les employés.

– En effet, je les ai vues de près, vos exigences. Je trouve même que vous prenez un malin plaisir à les mettre en pratique et qu'elles sont dégoûtantes. Surtout quand il s'agit de chasser un couple dont le nom de famille ne vous convient pas.

Il est demeuré muet jusqu'à ce que nous arrivions au palais de justice.

Je n'avais pas peur de l'ouragan, jusqu'au moment où il a frappé.

L'air était devenu une somme de dangers. Des objets volaient dans tous les sens : des panneaux, des branches d'arbre, des portes grillagées… La pluie tombait parfois de façon si violente que l'on n'entendait plus ses voisins. L'air et le vent semblaient s'engouffrer à l'intérieur du corps, comme une pression dans le ventre, et si vous vous bouchiez les oreilles avec les mains, c'était pire. J'ai vu des toits arrachés à des bâtiments – ce que tous redoutaient dans le palais de justice.

Nous étions assis ou allongés sur de longs bancs, mais les enfants ne pleuraient pas. Seuls les bébés sanglotaient. Les familles étaient rassemblées et les mères cajolaient leurs petits comme des chiots. J'étais seule.

Chacun parlait de sa maison et évoquait l'ouragan qui avait sévi en 1928. Un millier de personnes étaient mortes à Pahokee, une ville dont je n'avais jamais entendu parler. Les « Je me souviens » succédaient aux « Tu as été voir Marylou avant de partir ? » et aux « On aurait mieux fait de rester chez nous ». Quelqu'un a déclaré que les vents avaient atteint une vitesse de près de deux cents kilomètres à l'heure.

Une femme avec un visage banal mais à l'expression déterminée m'a apporté une couverture.

— Tiens, mon trésor. Ne t'inquiète pas, la tempête va disparaître d'elle-même. Ça finit toujours de la même façon, très brutalement.

Je l'avais vue parler avec un policier qui avait dû lui signaler ma présence parce qu'elle m'a également apporté un bol de soupe pour que je n'aie pas à faire la queue.

Il faisait noir comme en pleine nuit. L'électricité avait sauté. Les vitres tremblaient sous les assauts des bourrasques. Le toit aussi, avec un fracas assourdissant.

Ils ne pouvaient pas être en mer par un temps pareil. Ils étaient sûrement quelque part sur la terre, à l'abri. J'imaginais la scène : le vent et les vagues de plus en plus déchaînés, ils ne pouvaient pas revenir en arrière, ils avaient trouvé un lieu abrité, mais il n'y avait pas de téléphone, ou cet imbécile de Forney était en train de fermer les volets et n'avait pas le temps de répondre.

Une fois la tempête passée (car elle finirait par passer, c'était inévitable, même pour les ouragans les plus redoutables), je sortirais dans les rues, je découvrirais que tout allait bien, Peter se dirigerait vers moi et me déclarerait : «Je t'ai cherchée partout.»

La tempête nous réunirait, nous prendrions conscience qu'il m'attendait, nous serions amoureux et un jour nous nous marierions.

J'avais beau savoir que c'était un rêve de midinette, je ne pouvais m'empêcher d'espérer…

J'ai fermé les yeux, j'ai rêvé, et les heures ont passé. Le vent s'est calmé, j'ai levé la tête et j'ai vu mon voisin m'annoncer :

– C'est l'œil du cyclone, ma petite.

– L'œil du cyclone ? Dans ce cas-là, l'ouragan est presque passé, non ?

– À moitié seulement.

À moitié ?

Des hommes et des garçons sont sortis dans la lumière jaunâtre pour voir où en était la tempête, et sont rentrés peu après en annonçant :

– Pas terrible.

Le cyclone et la chute des arbres avaient transformé Clematis Street en un immense torrent. Un bâtiment s'était effondré au beau milieu.

Je me suis roulée en boule en essayant de me bercer pour me rassurer, quand j'ai entendu comme un grondement de train assourdissant. C'était le vent qui recommençait à se déchaîner.

Enfin, la tempête a fini par se calmer et par s'éloigner, après avoir ravagé les bâtiments et les arbres et métamorphosé le lac qui avait inondé les rues de West Palm.

Je n'avais nulle part où aller. Personne n'était autorisé à retourner à Palm Beach. L'hôtel était fermé. Je me suis assise sur un banc. La femme qui s'était occupée de moi est partie, mais quelqu'un m'a donné une pâtisserie et un verre de jus de fruits. Un homme dont le pantalon et la chemise étaient sales s'est approché de moi.

— Excuse-moi, j'étais sorti dégager les rues.

J'ai vu qu'il portait un uniforme de policier.

— L'ouragan a été particulièrement violent. Je me présente, agent Deary.

— Vous avez retrouvé mes parents ?

C'était la question que je voulais éviter de poser, car je redoutais la réponse.

— Pas encore, m'a-t-il gentiment répondu. Mais ma femme et moi, nous n'habitons pas loin. La rue est encore praticable. Ma chère Twyla est une excellente cuisinière et nous avons un four qui fonctionne au propane. Si tu veux, viens avec moi, je te propose un café et un petit déjeuner. Il vaut mieux y aller tout de suite avant qu'elle nourrisse tout le quartier et qu'il ne reste plus rien.

J'hésitais.

– Ne t'inquiète pas, les autres policiers sauront où te trouver. Dès qu'on aura des nouvelles, je te préviendrai. Tout est sens dessus dessous, les lignes de téléphone sont mortes dans la plupart des zones. Mais on va retrouver tes parents.

J'ai pris ma valise et je l'ai suivi et, pour la première fois, j'ai pris la mesure de ce que signifiaient les images de guerre que j'avais vues. Les rues semblaient avoir été dévastées par des bombes ; des bâtiments et des arbres étaient à terre ; des voitures renversées. J'avais l'impression de vivre un cauchemar. C'était la fin du monde et j'étais accompagnée par un étranger, le messager qui m'annoncerait que tous ceux que j'aimais étaient morts.

Chapitre 25

Twyla Deary était une femme mince, vêtue d'une robe d'intérieur, avec une fine natte auburn qui lui descendait jusqu'en bas du dos. Elle avait un accent du Sud très prononcé, et la manie de répéter une partie de ce qu'elle venait de dire. Elle avait déjà préparé une grande cafetière et un nombre impressionnant d'assiettes de sandwiches. À peine m'a-t-elle aperçue qu'elle m'a rassurée avec son accent nasal :

— Ne t'inquiète pas, ma chérie, les choses finissent toujours par bien tourner, non, vraiment, ne t'inquiète pas.

Elle m'a tendu un sandwich avec de la confiture maison et du fromage à tartiner, avant de se précipiter dans la cuisine pour continuer les préparatifs.

Aussitôt, j'ai été mise à contribution, car «ne pas avoir les mains occupées rend encore plus inquiet», mais j'avoue que j'étais ravie. Avec plaisir, j'ai coupé des tranches de pain et préparé du café et de la limonade pour les enfants, pieds nus et intimidés, qui venaient frapper sur l'encadrement de la porte arrière, grande ouverte.

La maison des Deary avait beaucoup mieux résisté que les autres.

– Mon Bud adoré a tout fait pour qu'on soit protégés et bien à l'abri. Il a vécu l'ouragan de 1928 quand il était petit, tu comprends, et je t'assure que c'est le seul homme au monde prêt à résister aux cavaliers de l'Apocalypse. Aux cavaliers de l'Apocalypse, je te promets.

Sauf qu'un véritable fleuve coulait devant la porte d'entrée et que j'avais dû enlever mes chaussures pour patauger jusqu'au porche avec son mari.

J'ai fait une pause pour savourer un sandwich à la confiture posé sur une assiette à fleurs. Les gens pointaient la tête en demandant : « Et toi, Twyla, comment tu t'en sors ? », trop impatients de raconter leurs petites histoires sur la tempête. Suivaient alors les chuchotements sur « cette pauvre gosse, ses parents ont peut-être disparu en mer »… si bien que j'ai fini par m'agenouiller, relever les pans de ma jupe et faire ce que pas une fois je n'avais songé faire la nuit passée : prier.

Quelques heures plus tard, le shérif Bud Deary est arrivé en pataugeant, crasseux, trempé, épuisé, pour m'annoncer qu'on avait retrouvé mes parents. Joe et Bev avaient dérivé mais finalement réussi à diriger le bateau dans une mangrove de l'île de Munyon, en l'abandonnant là, dans un mouillage de sécurité. Ils avaient rejoint le rivage en partie à la nage, en partie à pied, attachés ensemble avec des bouts. Voyant qu'ils ne pouvaient rentrer, ils s'étaient arrêtés dans un restaurant en attendant la fin du cyclone.

— Un mouillage de sécurité? ai-je répété en me souvenant de la nuit où Peter avait mentionné l'expression.

«Toi et moi, on devrait se trouver un mouillage de sécurité.»

— Tes parents sont tombés dessus par hasard, j'imagine. Et ils ont eu la chance d'arriver à rejoindre le rivage.

Ils étaient vivants. Vivants. Maman. J'ai senti sa présence renaître en moi et ce fut un tel soulagement que j'ai éclaté de rire tout en pleurant. Twyla me tapotait dans le dos en répétant «voilà, voilà»…

Mais soudain… je me suis arrêtée. Quelque chose clochait. Il manquait un nom.

Je n'ai prononcé qu'un mot :

— Peter?

— Un ami de la famille, n'est-ce pas?

La voix du shérif était si douce que j'ai compris.

— Il est tombé à l'eau quand ils étaient en mer. Le moteur était en panne, il essayait de le réparer en dessous, dans le puits du moteur. Une vague énorme a déferlé. D'après tes parents, il a été frappé à la tête par un objet – une clé à écrous, ils pensent – et il est remonté à la surface. Il avait l'air d'aller bien mais il devait avoir une commotion car son corps s'est retourné. Tout s'est passé très vite. Il était là, sous leurs yeux et, un quart de seconde plus tard, une déferlante a déboulé. À ce moment-là, le vent soufflait en rafales de plus de soixante-dix kilomètres à l'heure, et il a été balayé. Ils ont essayé de le rattraper, ta mère a pris la barre, ton père lui a jeté tous les gilets de sauvetage, mais trop tard, ils l'ont vu couler.

– Mais c'est un excellent nageur.

– Rends grâce à Dieu, mon enfant, a déclaré Twyla, rends grâce à Dieu, tes parents sont vivants.

– Il n'est pas mort, quoi que vous pensiez. Il a grandi au bord de la mer. Il a dû rejoindre le rivage à la nage, on va peut-être le retrouver. Vous l'avez dit vous-même, c'est le chaos.

Les yeux de l'officier et ceux de sa femme se sont croisés.

– Tes parents sont en route, a dit le mari. L'hôtel *Clearview*, à West Palm, va vous loger. Ils devraient arriver dans l'après-midi, je pense, escortés par la police.

– Il a peut-être nagé jusqu'au rivage ! ai-je hurlé, persuadée que si j'arrivais à le lui faire répéter, ce serait vrai.

223

– Twyla, mon amour, prépare deux ou trois sandwiches pour la petite.

– Oui, tout de suite. Calme-toi, ma puce. Calme-toi, ma chérie.

Ma puce, ma petite chatte : voilà les petits noms qu'on vous donne quand on a pitié de vous.

Avait-il pitié de moi, lui ?

Peter, je t'en supplie, reviens, réponds-moi. Dis-moi que tu m'aimes.

J'en mourrai, si tu ne me le dis pas.

Tu as rejoint le rivage à la nage. C'était dur mais tu y es arrivé parce que tu es fort. Tu as marché, marché jusqu'à ce que tu trouves un abri. Tu es en train de nous rejoindre.

Je serai Twyla Deary. Je répéterai tout jusqu'à ce que tu reviennes. Je trouverai les moyens, tu reviendras.

Vivant.

Vivant.

Chapitre 26

Ils sont rentrés tard dans l'après-midi. Maman était pieds nus, sa robe rose et blanc en loques. L'état de Joe était pire encore. Son pantalon ressemblait à la serpillière d'une poissonnerie et il manquait un ou deux boutons à sa chemise, à moitié ouverte. Il avait la poitrine très large, avec des poils noirs et frisés qui suivaient une ligne irrégulière. Le policier qui les accompagnait est resté à quelques pas derrière eux tandis qu'ils se précipitaient vers moi devant l'entrée de l'hôtel.

— Ma chérie, j'ai cru que je ne te reverrais jamais ! s'est écriée maman en me serrant dans ses bras.

J'ai senti une odeur d'eau stagnante, avec autre chose, une pointe d'ammoniaque. J'ai reculé, sans doute un peu trop vite.

— Quel bonheur de te retrouver ! s'est exclamé Joe en m'embrassant.

— Et Peter ?

Le policier ne me quittait pas des yeux. Mais pourquoi restait-il, bong sang ?

— La tempête a été épouvantable, a dit Joe.

– Nous avons failli nous noyer. Il faut que je prenne un bain, a renchéri maman sur un ton proche de la colère, comme si nous l'en empêchions.

Elle était méconnaissable. Elle ne savait plus où elle était ni si elle était encore debout.

– Je vous laisse à vos retrouvailles, m'sieurs dames. Si j'ai du nouveau, je reviens, a annoncé le policier.

– Merci, monsieur, a répondu Joe de sa voix la plus affable.

Nous avons traversé l'entrée, maman me serrant contre elle.

– Ça a été un cauchemar, m'a-t-elle confié. J'avais l'impression d'être dédoublée, comme si ce n'était pas à moi que ça arrivait.

– Heureusement qu'on a trouvé un refuge, mais j'ai cru que le bâtiment allait être arraché et balayé dans la mer, a ajouté Joe. Je vais te dire une chose, Evie : la Floride, je ne veux plus en entendre parler.

Je leur ai montré notre chambre, qui était tout sauf une suite. Il y avait deux grands lits et un canapé, et le mobilier semblait avoir été déposé là en vrac. La chambre était plongée dans le noir car ils n'avaient pas encore ouvert les volets. J'ai allumé.

– Heureusement qu'il y a l'électricité.

– Il faisait si sombre là où nous étions, a dit maman.

Elle a vu la valise ouverte sur le lit, fouillé et sorti sa robe bleue en la secouant.

— C'est tout ce que tu as pris pour moi ? Je ne peux pas porter cette robe en journée, ma chérie !

— Je ne savais pas quoi prendre. Je n'ai pas eu le temps de réfléchir.

— Je retourne au *Mirage*, je vais récupérer tes vêtements, a déclaré Joe.

— Non ! (La voix de maman était stridente et à la limite de…) Ne fais pas de vagues, je t'en prie.

Un jeu de mots involontaire, mais aucun de nous n'a ri.

— Tu t'es fait des idées sur lui, me chuchotait maman plus tard dans la soirée. (Nous étions allongées sur un des grands lits tandis que Joe ronflait dans l'autre.) Mais rassure-toi, moi aussi, je me suis trompée. C'est Joe qui m'a ouvert les yeux. J'aurais dû m'en douter, vu la façon dont il t'a couru après.

J'étais recroquevillée en chien de fusil face au mur. Elle était derrière moi, parlant d'une voix lourde mais anxieuse.

— Il nous poursuivait, tu sais. Il faisait du chantage à Joe et il le menaçait. Peter estimait que Joe lui devait de l'argent. Ils avaient une espèce d'accord, mais Peter avait son interprétation et Joe la sienne. C'est tout. Peter était prêt à le dénoncer auprès des Grayson, à leur dire qu'il s'était dégonflé, qu'il refusait de rembourser sa dette. Nous savons toutes les deux que c'est faux. Le problème, c'est que ça tombait très mal pour Joe. Il vient d'ouvrir deux nouveaux commerces. Il y a investi tout le liquide qu'il avait. Du coup il était coincé. Voilà pourquoi Peter passait du temps avec nous et nous sortait : pour nous flatter, et c'est pour ça que nous appréciions sa compagnie. Pendant ce temps-là, il te courait après, et derrière mon… notre dos. Il s'est servi de toi. Evie ? Tu m'écoutes ?

Non, c'était faux, c'était complètement faux.

Mais ça avait l'air vrai.

J'ai enfoui ma tête sous les oreillers. « Tais-toi ! Il y a trop de bruit, j'ai mal à la tête. »

— Heureusement que je suis arrivée à temps, l'autre soir. Qui sait ce qui aurait pu se passer ? Il ne s'est rien passé plus tôt, rassure-moi, ma chérie ?

Je suis demeurée muette.

— Si c'est le cas, je te pardonne, sache-le. Tu n'as rien à te reprocher… il essayait d'atteindre Joe par tous les moyens. Tu n'es responsable de rien. Rien, mon bébé. Il a fallu que je raconte à Joe ce qui s'était passé. Il ne t'en veut pas, absolument pas. Le problème, c'est que… il vaut mieux que nous ne disions rien à personne, que tout cet épisode reste entre nous, puisque Peter a disparu. Joe veut rentrer à New York. Nous partirons dès que nous pourrons. Tu es contente, non ? Tes amis ne te manquaient pas ?

Non, ils ne me manquaient pas.

– Nous ne sommes pas faits pour la Floride.

Non, nous n'étions pas faits pour la Floride.

– Si nous arrivons à rentrer, tout ira bien.

Elle parlait comme si elle y croyait.

– Tout sera comme avant, je te promets, Evie. Je tiens à toi comme à la prunelle de mes yeux, plus qu'à tout au monde.

– Maman…

J'ai pris une grande respiration et osé :

– Que s'est-il réellement passé ? Dis-moi. Que s'est-il passé sur le bateau ?

– Exactement ce que je viens de te raconter, mon bébé, a-t-elle répondu en roulant sur le côté. Allez, mon amour, il faut dormir.

J'ai traversé le cimetière d'arbres et de branches brisés jusqu'au pont, puis jusqu'à l'île. L'eau de la lagune était encore épaisse et brouillée à cause de la tempête, mais le soleil brillait. Le ciel était bleu. À quelques dizaines de mètres devant moi, le sentier qui longeait la lagune était impraticable, le niveau de l'eau était trop haut. Il fallait monter dans une barque pour descendre la grand-rue jusqu'à Delray Beach. Les huttes tikis avaient disparu, de même que la passerelle. Le toit du casino de Lake Worth avait été arraché.

«À très vite!» m'avait-il promis en agitant la main alors que le bateau s'éloignait.

Je pensais à toutes les personnes qui avaient dû lancer : «À tout de suite!» sans jamais revenir. La guerre avait été un cruel enseignement de ce point de vue-là.

Les gens commentaient l'ouragan en répétant : «Il a été moins violent que celui de 28, c'est déjà ça.» Il est vrai que, si pénible soit une situation, il y a toujours pire. Et certains se réconfortent avec ce type de comparaisons.

Pas moi.

Joe voulait absolument repartir le plus vite possible, mais il ne trouvait plus sa voiture. De toute façon, il n'y avait plus d'essence. Nous aurions pu en avoir pour un dollar, ce qui ne nous aurait pas menés très loin. Nous étions coincés.

– Mon petit doigt me dit que tu n'as aucune envie de repartir tout de suite, m'a dit l'officier Deary en passant nous voir le lendemain. Surtout avec ton ami qui est porté disparu.

Nous gardions la radio allumée toute la journée et je m'enivrais de musique. J'écoutais attentivement les chansons car elles me semblaient annoncer ce qui allait se passer pour moi : «Je verrai ton image dans tous nos endroits préférés.» «Je ne pourrai me promener sans toi.» «Tous ces petits détails me rappelleront ta présence. » « Pourrais-tu lui demander d'augmenter la vitesse, s'il te plaît. » « Mon rêve serait là à mes côtés. »

Il reviendrait. Il me révélerait la vérité derrière les mensonges. Nous ferions le plein et nous partirions dans sa voiture décapotable, comme lors de ces longs après-midi chauds où nous étions seuls au monde.

L'hôtel a fini par nous envoyer nos bagages. Joe a pu aller récupérer sa voiture, nous racontant à son retour que des centaines de palmiers avaient été déracinés, et que les rues étaient jonchées de noix de coco vertes éventrées. Mais les routes qui menaient au nord étaient à peu près praticables. En outre, il avait trouvé une station où il pourrait faire le plein.

Le départ était prévu pour le lendemain, après une bonne nuit de sommeil et avec un bon thermos de café parce que Joe avait envisagé de conduire toute la journée et toute la nuit, sans s'arrêter, pour arriver le plus vite possible.

Maman avait laissé une petite lampe allumée toute la nuit sur son vanity-case. J'étais couchée sur le côté et je regardais le faisceau de lumière projeté sur le sol. Je l'entendais se retourner dans son lit, mais j'ai fini par m'endormir, bercée par les frottements de ses jambes et le chuchotement des draps qui se mêlaient dans mon esprit, dans mes rêves, et je ne savais plus si j'avais entendu Joe et maman murmurer ou si c'était une chimère.

Le soleil n'était pas encore levé et nous rangions les bagages dans le coffre quand la voiture de police a surgi pour se garer à côté de nous. L'agent Deary est sorti.

— Vous partez ?

Nous nous sommes figées, maman, prête à glisser une valise dans le coffre, moi, une pile de magazines sur les bras. Joe a posé la main sur mon épaule.

— Je voulais partir avant le lever du jour, s'est-il justifié.

— Pardonnez-moi, mais j'ai peur de devoir vous demander de rester quelques jours supplémentaires, a répondu Deary.

— Agent Deary, l'ouragan date de deux jours. Vous avez mon adresse à New York. J'ai plusieurs négoces qui m'attendent là-bas. Plus je retarde mon retour, plus ça me coûte de l'argent.

— Je comprends, sincèrement. Je sais que vous travaillez beaucoup dans le Nord. Mais nous venons de retrouver le corps de Peter Coleridge.

J'ai cru défaillir. L'annonce était tombée si brutalement. Sans préambule, sans «je suis venu pour vous dire que» ni «j'ai du nouveau pour vous».

Et le mot «corps». Je l'imaginais, un truc lourd, une bûche, pas un être humain, ballotté par les vagues et heurtant le rivage.

Maman a lâché sa valise. Des graviers ont voltigé, une feuille de palmier s'est envolée du sol, les frondes de l'arbre tambourinaient contre le tronc.

— Nous avons quelques questions à vous poser, à vous et à votre épouse. Maintenant.

Chapitre 27

Ils sont partis et je suis restée seule face à la vérité : Peter était mort.

J'avais les yeux secs.

J'aurais dû ouvrir les bras, ouvrir la bouche et ouvrir mon cœur. Mais mon cœur était un poing serré.

Était-ce bien lui qu'ils avaient trouvé? Qui sait si ce n'était pas un autre? Quelqu'un qui aurait eu moins de chance que Peter, moins gâté par la vie, moins bien loti.

Comment revenir en arrière, pourquoi était-ce impossible, pourquoi ne pouvais-je pas les empêcher de sortir en mer, revenir sur mes pas et interdire à Peter d'y aller?

J'avais donné le mot de Mrs Grayson à Joe. Il savait donc qu'il était prêt à signer pour un nouveau partenariat avec lui. Il pensait que Peter lui mettrait des bâtons dans les roues.

J'essayais d'imaginer ce qui s'était passé sur le bateau mais mon esprit se heurtait à un blanc.

Joe, ce matin-là, si jovial, si faux. Peter, si méfiant.

Et maman, accablée, abattue, incapable d'opposer la moindre résistance à son mari.

Tous les trois sur le bateau.

Le sourire étrange de Peter.

« Mettons les choses ainsi : il serait soulagé si je disparaissais. »

— Je peux te parler ? m'a demandé maman en rentrant.

Elle a pris une cigarette, et Joe s'est versé un verre de whisky.

— Il faut que certaines choses soient parfaitement claires entre nous parce que la police risque de t'interroger. Nous devons être sûrs que tu te souviens bien de la façon dont les événements se sont enchaînés. Nous avons été interrogés par des inspecteurs, pas par le gentil agent Deary. Ils nous ont séparés, Joe et moi, dans deux petites pièces, pour essayer de nous prendre en défaut sur des détails.

— On les a impressionnés, tu es d'accord, ma chérie ? a ajouté Joe qui, quoi qu'il en dise, avait l'air paniqué.

— Quels détails ? ai-je demandé.

— Les circonstances de notre rencontre avec Peter, ce que nous faisions avec lui, ce genre de questions, a répondu maman.

Ses yeux ne cessaient d'aller et venir de moi

à Joe, tel un moineau voletant d'une branche d'arbre à un carré de pelouse.

– Je leur ai expliqué qu'on était amis, mais amis de vacances, sans plus. On ne se connaissait pas vraiment.

– Mais tout le monde nous a vus. On se retrouvait tous les jours !

– Bien sûr, a ajouté Joe. Mais ça restait superficiel. Le genre d'amitié que tu noues en vacances avec quelqu'un dont tu ne sais presque rien.

– Il a insisté pour qu'on sorte en mer, ce jour-là, et nous avons fini par accepter, a renchéri maman.

– C'est Joe qui y tenait…

– Non, c'est Peter, m'a coupée Joe. Tu te souviens, Bev ? Il n'arrêtait pas de dire qu'il était un excellent navigateur, pas vrai ?

– Je me rappelle, a dit maman. Tu ne te souviens pas, Evie ?

Je suis restée muette.

– Evie, a ajouté maman, le problème, c'est que la police ici n'aime pas les gens de New York.

– Ce flic, là, il m'a demandé plusieurs fois si j'étais juif, a précisé Joe. Ils avaient entendu parler de l'histoire des Grayson, j'imagine. Incroyable, non ? J'étais enfant de chœur quand j'étais môme. Cela dit, je me suis bien gardé de dire que j'étais catholique. Ils n'aiment pas non plus les catholiques.

– Voilà… donc s'il y a un point qui ne te semble pas très clair, qui a dit quoi, par exemple, il est plus prudent de répondre que tu ne te rappelles pas. Tu comprends ? a renchéri maman.

J'avais compris.

– Tu veux que je mente, ai-je résumé.

– Pigé ? s'est écrié Joe, le visage sombre. Ils veulent me mettre tout ça sur le dos.

– Joe ! Ce n'est pas la peine de paniquer Evie.

– Comment ça ? Et moi, je ne panique pas ?

Il a bu une gorgée et s'est retourné pour poursuivre, d'une voix plus douce :

– Écoute-moi, ma petite. Ce qui vient de se passer est grave. Nous venons d'échapper à un ouragan, d'accord ? Mais il faut que tu comprennes que tout n'est pas clair, les choses peuvent se brouiller. Quant aux flics, ils interprètent les événements à leur façon, et le lendemain tu t'aperçois qu'ils ont monté de toutes pièces une affaire alors qu'il n'y avait rien, pour le plaisir de faire les gros titres de la presse. Ils savent te cuisiner, les mecs, crois-moi. Une vraie torture, et sans laisser la moindre trace.

– Joe !

– Autant qu'elle soit prévenue.

Je pensais aux flics et à leurs méthodes : une voix douce me poserait des questions et il faudrait que je tourne sept fois la langue dans ma bouche avant de répondre. Mais pourquoi tenaient-ils tellement à m'avertir? C'est ça qui me terrifiait.

— Nous sommes une famille unie, a déclaré Joe en m'agrippant le bras. C'est quoi, déjà, cette ritournelle que toi et ta mère, vous avez, «liées ensemble pour la vie»?

Il a attendu de me voir approuver et a ajouté :

— Tu es ma fille.

J'ai croisé le regard de maman par-dessus son épaule. Elle était méconnaissable. Diminuée. Apeurée. Mais de qui avait-elle peur? De la police? De Joe?

Non. Ma mère avait peur de moi.

Chapitre 28

LA NOYADE D'UN TOURISTE NEW-YORKAIS
EST JUGÉE SUSPECTE
Un couple a été interrogé
Le coroner devrait lancer
une enquête judiciaire

Je suis descendue acheter le journal en ville.
Je ne voulais pas l'acheter à l'hôtel. Je me suis
installée sous le kiosque à musique, au milieu
des hommes qui déblayaient les branches
d'arbre tombées au sol. Mon chemisier était
trempé tant j'avais eu chaud en marchant,
pourtant j'ai lu en frissonnant :

Peter Coleridge, vingt-trois ans, un touriste
fortuné originaire d'Oyster Bay, Long Island, est
tombé par-dessus bord le 17 septembre, en plein
après-midi, la veille de l'arrivée de l'ouragan.
Les vents soufflaient à près de cinquante nœuds
et d'incessantes bourrasques balayaient l'océan.
Mr Joseph Spooner et son épouse, Beverly Spoo-
ner, originaires de Brooklyn, New York, avaient

loué un bateau, le Captive Lady, au capitaine Stephen Forrest, dit « Sandy », sur le port, le mercredi.

D'après la police, le moteur du Captive Lady est tombé en panne en haute mer alors que les passagers quittaient la baie de Palm Beach pour se diriger vers Jupiter. Mr Coleridge a tenté de réparer le moteur, après avoir oublié une clé à écrous sur le pont avant de descendre dans le puits du moteur. En raison du roulis, la clé est tombée dans le puits et l'a heurté au milieu du crâne. Néanmoins, il est remonté sur le pont, quand une déferlante mortelle l'a brusquement emporté.

Mr et Mrs Spooner ont essayé de venir à son secours, en vain.

Le corps de Mr Coleridge a dérivé jusqu'à Manalapan, où il fut retrouvé jeudi matin, tôt, par un pêcheur qui pêchait à la ligne du rivage, Kelly Martin.

Beverly Spooner, une femme blonde et séduisante, et Joseph Spooner, homme d'affaires, étaient des clients de l'hôtel Le Mirage, sur l'île de Palm Beach, de même que la victime.

Le coroner évoque dans son rapport des « marques suspectes » qui semblent « contredire » les « coups naturels » dont un corps porte la trace après un ouragan.

Le père de Mr Coleridge, Ellis Coleridge, pêcheur, est venu de Patchogue, Long Island,

pour identifier le corps de son fils. Nous n'avons
pas réussi à le joindre pour l'interroger.

Pêcheur?

J'ai découvert la vérité dans le journal le lendemain. Peter n'avait pas d'argent. Il n'avait jamais été à l'université, encore moins à Yale. Il était fils unique. Quand il était au lycée, il travaillait au *club-house* d'Oyster Beach en été. C'est là qu'il avait appris les bonnes manières. Et emprunté la décapotable bleue. L'ami qui la lui avait prêtée l'avait déclarée volée parce que Peter se l'était appropriée.

Tout ce qu'il m'avait dit était un tissu de mensonges.

Les amis de la famille qui avaient une maison à Palm Beach? Une villa fermée en attendant la haute saison. Il y était entré par effraction. Un gardien avait découvert des indices dénotant la présence d'un intrus alors qu'il passait vérifier l'état de la maison avant l'ouragan. Une fenêtre avait été forcée. Des verres traînaient sur le rebord. Deux verres. L'un portait une trace de rouge à lèvres. Rouge foncé, précisait le journal.

« La nuance la plus séduisante depuis le clin d'œil d'Ève à Adam. »

Le même jour, le journal du soir qualifiait la villa de « nid d'amour secret ». Et de « blonde et séduisante », Beverly était passée à « suspecte ».

Peter n'était pas ce que je pensais. Maman non plus... Était-ce possible?

Si tout le monde se posait des questions sur les rapports qu'entretenaient Peter et maman, je serais idiote de ne pas m'en poser...

SOUPÇONS DE PLUS EN PLUS LOURDS
SUR LA NOYADE DE COLERIDGE

On recherche une femme mystérieuse
L'enquête judiciaire devrait
commencer vendredi
Séance sans doute présidée par
le juge Alton Friend

Joe Spooner, l'homme que j'avais choisi pour être mon père.

Un homme qui prenait la peine de se pencher pour ajuster les patins à roulettes d'un gamin du quartier pouvait-il tuer quelqu'un? Lui qui savait nouer le nœud de la ceinture de ma robe de soirée, qui m'emmenait dans les drugstores de Manhattan pour m'offrir un *egg cream* par pur plaisir? Lui qui, un jour où je m'étais disputée avec Margie, m'avait consolée en me disant : «Oublie ce qui s'est passé, ma petite. Tiens, je te donne une pièce, va t'acheter un ou deux Coca.»

Cet homme ne pouvait pas être un assassin. Les assassins n'existaient que dans les films.

242

Les assassins ne ronflaient pas dans le lit à côté du vôtre.

Et maman. Quoi qu'il ait pu arriver entre elle et Peter – ce à quoi je ne pouvais pas, ne voulais pas penser –, elle demeurait ma mère. Elle me borderait toujours le soir, elle laverait toujours mes chemisiers dans le lavabo en hiver, les mains rouges et glacées, elle ronchonnerait toujours le matin en entendant sonner le réveil mais finirait par se lever pour me préparer mes toasts et mon Ovomaltine. C'est elle qui avait été la plus bouleversée quand le chiot qu'elle m'avait offert pour Noël était mort de la maladie de Carré. Je le revoyais, sur ses genoux, la gueule pleine d'écume tandis qu'elle pleurait à chaudes larmes.

Non, impossible qu'elle fasse partie du tableau, si c'était ce que je voyais quand je fermais les yeux : Joe frappant Peter sur la tête, Joe poussant Peter dans la mer démontée…

Quelle ne fut pas notre surprise quand nous sommes rentrés pour le déjeuner le lendemain : grand-mère Glam nous attendait dans notre chambre ! Elle portait son chapeau de ville, vert foncé, avec des plumes tachetées et raides sur le côté. Elle avait posé sa valise marron sur mon lit et était assise sur le canapé, guettant notre arrivée, les pieds plantés des deux côtés d'une autre valise, vieille, en cuir,

qui avait appartenu à son mari, Joe. «Le grand
Joe Spooner», comme on l'appelait. Il était mort
quand Joe avait dix-huit ans ; c'était un gros
bonnet qui leur avait laissé plein de dettes.

— Tu comptais me prévenir quand, Joe ?
a-t-elle demandé.

— Comment as-tu réussi à venir ici ? a-t-il
répondu, estomaqué.

— Par un vol Eastern Airlines pour Miami.
Après, j'ai loué une voiture. Alors, tu comptais
me prévenir quand ?

— En avion ?

Voilà qui le stupéfiait encore plus que son
apparition elle-même.

— Les journaux de New York en ont parlé, Joe.
J'ai découvert le pot aux roses dans la presse ! Je
t'ai laissé des messages, mais tu ne m'as jamais
répondu.

— Tu as pris un avion ?

— Je l'ai appris par les journaux, Joe !

— Je ne voulais pas que tu t'inquiètes, m'man.

— J'ai failli avoir une attaque en lisant la
presse. J'aurais pu mourir toute seule à la maison.

Grand-mère Glam a jeté sur maman un
regard aussi méprisant que si c'était du poisson
vieux d'une semaine, avant d'ajouter :

— Tu as besoin de vrai renfort.

— Nous n'avons rien fait de mal, m'man.

- Tu es idiot, tu ne vois pas que ça n'a rien à

voir ? Ils ont décidé de te faire porter la responsabilité de toute l'affaire. Tu n'as pas lu les journaux ? Cela dit, tu as commis quelques erreurs. Quelle idée d'aller parler à un journaliste !

— C'est lui qui m'a appelé.

— Je suis passée voir John Reilly.

C'était un avocat de notre quartier, un gros monsieur au visage rougeaud que tout le monde allait consulter pour les testaments, les actes notariés, quand un enfant était pris la main dans le sac…

— Ce vieil escroc, a murmuré maman.

— Ce vieil escroc sait de quoi il parle. Il m'a surtout recommandé de ne jamais répondre aux journalistes — tu mets un doigt dans l'engrenage et tu es fichu. J'ai lu dans la presse que tu avais déclaré que tu ne comprenais pas pourquoi il y avait une enquête. C'est crétin, m'a dit Reilly. Au contraire, il faut dire qu'on est soulagé qu'il y ait une enquête.

— Qu'est-ce que je vais devenir ? a lâché Joe en plongeant la tête dans les mains.

— Quelle est l'activité la plus importante de la région ?

Je n'en revenais pas. Elle était là, face à moi, dans sa robe bleu marine à fleurs, ses chaussures de la Croix-Rouge fichées dans la moquette. Et elle nous en imposait, hélas pas seulement parce qu'elle avait consulté un avocat. Gladys… qui passait son temps assise dans son fauteuil à écouter la radio, à surveiller les voisins par la fenêtre et à colporter des ragots depuis le porche. Tout ça pour rassembler suffisamment d'informations en vue de cet instant précis.

— Le tourisme, a-t-elle repris. Des meurtres à la une des journaux, ça fait mauvais effet, il faut qu'ils soient prudents s'ils veulent attirer les étrangers.

— Ce n'est pas un meurtre. Personne n'a parlé de meurtre, a répondu maman, pâle comme la mort.

— Bien sûr qu'on parle de meurtre. Autant le savoir si nous voulons nous battre et nous défendre.

Je lui en ai voulu à mort d'oser prononcer ce mot, mais il faut reconnaître que nul d'entre nous n'a moufté. Une fois le mot prononcé, impossible d'y échapper. J'avais beau la haïr, elle avait raison.

— Je suis foutu ! s'est écrié Joe. Je suis un raté. Ils vont tout me mettre sur le dos.

— Tu n'es pas un raté, a répondu sa mère, c'était lui, le raté.

J'ai éclaté en sanglots, mais personne n'y a prêté attention, même quand j'ai mis la main devant ma bouche pour qu'on n'entende rien dans le couloir.

Peter était à côté de moi dans la chambre : je voyais ses poils blonds sur ses avant-bras, cette façon de tordre la bouche quand il s'efforçait de ne pas sourire. Il était encore tellement présent, tellement vivant, tellement lui. Peter vivait en moi et j'en étais malade.

Mort. J'ai eu un nouveau haut-le-cœur. Mort.

— Je t'avais dit de ne pas l'épouser ! s'est exclamée grand-mère Glam, comme si maman et moi étions absentes de la pièce. Je t'avais prévenu, ta femme est une Marie-couche-toi-là.

— Je sais, tu n'arrêtais pas de le répéter, a répliqué maman, même quand Joe était en Europe, alors que je me coltinais tout le boulot pour que tu puisses te mettre les pieds sous la table.

— Le boulot ! C'est ça que tu appelles le boulot. Et avec ce type, Coledidge, c'était du boulot, aussi ?

— Coleridge, ai-je bafouillé. Il s'appelait Coleridge.

Je ne supportais pas de l'entendre. J'avais réussi à maintenir le mal à distance et à me comporter correctement en dépit du cauchemar que je vivais, mais elle était entrée et elle avait ramené le mal.

— Ça ne nous avance pas beaucoup, a dit Joe. Et ce n'est pas le moment de s'engueuler.

— Je vais te sortir de là, mon fils.

— Et moi ? a demandé maman d'une voix très calme. Tu me laisses dans la mouise ? Tu me mets tout sur le dos et tu te débrouilles pour libérer ton fils ? Noël approche, c'est ça ? Tu m'emballes et tu m'offres en pâture avec un beau nœud ?

J'ai arrêté de pleurer. Maman venait de souligner le risque majeur. C'était évident mais je n'y avais pas pensé.

Grand-mère Glam a hésité, laissant maman osciller au bout de la corde un instant.

— M'man ?

Elle a fait la grimace, comme si elle devait manger des choux de Bruxelles vieux d'une semaine parce que c'est tout ce qu'il lui restait. Elle détestait le goût mais elle a quand même répondu :

— Tout ce qui te concerne concerne mon fils. Si je pouvais, je te laisserais mijoter toute seule, sauf que je ne peux pas.

— Quelle délicatesse, Gladys, a répondu maman en lui soufflant de la fumée en plein visage.

Cette nuit, j'ai laissé mon lit à grand-mère Glam et j'ai dormi sur le canapé. Joe l'avait rapproché du lit pour que grand-mère Glam aille aux toilettes par l'autre côté.

Le sofa sentait la cigarette et le moisi. Comme il était trop étroit, j'avais deux solutions : soit je posais les jambes sur l'accoudoir, soit je me recroquevillais en chien de fusil. Pas vraiment confortable.

J'ai été réveillée au milieu de la nuit par des chuchotements. Au début, je n'ai pas reconnu les voix. J'ai regardé les stores en tâchant de me rappeler où j'étais. Seuls les nuages miroitaient comme si la lune était dissimulée juste derrière, prête à les percer.

Grand-mère Glam était assise au bord du lit à côté de son fils. Il aurait suffi que je tende le bras pour effleurer sa pantoufle rouge, ou son gros orteil avec cet ongle jaune et épais. Quelle horreur !

Les adultes sont étranges. S'ils voient qu'un enfant dort, ils pensent qu'il ne peut pas se réveiller et écouter.

– Ne fais pas la moindre allusion à ce que tu savais, pour elle et lui, disait grand-mère Glam. S'ils évoquent l'hypothèse, tu réponds que tu n'étais au courant de rien.

– Elle prétend que c'est faux. Qu'il lui a fait la cour mais qu'elle l'a toujours repoussé. Cela dit, elle était sensible à ses attentions, elle m'a avoué. Moi, j'étais occupé par mes histoires avec ce type, Grayson, avec qui je voulais monter une affaire. Ce n'est pas un crime, quand même. En plus, elle m'a dit que c'est après Evie qu'il courait.

– Arrête de faire le benêt, Joe. Comment tu crois qu'elle s'en est sortie pendant les années de guerre ?

J'ai failli bondir en hurlant que c'était faux.

Je connaissais maman. C'était tout ce qu'elle avait, sa réputation. Jamais elle ne leur aurait offert l'occasion dont ils rêvaient de voir les gens médire à son propos. C'est pour ça qu'elle me traînait à la messe tous les dimanches, hochant la tête et souriant aux dames du quartier quand nous remontions l'allée avec nos chapeaux et nos gants blancs. Mais c'est vrai, il y avait les femmes des hommes qui sifflaient quand ils voyaient Beverly Plunkett passer : c'est elles qui colportaient les ragots.

Pourtant, l'ennemi de maman n'était pas là. L'ennemi de maman guettait, assis dans le fauteuil vert du salon.

– Elle me reproche de ne pas m'être assez occupé d'elle, s'est justifié Joe.

– Tu montais ton entreprise. Tu t'en es sorti comme un roi après la guerre.

– Je ne suis pas un saint, m'man. Quand j'étais de l'autre côté de l'Atlantique…

– Tu t'es battu pour la patrie, tu es un héros. Tu t'es débrouillé comme un chef, tu ne pouvais pas faire mieux, alors arrête, Joe. Il faut que tu te libères de cette sale histoire. Reilly nous conseille de faire appel à un avocat. Il m'a donné un nom. On a tous besoin d'un coup de main de temps en temps. Je suis sûre que si nous frappons à la bonne porte, nous nous en sortirons. En tout cas, c'est ce qu'il m'a dit, et sans insister, je te ferai remarquer. Si tu sais y faire, il m'a assuré, les gens commencent à regarder les choses autrement. J'ai apporté huit mille dollars avec moi.

– M'man ! a explosé Joe, et elle a dû lui faire signe de se taire.

– Nous ne les dépenserons que si nous en avons besoin.

– C'est tout ce que j'ai. Je comptais dessus pour acheter la maison de nos rêves.

Il avait donc de l'argent. Il aurait pu rembourser Peter. Mais il préférait s'offrir la maison de ses rêves. Et grand-mère Glam était au courant.

J'étais entourée de mensonges, d'un tissu de mensonges sans fin.

– Oublie la maison, il s'agit de ta vie. Tu as compris que la guerre était une chance pour toi, tu as su la saisir et tu as bâti une nouvelle vie. Comme ton père.

– Papa est mort criblé de dettes.

– Tais-toi, il a fait ce qu'il a pu. Tout va s'arranger, mon fils. On essaie d'abord le chef de la police. Quelques pots-de-vin à droite, à gauche. Peut-être le juge de l'enquête. Reilly nous conseille de consulter notre avocat. Mais ne demande rien si ce n'est pas nécessaire.

Joe s'est recouché. Grand-mère Glam a retiré sa robe de chambre avant de s'allonger. Les yeux légèrement entrouverts, je l'ai regardée remonter les couvertures sous son menton.

Je ne comprenais plus rien. Trop d'éléments m'échappaient.

Un détail m'avait frappée, une évidence brillant comme la lune à travers les nuages et éclaboussant ma couverture de son éclat argenté.

Elle avait évoqué plusieurs possibilités, ce qu'ils pourraient faire, ma mère, nuisible…

Mais pas une seule fois elle ne lui avait demandé s'il était coupable.

Chapitre 29

Les gros titres. Ces mots qu'à une époque je jouais à lire en sens inverse, qui me sautaient aux yeux au fronton d'un kiosque devant lequel je filais en patins à roulettes, ou sur la table de cuisine au moment où j'attrapais une pomme dans le compotier jaune. CORPS. BLONDE. MEURTRE.

À présent ces mots nous concernaient, nous.

Grand-mère Glam a réagi très vite, comme si elle venait d'être engagée, réduisant sa période d'entraînement à une semaine. Elle a expliqué à son fils comment elle allait procéder. Première chose, elle a contacté un avocat. Il nous fallait un type de la région. L'homme en question, maître Markel, était grand, le teint pâle, avec un visage très large et des lunettes sans monture sur des yeux sans couleur. J'avais du mal à l'imaginer face à l'ennemi. Tout ce qu'il a fait, que je sache, c'est dire à maman et Joe comment s'habiller pour le procès. Maman avait avoué qu'elle n'avait rien de bleu marine ou de gris et il lui a rétorqué : «Achetez-en.»

Le premier jour du procès, ils n'ont pas voulu que je les accompagne. Maman portait une robe grise avec un col blanc et un chapeau de paille noire. Joe était en costume cravate. Grand-mère Glam arborait sa broche de diamants.

— La bonne nouvelle, a annoncé maître Markel en s'arrêtant pour un café juste avant, c'est que le rapport du coroner confirme la mort par noyade.

— En quoi est-ce une bonne nouvelle ? a demandé maman en s'étouffant.

— Parce que s'il portait la trace d'un coup sur la tête, par exemple, ils auraient un argument pour affirmer qu'il était mort avant de tomber à l'eau.

— Vous n'y allez pas par quatre chemins, a murmuré maman en détournant la tête.

— Non, a-t-il répondu en la toisant du regard.

Ils se sont absentés presque toute la journée. Dans l'après-midi, je suis descendue pour acheter le journal du soir. Je l'ai emporté près du kiosque à musique, sans l'ouvrir tout de suite. Le parc avait été nettoyé et les branches d'arbre déblayées. L'eau de la lagune était bleugris, volant sa couleur au ciel.

J'avais aperçu le gros titre mais je n'avais pas le courage de lire l'article.

TÉMOIGNAGE STUPÉFIANT
DANS L'AFFAIRE COLERIDGE

*Les soupçons se portent sur la femme
de l'homme d'affaires,
identifiée en pleine cour par un témoin surprise*

J'ai parcouru l'article en essayant de relier entre eux les mots qui valsaient sous mes yeux.

Le témoin était Iris Wright, propriétaire de l'*Iris Eye*, une boutique de cadeaux sur South Dixie Highway. Iris Wright racontait qu'elle avait vu entrer un couple qui semblait d'humeur très enjouée. Elle s'en souvenait parce qu'ils étaient tous deux «particulièrement séduisants». La femme était habillée en blanc. Ils avaient acheté un vase en forme d'ananas. L'homme avait réglé la somme en riant. Elle l'avait reconnu en voyant son portrait dans les journaux. Le procureur général, Raymond Toomer, lui avait demandé si la femme se trouvait dans la salle.

Mrs Wright a répondu avec un geste du menton : «Elle est là, oui.»

«Veuillez vous lever, Mrs Spooner», a requis Mr Toomer.

Mrs Spooner s'est redressée lentement. Elle portait une robe en soie grise avec un col et des poignets blancs; ses beaux cheveux étaient couverts par un chapeau de paille noire avec un nœud rose. Mr Toomer lui a demandé de retirer son chapeau. Mrs Spooner s'est exécutée, d'une main tremblante. Sa chevelure s'est déployée sur ses épaules, brillant sous les rayons du soleil qui filtraient à travers la fenêtre de la salle du palais de justice.

Mrs Wright a confirmé reconnaître Mrs Spooner. « C'est elle. Elle a un physique exceptionnel. Je la reconnaîtrais entre mille. »

Elle était revenue à l'hôtel avec le vase en forme d'ananas le jour où nous étions allés ensemble au cinéma. Peter nous avait dit au revoir et elle s'était éloignée, traînant son foulard derrière elle. Elle nous avait dit qu'elle allait voir si les boutiques de Worth Avenue étaient ouvertes.

Peter l'avait donc suivie en voiture. Il s'était sans doute penché à sa fenêtre, le coude posé sur le rebord, en lui proposant : « Viens, je t'emmène faire des courses. Tout est fermé sur l'île. »

Je croyais que ce jour-là était ma première sortie avec Peter. Non. C'était la première sortie de maman avec lui.

Le monde a vacillé et tout est devenu blanc. J'ai senti une douleur sourde en moi. Avec tous les mensonges qui me cernaient, c'était ce qu'il y avait de pire. Ce qui ne passait pas.

J'ai dû m'asseoir. Réfléchir. Respirer.

Quand j'avais entendu grand-mère Glam et Joe en discuter, je penchais plutôt du côté de Joe : c'était un vague jeu de séduction entre eux, c'était moi que Peter convoitait.

À présent, j'ouvrais les yeux. Dès le début, il y avait eu entre eux cette attirance.

« – Qu'est-ce qui te fait dire que tu sais ce dont je souffre ?

– Mon petit doigt. »

Deux têtes blondes côte à côte au milieu d'une salle obscure, chuchotant.

Flirtant. Depuis le début, et je n'avais rien vu.

Maman courant sur la plage. Peter la prenant dans ses bras pour la faire tournoyer. Ses mains contre la poitrine de Peter comme si elle en éprouvait déjà la force sensuelle.

Maman à côté de Peter au volant, avec un doux sourire tandis qu'il conduisait. Un sourire mystérieux, tel un chat devant une assiette de crème.

Peter posant un doigt sur ses lèvres pour l'empêcher de parler et le laissant plus longtemps qu'il n'aurait dû.

Et moi qui pensais que maman me bloquait la route. C'est moi qui lui barrais la voie. C'était moi, sa couverture.

La découverte fut si brutale que j'ai bondi du banc et couru vers la plage, couru à toute vitesse, couru jusqu'au moment où j'ai senti mes poumons en feu. J'étais rattrapée par la vérité, par les faits qui claquaient comme des cartes qu'on abat sur une table.

Les pétales orange sur le capot de la voiture. Tous les jours maman donnait un pourboire à Wally pour qu'il les retire.

Elle avait su où me trouver parce qu'elle y allait tous les jours. Et la première fois où j'étais allée le rejoindre ce soir-là, il croyait que c'était elle. Je portais son parfum, ses sandales à talons…

Ils avaient… un lien. Un lien sur lequel je ne voulais rien savoir. Je pensais au baiser de Peter, le même que ceux qu'il avait dû lui offrir à elle.

Et au-delà. L'amour physique. Voilà ce qui les liait.

Je fixais l'eau grise, le regard vide. J'avais tellement mal que je pouvais à peine respirer.

Je tenais le journal entre mes deux mains, froissé, en boule. Je l'ai déplié et je me suis assise sur la pelouse pour lire.

Maître Markel avait posé plusieurs questions supplémentaires à la propriétaire de la boutique. Était-elle sûre qu'ils formaient un couple ? Se tenaient-ils par la main ? S'étaient-ils embrassés ? Iris Wright répondait non, mais elle était certaine qu'ils étaient amoureux à cause de la façon dont ils souriaient. Le juge Friend a rétorqué que son interprétation de leurs sourires n'avait aucune valeur de témoignage.

Leurs sourires. Moi aussi, je les avais vus.

Mais j'avais été moins rapide à la détente qu'Iris Wright.

Saisie par le désir soudain de voir Peter, j'ai senti mes yeux picoter. J'avais envie de lui pour qu'il m'explique. Mais pourquoi pensais-je encore qu'il me dirait la vérité ? Avait-il aimé maman, avait-il été vraiment amoureux d'elle ?

« Tu venais prendre de mes nouvelles ? Quelle délicatesse. »

Il lui en voulait ce soir-là. Cela signifiait-il qu'il regrettait ce qu'ils avaient fait ? Était-ce pour ça qu'il s'était tourné vers moi ce soir, et non pas vers elle ?

J'avais la tête qui tournait, mal au cœur. Je ne supportais pas l'idée que je ne représentais rien à ses yeux. Je ne supportais pas l'idée d'être le dindon de la farce.

Le pêcheur qui avait retrouvé le corps de Peter avait aussi témoigné. J'ai sauté ce passage. C'était trop dur. J'ai refermé le journal brutalement, comme un livre, refoulant l'image de son corps mort. Je voulais l'imaginer vivant. Imaginer que tout ça arrivait à une autre, pas à moi.

Le policier qui nous avait raccompagnés à l'hôtel, maman, Joe et moi, était le témoin suivant. Pour deux personnes qui venaient d'assister à une noyade, ils se préoccupaient un peu trop d'eux-mêmes. Ils sentaient l'alcool, précisait-il.

Le procureur lui avait demandé comment

maman avait réagi en me retrouvant, saine et sauve.

«*Elle a dit qu'elle avait besoin d'un bain*», a *répondu l'agent.*

Un murmure a parcouru l'assemblée. Les personnes assises dans le fond se sont levées pour apercevoir Mrs Spooner.

Le flic donnait l'impression que maman était insensible. C'était faux, je la connaissais, et mieux que lui. Elle était ravie et soulagée de me retrouver. Mais elle était en loques, et sous le choc. J'avais senti en elle un amour véritable. Seulement, c'était son caractère. Quand elle était profondément contrariée, elle commençait par s'en prendre à la purée de pommes de terre.

Le dernier témoin était l'agent Deary.

Lui avait précisé que Joe était en train de ranger ses bagages dans la voiture quand il était venu lui annoncer que le corps avait été retrouvé.

«*– Est-ce qu'il vous a semblé ému quand vous lui avez confirmé le décès? a demandé Mr Toomer.*

– Je ne peux pas vous le certifier, a répondu l'agent, une armoire à glace au franc-parler. Il disait qu'il se faisait du souci pour ses affaires à New York.»

Un bruissement a parcouru le public et tous les regards se sont tournés vers Joseph Spooner, qui s'est penché pour murmurer à l'oreille de son avocat. Beverly Spooner a saisi la main de sa belle-mère.

J'ai respiré un grand coup. Les journaux écrivaient m'importe quoi. Primo, maman et Joe étaient originaires de Brooklyn. Et maintenant, maman serrait la main de Gladys. Encore un peu et elle serrerait la main d'une veuve noire.

On annonçait ensuite qu'à l'audience du lendemain c'était au tour de Joseph Spooner et de Beverly Spooner d'être entendus.

J'ai respiré l'odeur du journal et de l'encre humide. Il y avait d'abord les faits tels que je les lisais, puis ces mêmes faits interprétés et tordus au point qu'ils revenaient tel un boomerang dans la mauvaise direction. Où se situait la vérité ?

Maman et Peter avaient été ensemble. Mais qu'est-ce que cela signifiait ?

Si tous étaient convaincus que Joe et maman avaient tué Peter, serais-je assez forte pour persister à penser que c'était faux, même en gardant les yeux grands ouverts ?

Plus tard dans la journée, Joe m'a accompagnée en voiture au bureau de maître Markel. J'avais du mal à soutenir son regard, et si maman avait été là, j'aurais bondi hors de la voiture. À peine sommes-nous arrivés devant le bureau que j'ai posé la main sur la poignée de la portière pour sortir. Les nuages étaient bas et le ciel noir. Nous avions deux secondes pour courir à l'intérieur du bâtiment avant l'orage.

– Attends, Evie. Il faut que je te parle, a déclaré Joe.

Il n'a pas eu le temps de poursuivre, l'orage a éclaté et il s'est mis à tomber des cordes. Nous avons remonté les vitres. En quelques secondes, elles furent couvertes de buée et l'on n'y voyait plus rien dehors.

Joe regardait devant lui, les mains posées tranquillement sur le volant.

– Finalement, je n'ai pas eu beaucoup de temps pour être un vrai père. J'ai épousé ta mère et j'ai tout de suite été appelé sous les drapeaux. Et dès que je suis rentré de la guerre, j'ai monté mon affaire. Pourtant, j'ai fait de mon mieux. Et pas seulement parce que je voulais que ta mère soit heureuse. J'ai fait de mon mieux parce que tu es une gamine bien et que je veux être un père pour toi.

– Je sais, Joe, je te crois.

Mais faire de son mieux avait-il un sens quand il s'agissait d'amour ?

– Ça me manque que tu ne m'appelles plus papa. Je ne l'ai pas beaucoup entendu ces derniers temps.

Il s'est arrêté pour poursuivre :

– Bon, allez… J'en viens au cœur du problème. L'avocat va t'interroger au sujet de Peter, et il a beau nous défendre, il y a une chose qu'il faut que tu saches. Tu n'es pas obligée de lui dire toute la vérité. Il va chercher à te rassurer – «Tu peux tout me confier, Evie» – mais ne te sens pas obligée. On a tous un domaine réservé, intime. Peter a été ton premier amour, n'est-ce pas ? Personne n'a à le savoir, sauf toi. Tu n'es pas obligée de le dire. Quand tu réponds, regarde-le droit dans les yeux. Ne souris pas. Ne détourne pas le regard. Le problème, Evie, c'est que… (Joe s'est éclairci la gorge et s'est étiré les doigts avant de les reposer sur le volant) il vaut mieux qu'ils ne sachent pas que j'étais plus ou moins au courant de ce vague flirt entre Peter et maman. Ou que je m'en doutais. Comme le jour où on est allés au golf. Il ne faut pas qu'ils sachent qu'elle prétendait prendre des cours de golf. Elle avait besoin de s'éloigner un peu, c'est tout. Parce que, s'ils commencent à fouiller, ils risquent de tomber sur des détails qui seraient nuisibles pour la famille.

– Quoi par exemple ?

– Oh, des détails.

J'ai détourné les yeux du côté de la vitre, même si l'on n'y voyait toujours rien. J'avais l'impression d'avoir un rideau de larmes face à moi.

– Je ne suis sans doute plus un héros à tes yeux. Evie, regarde-moi, s'il te plaît.

Je l'ai regardé, obéissante. Nous étions tels deux chiens de faïence.

– Je ne l'ai pas tué.

– D'accord.

– Mon comportement à l'époque où on tirait le diable par la queue, et ensuite, pendant la guerre, c'est autre chose. Il a fallu que je redémarre à zéro, et j'ai réussi. Mais je ne l'ai pas fait que pour moi.

La pluie a cessé. J'ai aperçu la silhouette d'une fille qui marchait dans la rue. Elle avançait pieds nus, les chaussures à la main. Elle a sauté dans une flaque en riant. Elle appartenait à un monde qui me semblait à mille lieues de moi.

– Tu te souviens quand je suis rentré ? a repris Joe. On est revenus en ville voir un spectacle, on a dîné là-bas, on est rentrés et on s'est endormis tous les trois sur le canapé, parce qu'on ne voulait pas se coucher ?

Je me souvenais. J'avais le sentiment de partager leur lien, leur amour.

– Voilà la vie qu'on peut retrouver si on est solidaires. Tu comprends ? Si on est assez intelligents pour ça. Rester solidaires.

Chapitre 30

Le rectangle de verre dépoli de la porte indiquait, en lettres épaisses : CABINET D'AVOCAT WILSON MARKEL. Joe a frappé avant d'entrer.

La pièce était meublée simplement : deux chaises en bois et un vieux tapis. C'était peu pour un avocat qui, d'après Gladys, était un des meilleurs avocats pénalistes du sud de la Floride.

Une femme d'un certain âge était assise à un bureau. Elle s'est levée. Elle avait une frange de bouclettes serrées sur le haut du front, et le reste de ses cheveux noué en un petit chignon de danseuse retenu par de longues épingles. Il devait tirer, ce chignon, ai-je songé.

— Comment allez-vous, miss Geiger ? a lancé Joe. Jolie robe. Je vous présente ma fille, Evie Spooner.

Elle m'a déshabillée du regard. Aimable comme une porte de prison.

— Maître Markel vous attend.

Elle nous a précédés et j'ai eu la surprise de voir qu'elle portait des talons particulièrement hauts. Vue de dos, avec ses hanches, un homme n'aurait pas hésité à la suivre. Elle a frappé à une petite porte intérieure en entrouvrant légèrement.

– Maître Markel, la jeune fille est ici.

– Faites-la entrer, miss Geiger.

– Je vous en prie, miss Spooner.

Joe m'a suivie, immédiatement intercepté par la secrétaire.

– Miss Spooner, seule, s'il vous plaît.

– Mais…

– Miss Spooner, seule. Je vous remercie, Mr Spooner.

Je suis entrée. Maître Markel était debout derrière son bureau. Il m'a gratifiée de ce rictus que vous accordent les gens qui sourient rarement. Je n'étais pas très rassurée.

– Souhaitez-vous que je prenne des notes ? a demandé miss Geiger.

– Non, je vous remercie, miss Geiger. Je vous prie de fermer la porte.

La porte s'est refermée avec un léger clic. J'ai pris une longue respiration.

– Elle a regardé Joe comme si elle était prête à le mettre sous les verrous, ai-je dit.

– Miss Geiger réserve son jugement sur qui est innocent.

Je n'étais pas d'accord. Elle avait le regard de quelqu'un qui est à la fois juge et partie.

– Je vous en prie, asseyez-vous, miss Spooner. J'imagine que votre père a dû vous prévenir, j'aimerais que vous assistiez au procès demain. L'image d'une famille unie est un bon point. Cela dit, vous allez être exposée. Il faut vous préparer à affronter les photographes et la presse.

— Je comprends.

— Bon. Parlez-moi de Peter Coleridge.

J'étais prête et je n'ai pas eu de mal à répondre à ses questions, posées avec douceur, tandis qu'il me considérait de l'autre côté de son bureau.

On ne le connaissait pas très bien. C'était un client de l'hôtel. Il nous avait dit qu'il était aussi originaire de New York. Oui, nous sommes sortis plusieurs fois ensemble pour diverses excursions. Il m'a proposé de m'apprendre à conduire. Non, ma mère ne le voyait pas en tête à tête. Je ne me souviens plus de qui a voulu maintenir cette expédition en mer. C'est peut-être Peter.

Silence. Joe m'avait recommandé de le regarder bien en face, ce que j'ai fait.

Les yeux de maître Markel, loin d'être fades, étaient d'un bleu extrêmement clair, bleu layette, comme une couverture de bébé. Il avait les cheveux argentés, coiffés en arrière, avec de petits épis qui ondulaient autour de ses oreilles.

— Peter Coleridge n'était donc pas le petit ami de votre mère ?

Sa voix claqua tel un coup de fouet venu de nulle part.

– Non.

– J'espère que vous avez conscience, miss Spooner, que tout ce que vous me dites ici, qu'elle qu'en soit la teneur, ne sera répété à personne, pas même au juge. Une enquête n'est pas un procès, mais si vous êtes convoquée, ce qui n'est pas exclu, vous devrez prêter serment. L'enquête a pour but d'établir si oui ou non des charges seront retenues contre un de vos parents.

– Oui, maître Markel.

Il a attendu et je n'ai pas baissé les yeux. J'imaginais des couvertures de bébé, des poussettes, des cheveux doux et duveteux.

Il a remonté ses lunettes, et les verres ont lancé un éclat en cachant ses yeux. Il m'a donné quelques conseils sur la façon dont je devrais m'exprimer, comment m'habiller, ne jamais perdre mon sang-froid, demeurer placide en toutes circonstances. Ne regarder ni maman ni Joe avant de parler.

– Miss Spooner, puis-je vous appeler Evie ? Je vous remercie. Vous avez des cours de maths au lycée, je suppose. Bon, il s'agit ici de maths très rudimentaires. Ni additions, ni soustractions. Si vous êtes convoquée, vous répétez exclusivement ce que vous venez de me dire.

J'ai hoché la tête.

– Le procureur général vous interrogera

pour savoir si votre mère voyait Peter Coleridge en tête à tête, si vos parents s'entendent…

Hélas, nous avions déjà passé en revue ces questions entre nous.

– Ils vous demanderont peut-être si votre mère était amoureuse de Peter Coleridge. Que répondrez-vous, miss Spooner ? Miss Spooner ?

J'ai répondu comme convenu, tranquillement et clairement.

– Non.

Et je l'ai regardé dans le blanc des yeux, comme Joe me l'avait montré quand il m'avait appris à mentir. Comme lorsqu'il m'avait affirmé qu'il n'avait pas tué Peter.

Je ne m'attendais pas à une telle cohue. Maître Markel avait beau m'avoir prévenue, j'ai été stupéfaite de voir toute cette foule qui attendait sur les marches. « Qu'attendaient-ils ? » me demandai-je. Jusqu'au moment où j'ai compris que c'était nous.

De même, je pensais voir un ou deux reporters, mais il y en avait une multitude, qui m'assaillirent de questions tandis que je montais les escaliers, flanquée de Joe et de maman, maître Markel et grand-mère Glam ouvrant la marche.

J'avançais, tête baissée, les cheveux devant les yeux. J'ai remercié en silence Mrs Grayson pour la nouvelle coupe qu'elle m'avait conseillée.

La salle du palais était celle où j'avais passé la nuit le soir de l'ouragan. J'ai reconnu le banc où j'avais dormi. C'était à des années-lumière, et j'étais seule et perdue.

À présent, la salle était largement éclairée et il faisait chaud en dépit des ventilateurs. J'ai fixé les pales en songeant que, si je me concentrais assez longtemps, je finirais par me perdre dans ce tournoiement flou.

Au moment où nous nous sommes assis, le juge est entré, raide, le visage rouge, avec d'épaisses lunettes à monture noire. Maman a pris ma main en la serrant fort. La sienne était glaciale, humide et, régulièrement, elle me comprimait les doigts. J'aurais préféré la lâcher mais j'avais peur que les journalistes ne le remarquent.

Le premier témoin appelé à la barre était une des femmes de chambre de l'hôtel *Le Mirage*, la plus jeune, qui avait un très joli sourire. Elle s'est assise sur une des chaises prévues à cet effet en jetant un œil désolé sur Joe et maman.

Elle a certifié avoir vidé la corbeille dans laquelle il y avait des morceaux de vase en forme d'ananas.

– Le genre d'objets que les touristes achètent. J'avais des scrupules, mais j'étais soulagée que ce ne soit pas moi qui l'aie cassé.

Ce fut au tour de Joe d'être appelé. Il était nerveux mais, comme disait maman, «il leur a fait l'article», en n'hésitant pas à user des expressions toutes faites, comme «la Floride, cet État épatant», ou «cette tragédie épouvantable», ou encore «même à l'armée, on ne s'habitue jamais à voir un camarade mourir». C'était un mensonge car, un jour, il m'avait avoué que ce qui était atroce c'est qu'on finissait par s'y habituer. «Tu apprends très vite. Il ne faut jamais s'attacher au dernier arrivé.»

Il a raconté ce qui s'était passé sur le bateau, pourquoi ils avaient décidé de sortir en mer et pourquoi c'était idiot, il le reconnaissait, un comportement typique de touristes, et comment ils avaient failli chavirer au moment où le moteur était tombé en panne.

— Vous avez déclaré que Mr Coleridge était un navigateur expérimenté, Mr Spooner, a poursuivi le procureur.

— C'est ce qu'il nous avait dit.

— Étiez-vous à la barre quand il a tenté de réparer le moteur?

— Il m'a demandé de prendre la barre, oui. Il m'a recommandé de la maintenir bien droite. La pluie venait de commencer à tomber et nous étions en mer depuis un bout de temps, depuis le début de l'après-midi. Les vagues étaient de plus en plus hautes. Nous n'avions pas de radio. Cette bourrasque est arrivée… on n'y voyait plus à un mètre devant nous.

— Pensez-vous que la façon dont vous avez

271

manœuvré le bateau a favorisé la chute de Mr Coleridge, Mr Spooner?

— Croyez-moi, c'est une question qui me hante moi aussi, monsieur. J'ai maintenu le gouvernail aussi droit que possible, mais le vent se déchaînait et le bateau tanguait dangereusement. Je l'ai vu tomber à l'eau mais j'ai tout de suite appelé Bev pour qu'elle lance les gilets à la mer…

— Vous n'aviez pas pensé à mettre les gilets à ce stade-là?

— Moi, oui, et Bev aussi, mais Peter disait qu'il n'en avait pas besoin. Nous lui en avons illico lancé un. Nous pensions que c'était sa tête qui flottait devant nous et que nous pouvions l'atteindre. En réalité il avait glissé sous le bateau.

Je fixais le ventilateur qui tournait en bourdonnant.

L'avocat a demandé d'un ton sournois comment Joe avait fini par réparer le moteur. Il a répondu que comme il vendait des appareils électroménagers il s'y connaissait en mécanique, et ajouté qu'il aurait préféré que ce soit lui qui tombe à l'eau.

En se concentrant, il est possible de sentir le pouls du public d'une salle d'audience, d'après les bruissements, les toux, les murmures et ce quelque chose dans l'atmosphère, au-delà des mots, qui passe d'une personne à une autre.

Les gens ne croyaient pas Joe.

Il n'avait pas la cote.

D'autres questions ont suivi mais c'en était fini pour lui. Il a raconté qu'il avait passé énormément de temps à la recherche de Peter, qu'ils avaient failli chavirer en revenant vers la baie, jusqu'au moment où il avait finalement compris qu'il n'arriverait jamais à rentrer au port. Il faisait déjà nuit, nuit noire, et il n'a dû qu'à la chance d'échouer dans cette mangrove où ils avaient pu mouiller en toute sécurité.

Des voix se sont enchaînées, que je percevais sans écouter. Je serrais la main de maman, qui transpirait.

Ce fut son tour.

Avant le mien.

– Je vais défaillir, m'a-t-elle murmuré.

Ils l'ont appelée et elle s'est dirigée droit vers la chaise. Elle était si sérieuse, et si jolie. Elle avait supprimé ses boucles et noué ses cheveux en chignon. («Pas de mise en plis», avait recommandé maître Markel.) Elle portait un petit bibi blanc assorti au col blanc de sa robe en coton suisse bleu marine. Elle s'est assise en croisant les jambes et les chevilles. Elle ne portait pas de sandales, mais des chaussures fermées bleu marine.

J'ai senti la température de la salle changer : non pas le degré de chaleur mais ce que le public pensait. Ils avaient décidé que Joe était coupable et ils guettaient, observaient maman. Était-elle complice ? Était-ce une dure à cuire ? Une traînée ? Ou une femme innocente enchaînée à un homme jaloux ? Voilà ce qu'ils attendaient qu'elle leur révèle.

Moi aussi, j'attendais la réponse. Mais pas ici. Pas dans ces conditions.

Maman s'exprimait d'une voix si faible que le juge a dû lui demander de parler plus fort à trois reprises. Où diable avait-elle dissimulé son énergie ? Dans la petite poche bordée de dentelle de sa robe ?

Sa version de l'histoire coïncidait point par point avec celle de Joe. Mais elle y ajoutait des sentiments. Elle avoua qu'elle ne voulait pas sortir en mer mais tenait à être « bonne joueuse ».

– Votre mari s'entendait-il avec Peter Coleridge ?

– Oh, oui. Ils étaient amis. Vous savez ce que c'est, à cette époque de l'année il y a peu de touristes, alors vous vous liez aux autres clients de l'hôtel.

– Aviez-vous de l'inclination pour Peter Coleridge ?

– J'ai de l'inclination pour mon mari, a-t-elle répondu avec fermeté, et j'ai senti que le public appréciait.

– Un témoin a rapporté qu'il vous voyait partir tous les matins en voiture avec Peter Coleridge.

— Et avec ma fille, a corrigé maman, avec une telle douceur que j'ai perçu un mouvement du public en sa faveur. Il nous emmenait toutes les deux en excursion.

J'ai jeté un œil discret sur la salle. Tous avaient les yeux rivés sur elle. Plus personne ne chuchotait, ne se grattait, ni ne se mouchait.

Maman a répété l'histoire du vase. Oui, elle l'avait acheté dans cette boutique avec Peter. Elle allait à pied en ville, il était passé en voiture et lui avait proposé de la déposer. C'était délicat de sa part, et c'était son style.

Comment le vase s'était-il cassé?

J'ai failli tomber de ma chaise. J'avais tellement peur. Maman a incliné la tête et haussé les épaules de façon imperceptible.

— Mon mari et moi, nous dansions en écoutant la radio et nous avons fait un mauvais mouvement. (Elle a jeté un œil sur Joe en souriant.) Je n'ai pas épousé un très bon danseur.

Une femme a ri derrière moi et le juge a frappé son marteau sur son bureau.

Comment ma mère avait-elle mis au point un tel art du mensonge, une telle technique? Quand avait-elle appris à maîtriser son visage pour avoir l'air si innocente?

Au moment où elle était tombée sous le charme de Peter? Elle avait dû avoir tant de mensonges à tisser.

Le procureur vêtu de gris l'a mitraillée de

questions. Il n'aimait pas la façon dont les choses tournaient. À quelle heure étaient-ils montés dans le bateau, qui avait eu l'idée de sortir de la baie, les deux hommes s'étaient-ils disputés?

— Les rafales de vent étaient impressionnantes. . j'avais peur. Peter nous a avoué que s'il n'arrivait pas à réparer le moteur, la situation était plus que critique. Le bateau se soulevait comme ça (maman a brandi la main avant de l'incliner), j'étais tétanisée. J'ai fini par descendre.

Le public a éclaté de rire.

— Vous êtes descendue sous le pont, a répété l'avocat avec une nuance de reproche, comme si elle n'avait pas fait ses devoirs de navigation.

— Sous le pont, a renchéri maman, telle une élève appliquée.

Il aurait suffi qu'elle sourie, qu'elle éclate de rire avec les autres, et tout était par terre. Ils n'auraient jamais admis qu'elle participe à la risée générale.

L'avocat a continué à l'interroger, mais maman avait gagné. Elle avait mis le public dans sa poche. Elle avait beau venir de New York, à leurs yeux, la femme fatale venait de se métamorphoser en blonde bécasse. Incapable de tuer une mouche, étaient-ils persuadés. Trop jolie. Trop inconsistante.

Chapitre 31

— Vous vous en êtes tous les deux bien tirés, les a félicités maître Markel.

Nous étions assis dans un petit bureau que maître Markel avait emprunté. Miss Geiger nous avait laissé de quoi déjeuner : des sandwiches et un thermos de café brûlant dont on avait oublié de fermer le couvercle. Seule grand-mère Glam mangea et but.

— Evie est la prochaine, c'est ça ? a demandé Joe en se penchant en avant, les mains jointes. C'est le dernier témoin. On aura peut-être fini à la fin de la journée, non ?

— Non, il y a un nouveau témoin qui vient de se manifester : Walter Forrest.

— Qui ?

— Il travaillait au *Mirage*, a précisé maître Markel en jetant un œil sur son dossier. Groom et garçon à tout faire.

— Wally ? ai-je lancé.

— Que diable Wally peut-il apporter dans cette histoire ? a lancé Joe.

– C'est bien ce que je me demande, a renchéri l'avocat en lui jetant un œil par-dessus ses dossiers.

Maman est allée à la fenêtre, observant la rue les bras croisés, comme pour se protéger.

– Que pensez-vous que Mr Forrest pourrait ajouter?

– Rien. Et toi, Bev?

– Rien, a répondu maman sans se retourner.

Wally portait une chemise blanche entièrement boutonnée et un nœud papillon. Son pantalon remontait un peu trop haut. Il s'est assis et j'ai aperçu le haut de ses socquettes marron découvrant la peau de ses mollets. Il ne nous regardait pas, ni moi ni maman ni Joe.

J'ai reconnu son père dans le public. Il avait les mains sur les deux genoux et les yeux rivés sur son fils.

Wally a donné son nom et précisé où il travaillait. Il a ajouté qu'il était lié à nous et à Peter Coleridge, que son job était de garer les voitures des clients de l'hôtel, de porter les bagages et de rendre toutes sortes de services.

– Le personnel était réduit, normalement ils n'ouvrent pas avant septembre, vous comprenez. Il n'y avait pas beaucoup de clients, alors on faisait très vite connaissance avec eux.

Pourquoi Walter voulait-il apporter son témoignage à la police? Mr Toomer tenait à le savoir, posant la question sur ce ton suffisant qui sous-entendait qu'il avait le plaisir de connaître la réponse avant les autres.

— Quand je rentre chez moi, je passe par le sentier qui contourne la lagune, a expliqué Wally, tous les soirs. En ce moment, c'est très calme parce que c'est la basse saison. La propriété de Mr Wentworth est au bord de la lagune, et en général je passe par là car ça me fait un raccourci. Il m'a donné la permission parce qu'il dîne presque tous les soirs à l'hôtel pendant la haute saison.

— Mr Allen Wentworth, a précisé l'avocat.

Apparemment, c'était une personnalité du coin, sans doute un gros bonnet de Palm Beach.

— En tout cas, a poursuivi Wally en avalant sa salive avec un tel effort que je l'ai remarqué depuis le troisième rang, un soir, c'était un vendredi, parce que le vendredi je finissais plus tard, je traversais la pelouse et j'ai entendu des bruits, c'était bizarre, alors je me suis arrêté. J'ai avancé un peu…

Wally s'est mis à se tortiller sur sa chaise, glissant un doigt dans son col trop serré.

— J'ai aperçu un couple appuyé contre un tronc d'arbre.

— Que faisait le couple ?

— Euh… ils se bécotaient, monsieur.

— Vous avez pu les identifier ?

– J'ai tout de suite reconnu Mrs Spooner, à cause de cette robe bleue qu'elle a. Elle m'a sûrement entendu parce qu'elle s'est retournée, mais elle ne m'a pas vu. Elle a tourné un peu la tête et l'homme a jeté un œil par-dessus son épaule, et là j'ai vu que c'était Mr Coleridge.

– En êtes-vous sûr ?

– Sûr et certain, monsieur.

Le juge a donné un coup de marteau pour demander le silence.

Je me souvenais parfaitement de ce soir-là. Maman était remontée dans sa chambre parce qu'elle avait mal à la tête. J'avais attendu dans l'entrée, jusqu'au moment où j'étais sortie. Peter avait rejoint sa voiture quand il m'avait reconnue. Il m'avait emmenée à la plage.

Ce soir-là, il m'avait embrassée.

Mais avant, il avait embrassé maman. Je me souvenais, j'avais croisé Wally dans l'entrée, qui venait de finir de travailler. J'avais traîné dans l'hôtel pour passer le temps, au moins un quart d'heure. Pendant ce temps-là, maman et Peter étaient ensemble.

Elle n'était donc pas remontée. Elle n'avait pas mal à la tête. Elle était sortie par la petite porte de côté, celle que j'empruntais quand je ne voulais pas qu'on me voie. Elle lui avait donné rendez-vous sous les arbres. Et Wally les avait surpris.

– Qu'avez-vous fait ensuite ?

– Je me suis éloigné, a répondu Wally. Dis-crètement. Je ne voulais pas avoir d'ennuis. L'essentiel dans un hôtel, m'avait expliqué mon ancien patron, Mr Forney, c'est de la boucler, quoi qu'il arrive. Quoi que l'on voie. C'est le seul moyen de ne pas se faire renvoyer, il insis-tait. C'est pourquoi je n'ai pas dit un mot.

– Pourquoi avez-vous tenu à témoigner aujourd'hui, Walter ?

– Quand j'ai lu les journaux, j'ai tout raconté à mon père. C'est lui qui m'y a encouragé. Il pensait que c'était plus juste.

– En effet, a renchéri le procureur d'une voix fleurie, comme s'il récitait le fameux discours de Lincoln à Gettysburg. En effet.

Il a laissé planer le silence pendant qu'il consultait son dossier. Nous regardions droit devant nous, conscients que tous les regards nous dévisageaient.

– À présent, revenons au matin du 17 sep-tembre. Vous travailliez à l'hôtel ce jour-là ?

Wally a hoché la tête avec force.

– J'étais de service. Personne n'était réveillé, à part deux clients. Mr Spooner est descendu et m'a demandé sa voiture, et je suis allé la cher-cher. D'habitude, il partait tout de suite, mais ce jour-là on a fait la causette. Tout le monde parlait de l'ouragan. On se demandait où il allait frapper. Il s'est renseigné sur les mesures de précaution que l'hôtel prenait.

La salle d'audience était plongée dans un silence total.

– Il a ajouté qu'il avait entendu parler de mouillages de sécurité. J'ai répondu que bien sûr, on trouve toujours des endroits où mouiller, fallait espérer que rien de grave n'arrive. Il y avait plusieurs abris autour de Lake Worth et d'autres un peu plus au nord. Je lui ai raconté qu'on pêchait le brochet de mer du côté de l'île de Munyon, que mon père avait un bateau. Il avait l'air intéressé, il m'a demandé si mon père le louait, j'ai répondu bien sûr, c'est son gagne-pain. Alors il m'a dit que peut-être il le louerait pour sortir dans la matinée et que mon père ne le regretterait pas. Je n'en ai plus entendu parler jusqu'à ce que j'apprenne qu'il avait trouvé un mouillage de sécurité. Voilà.

Wally a jeté un regard implorant au procureur, espérant sans doute être libéré tout de suite.

J'ai senti dans mon dos les murmures qui passeraient de la salle d'audience aux gens dans le hall, puis à la foule sur les marches du palais, et jusqu'en ville. Je voyais déjà les reporters se bousculer pour prendre des photos de maman.

Joe avait tout prévu, voilà ce que les gens devaient penser. Tout, de A à Z. Il avait prévu de sortir avec le bateau, de mouiller près de l'île de Munyon. Qui sait s'il n'avait pas trafiqué le moteur ? Quelle que soit la vérité, chaque personne présente dans la salle d'audience avait l'intime conviction que Joe était un assassin et maman une putain.

Ils étaient coupables.

Nous avions appris à marcher au milieu des hordes de photographes, tête baissée, avançant coûte que coûte, sans jamais nous arrêter, continuant jusqu'à la portière ouverte de la voiture de maître Markel avant de nous faufiler à l'intérieur. Maman, puis Joe. Grand-mère Glam s'est installée à l'arrière avec miss Geiger. J'étais la dernière et j'ai trébuché en montant à l'intérieur. Joe m'a saisie par le poignet pour m'aider et je me suis écroulée à leurs pieds tandis qu'il claquait la portière et que maître Markel démarrait.

Personne ne pipait mot.

Je ne pouvais plus regarder maman. Je ne supportais plus les effluves de son parfum. Je demeurais immobile pour ne pas l'effleurer. L'image de sa tête inclinée contre Peter m'était intolérable.

Après le témoignage de Wally, j'avais senti l'humeur du public changer. À présent, tout le monde voulait qu'elle paye, elle. Parce qu'elle était belle, parce qu'elle était insouciante, parce qu'elle était malfaisante. Moi aussi, je voulais qu'elle paye.

Joe a posé sa main sur la mienne, délicatement. Sa main avait besoin de ce contrat. Ses doigts tremblaient. J'ai retiré la mienne.

Chapitre 32

— J'avais la migraine, je suis sortie prendre l'air et je suis tombée sur lui, racontait maman. Il m'a proposé d'aller voir un palace inouï de l'autre côté de la rue. Il a fait un geste sans ambiguïté, je l'ai repoussé, je ne voulais pas le vexer. J'ai dit quelque chose comme «Arrête, mon garçon». Ce brave gamin, Wally, n'a rien compris. Je n'ai rien à ajouter.

Nous étions assises sur le sofa. Joe était dans le fauteuil. Grand-mère Glam installée au bout du lit, les bras croisés.

— Ils vont me pendre, a déclaré Joe sans regarder maman. C'est tout ce qu'ils veulent.

— C'est elle qu'ils devraient pendre, a rétorqué sa mère.

— Ça suffit! s'est écriée maman en bondissant, les poings serrés. J'en ai assez soupé, ma vieille. C'est mon mari, pas le tien. Arrête de fourrer ton nez dans nos affaires.

— Vous avez besoin que je vienne fourrer mon nez dans vos affaires, justement! Tu as vu ce qui se passe quand je ne suis pas là? Tu as vu dans quel pétrin tu l'as entraîné ? Tu as beau tournicoter autour de lui en agitant ton petit doigt avec ton vernis à ongles rose chichiteux, miss Belle et Toute-Puissante, je sais ce qui s'est passé. Tu peux jeter toute la sciure de la terre sur le sol, ta poissonnerie puera toujours le poisson !

J'ai cru que maman allait bondir par-dessus la table basse pour se jeter sur grand-mère Glam.

— La vérité te crève les yeux, mais tu refuses de la voir, Gladys. J'aime mon mari et je ne partirai nulle part, sauf s'il me chasse.

Elle a regardé Joe droit dans les yeux et, pour la première fois depuis que nous avions quitté la salle d'audience, il a croisé son regard.

— Sauf si tu me chasses.

Sa voix s'est brisée.

— Maman, tu pourrais nous laisser seuls un moment ? Descends dans le hall et commande un café.

— Quoi ?

— Ils ont de petites pâtisseries. Profites-en pour te détendre.

— Tu me chasses à coups de pied au derrière ?

— J'ai besoin de parler à ma famille.

— C'est moi, ta famille !

Il a ouvert la porte en ajoutant :

— Une demi-heure.

Elle ne pouvait plus reculer. Elle a pris son gros sac et elle est sortie, hors d'elle, le visage cramoisi. Après toutes ces années à se plaindre de problèmes de tension, pour une fois c'était peut-être vrai !

Joe a soigneusement refermé la porte derrière elle. Lui et maman ont échangé un long, infiniment long regard.

— Voici ce qui va se passer à partir de maintenant, a-t-il déclaré d'une voix lugubre. Quand tout ça sera fini, quand on sera chez nous, plus jamais on ne prononcera son nom.

— Oui.

Il a posé ses mains sur ses épaules et l'a secouée.

— Tu as compris ?

Le chignon banane de maman s'est écroulé.

— J'ai compris, Joe.

— Primo, je vais acheter une nouvelle maison, a-t-il martelé, deuxio, nous allons vivre ensemble et heureux. Voilà ce que j'ai décidé.

Il ponctuait chaque phrase en secouant violemment maman quand, soudain, il l'a lâchée et elle est tombée sur le canapé. Je me suis retrouvée coincée contre un mur.

Il a hoché la tête, les yeux clos, puis soudain il s'est levé et est sorti en claquant la porte.

Maman avait le visage tendu, elle était terrorisée. Ses cheveux tenaient vaguement par quelques dernières épingles.

— Complice de meurtre, voilà ce dont ils vont m'accuser. Pas moins.

Elle a plongé la tête dans ses mains.

– Tu sais ce que ça veut dire ? Un procès. La disgrâce, la ruine, la prison. Et pour Joe, pire encore. Ils vont le pendre. Mais qu'est-ce que j'ai fait ?

Elle a éclaté en sanglots, la respiration saccadée, brisée.

– Qu'est-ce que j'ai fait ?

Je suis restée assise en attendant qu'elle se calme.

Elle s'est allongée en me caressant la joue.

– Toi et moi, a-t-elle murmuré.

Je n'ai pas pu enchaîner.

– Liées ensemble à jamais, Evie !

Je n'ai pas pu finir. Non, je ne pouvais pas lui offrir ce cadeau. Je ne pouvais pas revenir à celle que j'étais avant.

Il a plu toute la nuit, une pluie douce, constante. Comme il n'y avait pas de vent, nous avions gardé les fenêtres ouvertes. Le ciel a dû se dégager vers minuit, car une légère brise s'est levée, charriant les effluves mordants de l'océan. J'étais seule dans le lit. Grand-mère Glam avait fait tout un cirque pour avoir sa propre chambre, puisque tout le monde se fichait d'elle. Si bien que nous avons dormi, ou pas dormi, tous les trois dans la chambre, où se mêlaient nos souffles, inspiration, expiration…

Ça s'est passé cette nuit-là.

L'allumette a craqué et s'est embrasée. Je me suis réveillée. J'ai entendu maman inspirer en prenant une longue taffe de sa cigarette. Ses lèvres collaient au filtre, elle avait donc encore du rouge à lèvres. Elle avait passé une nuit blanche.

Elle était allongée sur le lit à côté de moi. J'ai senti sa main dans mes cheveux alors que je faisais semblant de dormir en respirant profondément. J'ai risqué un œil, entrouvrant à peine les paupières.

Elle portait sa chemise de nuit rose et elle avait les chevilles croisées, la tête abandonnée sur ses oreillers. Un bras devant elle, coude plié, sa cigarette luisant entre ses doigts. Ses jambes bronzées brillaient dans l'obscurité. Ses cheveux blonds tombaient en cascade sur ses épaules.

J'ai humé l'arôme de son tabac et son parfum, My Sin. C'était son odeur. Elle emplissait l'air.

Je n'ai pas bougé, mais je savais qu'elle savait que j'étais réveillée. Elle faisait comme si elle n'avait rien remarqué.

J'inspirais, j'expirais, parfum, fumée, parfum, fumée... et nous sommes restées toutes deux allongées longtemps, jusqu'au moment où j'ai entendu les pleurs des mouettes, plus tristes qu'un jour de funérailles, et j'ai compris que le jour pointait.

J'ai trébuché sur la bouteille de soda vide. Je l'ai ramassée et plantée dans le sable.

J'avais tout fait défiler dans ma tête et je ne savais toujours pas.

Je me souvenais en détail de tout ce que j'avais vu. Tout était là dans mon esprit, ce qui s'était passé, ce que nous avions dit.

« J'ai intérêt à rester loin de toi. »

« Moi ? Je suis douce comme un agneau. »

« Je te souhaite plein de choses, entre autres, je souhaite que tu rentres chez toi, dans cette maison que ta grand-mère Glam mène à la baguette. »

« Il faut qu'on se creuse la cervelle pour savoir comment détourner les règles. »

« Où va-t-elle, Evie ? »

« J'adore déclencher les cornes de brume, bien fort, pour que tout le monde entende. »

« Mettons les choses ainsi : il serait soulagé si je disparaissais. »

« Tom m'a suggéré d'aller leur rendre visite à New York. Maintenant que nous savons que nous pouvons discuter du bon vieux temps ensemble. »

« Tu n'es pas du genre rancunier, j'espère. »

« Qu'est-ce que j'ai fait ? »

Si je pouvais mettre en ordre tous ces indices, parviendrais-je à connaître la vérité ? Pourrais-je savoir si Joe avait prévu de tuer Peter ? Tant d'éléments s'accumulaient contre Joe — la jalousie, la peur, le dépit –, mais était-ce suffisant pour qu'il décide que c'était la seule issue ? Qui sait s'il n'avait rien prévu ? Une fois en mer, en pleine tempête, l'idée lui serait venue. Maman était peut-être « sous le pont » et elle n'avait rien vu. Ou, au contraire, avait assisté à la scène. Furieuse contre Peter parce qu'il me courtisait, elle serait complice ?

Non, s'il y avait une chose dont j'avais l'intime conviction, c'est qu'elle n'avait pas participé au meurtre. Dès qu'un orage éclatait, elle se bouchait les oreilles avec les mains.

Le cendrier avait valsé dans les airs et explosé. Son visage était d'une pâleur extrême.

Comment savoir de quoi elle était capable ? J'avais compris jusqu'où les hommes pouvaient aller. J'avais vu aux informations ce qu'on avait découvert à la fin de la guerre.

Mais je n'y avais jamais réfléchi jusqu'ici. Les magazines et les films montraient tout le contraire, la guerre était finie, on s'amusait, on buvait du Coca, on fumait des Camel et on économisait pour acheter une nouvelle Chevrolet.

Joe était dans l'air du temps. À peine revenu de la guerre, il s'était lancé dans la course, téléphonant aux uns et aux autres pour monter son affaire. J'avais de l'admiration pour lui. Je n'avais aucune idée de ce qu'il préparait quand il restait debout tard à discuter à voix basse avec Gladys, autour d'un verre de whisky. Nous étions tellement contentes qu'il soit rentré que nous ne nous posions aucune question.

– Laisse-les, ils sont ravis de se retrouver, me disait maman. Joe est là, nous l'aurons autant que nous voudrons.

Il avait tellement soif de réussite qu'il avait volé et menti. Jusqu'où était-il prêt à aller pour dissimuler ça ?

Si je mettais bout à bout tous les faits qui prouvaient sa culpabilité, c'était clair comme de l'eau de roche. Or à l'écouter, il avait l'air coupable, mais il ne l'était pas. Oui, il avait demandé à Wally où il y avait des mouillages de sécurité. Mais c'était le genre d'homme à vouloir connaître ce type de détail, le genre d'homme à demander au facteur où il pouvait acheter les chaussures les plus confortables, ou au laitier comment il faisait pour se lever si tôt tous les matins.

Maman serait-elle restée avec lui si elle avait su que c'était un assassin ? Elle n'avait pas l'air de le craindre. Elle avait l'air de craindre qu'il parte, oui.

« – Tu penses que c'est aussi simple que ça ? Qu'une fille comme toi peut faire naître en moi…

– Faire naître en moi quoi ?

– Faire naître en moi. »

Qu'est-ce que je te dois, Peter ?

La vérité ? La justice ? Si les juges jugeaient,

si les avocats ne trichaient pas, si les reporters disaient ce qui s'était passé plutôt que ce qui fait vendre…

Autant rêver.

Vérité, justice… Je pensais que c'était des références absolues, comme Dieu. Maman. Ou la tarte aux pommes.

Or on pouvait faire une tarte aux pommes avec des *crackers* Ritz, ou des gâteaux sans sucre. La guerre nous avait appris à nous débrouiller.

Quel sens avait le mot «loyauté»? Loyauté envers les siens, envers l'Église, envers ses voisins, envers les Brooklyn Dodgers. Pourquoi la loyauté s'arrêtait-elle là? Pourquoi ne se poursuivait-elle pas au-delà? Elle n'était pas destinée à faire le tour du monde, ça, c'était certain.

Je rêvais d'air pur au lieu de cette atmosphère moite. Je rêvais du mordant de l'automne, d'un ciel bleu et profond, des fissures dans les trottoirs que je connaissais par cœur, de sauter à pieds joints par-dessus les yeux fermés. Je rêvais de rentrer à la maison.

J'ai effleuré le coin secret où maman posait ses lèvres depuis que j'étais bébé. Tout finirait-il par s'écouler, jusqu'à ce petit creux délicat, là où se nichait l'amour?

Chapitre 33

Maman s'était acheté quatre nouvelles robes, toutes sombres. J'ai choisi l'une d'elles, qu'elle n'avait pas encore portée, bleu marine, avec une ceinture étroite et une veste ajustée assortie. J'ai pris une boîte neuve qui contenait une paire d'escarpins à talons blanc et bleu marine. Je les ai enfilés. Ils me faisaient mal.

Je me suis brossé les cheveux pour me dégager le front. Je les ai noués en les épinglant comme une professionnelle. J'ai ouvert le tube de rouge à lèvres Pomme fatale pour me peindre la bouche.

J'avais l'air d'une poupée, d'une pétasse. Cette image dans la glace – non, ce n'était pas moi.

Avec les bons vêtements, la bonne démarche, je pouvais construire une femme entièrement nouvelle. De toute façon je n'étais plus la même qu'avant. C'est une autre moi qui agirait aujourd'hui. La pétasse.

– Evie ?

Maman était réveillée et tâtonnait pour trouver sa première cigarette. Elle m'a déshabillée du regard et s'est redressée, très droite.

– Qu'est-ce que tu fabriques?

Sa voix inquiète a réveillé Joe.

Je les observais tous deux, dans des lits séparés, les draps sens dessus dessous. J'ai remarqué une marque violette sur le bras de maman, là où Joe l'avait attrapée la veille.

Je suis sortie en vacillant dans ses escarpins trop étroits.

C'était impossible à expliquer. Comment lui dire que je comprenais ce que Peter m'avait dit au sujet de la guerre? J'avais découvert que ce que l'on pensait être nécessaire, ce que l'on croit devoir accomplir, tout à coup, cela s'applique à un terrain beaucoup plus vaste.

La question est de savoir jusqu'où on est prêt à aller.

Le trottoir au pied du palais de justice était envahi par la foule. Les obturateurs des appareils photo crépitaient. Les gens hurlaient. Le tumulte explosait dans mes oreilles. Le soleil m'aveuglait, se réfléchissant dans le métal et projetant comme des échardes de verre. Tous étaient persuadés que Joe était coupable.

Les instructions étaient claires. Nous devions monter les marches en nous tenant par le bras tous les trois.

– Ne vous arrêtez pas, quoi qu'il arrive, nous avait sommés maître Markel dans la voiture. Surtout ne vous arrêtez pas pour regarder quelqu'un, marchez droit devant vous.

Nous avancions, les yeux fixés sur son dos étroit sanglé dans son costume marron tandis qu'il nous ouvrait la voie en jouant des épaules. Notre minable avocat s'était métamorphosé en joueur de défense plutôt efficace.

Mon chapeau de paille bleu marine était baissé sur mes yeux, dissimulant une partie de mon visage.

– T'es coupable, Joe?

– Elle t'a aidé?

– Tu l'aimais, Bev?

– Repentez-vous, pécheurs! Il n'existe qu'un seul juge tout-puissant, Jésus est son nom!

On nous appelait Joe, Bev et Evelyn. Les photographes m'interpellaient : «Tourne-toi de ce côté, Evelyn», ou : «Allez, Bev, un petit regard par ici.» Comme s'ils nous connaissaient.

Même mes professeurs ne m'appelaient jamais Evelyn. Mais puisque c'était comme ça, je leur offrirais Evelyn. Une jeune femme aux mains froides et à la démarche assurée.

Je me suis concentrée pour échapper au tumulte, comme si ce n'était qu'une longue rumeur sourde. Je pensais au métro de la ligne El sur la Troisième Avenue. Nous le prenions rarement parce que maman avait peur. Elle fermait les yeux pendant presque tout le trajet. Ses parents étaient morts dans un accident de métro. C'était moi qui veillais à ne pas rater l'arrêt.

J'adorais la ligne El. La rame fonçait au-dessus de l'avenue et l'on voyait les appartements à travers les fenêtres, surtout à la nuit tombée, quand tout était allumé. Un aperçu, un instantané qu'on vous arrachait de la main. Un homme dînant à table en sous-vêtements. Une femme ajustant son chapeau. Un inconnu assoupi sur une chaise… Sous les wagons, le grondement avait un contrepoint : l'écho, qui ricochait ensuite contre les bâtiments. On était en plein milieu, mais au-dessus. On échappait à la ville tout en la transperçant en plein cœur.

Nous sommes entrés dans la salle d'audience.

Il faisait si chaud que les vitres étaient couvertes de buée. Des gens se tenaient debout au fond et dans les ailes. Tous ont tendu le cou pour nous apercevoir tandis que nous remontions pour retrouver nos chaises, au premier rang, juste derrière le bureau de la défense. Maître Markel nous a laissés là en indiquant de la tête l'autre avocat. Il a ouvert son attaché-case.

Le matin même, je l'avais appelé de l'entrée de l'hôtel. Il m'avait donné rendez-vous à son bureau. Tôt, avant l'arrivée de miss Geiger. Je lui avais dit ce que je comptais répondre et il m'avait écoutée sans m'interrompre, prenant des notes sur un bloc jaune.

— Vous êtes sûre ? m'avait-il demandé à la fin.

— Oui.

— Si avez un mouchoir avec vous, prenez-le.

J'ai senti leurs yeux me poignarder dans le dos quand le juge est entré. Leur curiosité était une bête sauvage qui rôdait dans la salle. Je n'arrêtais pas de m'essuyer les mains sur ma jupe, car j'étais Evelyn aux mains froides, non pas Evelyn au ventre noué et transpirant sous les bras. J'étais tellement concentrée que je ne les ai pas entendus m'appeler. Joe a dû me donner un coup de coude pour que je réagisse.

Je me suis redressée si brusquement que mon sac est tombé et j'ai trébuché. Ça commençait mal.

Je me suis avancée en adoptant ma nouvelle démarche, talons hauts et chaloupant des hanches. «Lève le menton !» Les injonctions de Mrs Grayson résonnaient dans mon esprit.

J'ai levé les yeux face au juge, avant de les baisser en signe de modestie. Il fallait que je l'aie dans la poche. Que je maîtrise mes mains, mon ventre. Pas de malaise. Pas d'évanouissement. Aujourd'hui, parce que demain, j'en serais incapable. Aujourd'hui, j'étais Evelyn, mais pas un jour de plus.

J'ai posé les deux mains sur la Bible.

«Je le jure sur une pile de bibles.» C'est ce que nous déclarions avec mes amies quand on était petites, et très sérieusement. Parce que, si on jurait sur la Bible et qu'on mentait, on allait droit en enfer par le train express.

Maître Markel s'est levé et s'est penché vers moi. Il m'a dit de ne pas m'inquiéter. Il avait une chaleur que je ne lui connaissais pas. J'ai hoché la tête, anxieuse.

– Dites-leur simplement la vérité. Débutez par la nuit du 15 septembre. Qu'est-il arrivé ce soir-là?

– Nous dînions tous ensemble au restaurant de l'hôtel.

– Vous êtes sûre que c'était bien ce soir-là?

– Oui, c'était un vendredi soir. Nous étions allés au cinéma dans l'après-midi.

– Qui y avait-il, ce soir-là, miss Spooner?

– Mon père et ma mère, les Grayson, et Peter, Mr Coleridge. À la fin du dîner, les femmes sont remontées dans leur chambre et les hommes sont allés prendre un café dans le hall. Peter m'a demandé si je voulais aller me promener. J'ai répondu oui. Je n'ai rien dit à mes parents.

– Et pourquoi, miss Spooner?

J'ai eu du mal à éviter le regard de Joe et de maman. Mais je me souvenais des recommandations de maître Markel.

– Parce que je savais qu'ils refuseraient. Ils pensaient que Peter était trop âgé pour moi.

– Était-ce la première fois que vous voyiez Mr Coleridge sans la permission de vos parents ?

– Non, ai-je bredouillé.

Le juge m'a demandé de répéter plus clairement non.

– Si je comprends bien, vous aviez une aventure cachée avec la victime ?

– Oui, monsieur. Tout a commencé au cours des excursions avec lui et ma mère. Dès que nous étions seuls, il me donnait rendez-vous plus tard. Si je pouvais, j'acceptais.

La salle était plongée dans un silence absolu. On entendait une mouche voler.

– Votre mère était-elle au courant ?

– Non, monsieur.

– Êtes-vous allée dans la maison où il s'était installé ?

– Oui. Je ne savais pas qu'il y était entré par effraction.

– Que s'est-il passé ce soir-là ?

– D'abord, je suis montée dans notre chambre. J'ai entendu ma mère qui se préparait pour se coucher. Pendant qu'elle était dans la salle de bains, je suis allée dans sa garde-robe et j'ai pris une de ses robes. La bleue, parce que c'était celle que je préférais.

Un flash a crépité et le juge a congédié le photographe d'une voix sévère.

– Je voulais avoir l'air plus âgé. Je suis donc allée le retrouver avec cette robe, nous nous sommes promenés, arrêtés sous un arbre et embrassés. Il a cru entendre quelqu'un, il a pris ma tête entre ses mains et l'a enfouie contre sa chemise. Quelques secondes plus tard, il a vu une silhouette s'éloigner. Il ne savait pas que c'était Wally, mais il m'a certifié que la personne n'avait pas pu voir mon visage.

— Pensez-vous qu'il était sincère ?

— Oh, oui. Moi aussi, j'avais entendu des bruits de pas. Et nous étions cachés par l'arbre, il était difficile de nous voir, à moins de s'approcher très près.

— Et ensuite, que s'est-il passé ?

— Nous avons attendu un peu, puis nous sommes revenus sur la route. Je suis rentrée à l'hotel discrètement. Maman dormait et j'ai rangé sa robe.

— La robe vous allait-elle ?

— Comme un gant, oui. Ma mère et moi, nous avons la même taille.

— Étiez-vous éprise de Mr Coleridge ?

— Oui, monsieur, je l'étais, ai-je répondu en baissant la tête.

Au moins j'avais avoué quelque chose de vrai.

— À ce moment-là, aviez-vous des doutes sur une éventuelle liaison entre votre mère et Mr Coleridge ?

— Oh, non. Elle passait du temps avec nous deux. Peter disait qu'elle était une bonne couverture. Personne ne soupçonnerait quoi que ce soit entre nous si elle nous accompagnait.

– Mr Coleridge était-il amoureux de vous, miss Spooner ?

– Oui. Il me l'a dit.

Maman s'est affaissée sur sa chaise.

Les photographes ont brandi leurs appareils. Le juge a donné un coup de marteau mais personne n'écoutait. Je me suis levée.

– Laissez-la respirer ! ai-je entendu Joe hurler.

La foule s'est jetée sur nous, mais Joe les a retenus. Le juge a de nouveau martelé son bureau. Quelqu'un a demandé que l'on apporte de l'eau. La salle n'était plus qu'un immense cirque, un tourbillon de couleurs, de chaleur et d'agitation. Et d'odeurs. Comme si mon odorat était décuplé, j'étais particulièrement sensible à la transpiration des femmes vêtues de robes en rayonne, où apparaissaient des taches en demi-lune, et celle des hommes qui se tapotaient le front avec leur mouchoir déjà humide, la tête penchée en arrière.

Au milieu du tumulte, j'ai remarqué un homme assis dans une des rangées du fond. Je l'ai remarqué parce qu'il était particulièrement calme. C'était le seul qui ne mouftait pas, le seul qui ne tendait pas le cou pour apercevoir maman. Il portait un costume sombre, simple, une chemise blanche boutonnée jusqu'en haut, pas de cravate. Malgré les rides qui sillonnaient son visage, et ses cheveux clairsemés gris métallique, il était très beau. Je pensais être habituée à voir les regards fixés sur moi, mais le sien était plus insistant et plus profond que les autres.

– Je réclame une pause, votre honneur, a déclaré maître Markel.

Le juge a soupiré. Il s'est penché vers moi.

– Vous avez besoin d'une pause, miss?

– Non, je préfère continuer.

– Dans ce cas, rasseyez-vous, je vous prie.

Je me suis tournée vers maître Markel, j'avais hâte d'en finir. Je sentais le regard de l'homme aux cheveux grisonnants.

Maman a repoussé le verre d'eau que l'un des employés du palais de justice lui tendait. Elle a pressé un mouchoir sur son front. Elle était si pâle, si faible.

Rompant la règle de maître Markel, je l'ai regardée droit dans les yeux. Elle a remué la tête, imperceptiblement, les larmes aux yeux. Comment interpréter ce léger mouvement? «Ne te sens pas obligée de mentir, Evie»?

Mais j'avais menti, et elle le savait, alors peut-être secouait-elle la tête pour chasser ce cauchemar.

«Ça ne sera pas trop long, maman.»

– Vos parents ont-ils découvert votre liaison avec Peter Coleridge? a enchaîné maître Markel.

– Je la leur avais avouée le matin même.

– Ont-ils été surpris ?

– Choqués. J'aurais dû la leur avouer plus tôt.

– Maintenant, venons-en à la seconde partie de votre témoignage. Je sais que vous avez des réticences à aborder ce sujet, miss Spooner, et cela risque d'être pénible. Pouvez-vous nous raconter ce qui s'est passé le 17 septembre ?

– Alors… mes parents et Peter avaient prévu de louer un bateau. Un peu plus tard, nous avons entendu dire qu'un ouragan se préparait et ils ont discuté pour savoir si ce n'était pas trop risqué.

– Il y avait des signaux d'alerte pour les petites embarcations.

– Peter a répondu qu'il était très bon navigateur, puisqu'ils tenaient à y aller.

L'homme aux cheveux gris et aux mains épaisses ne me quittait plus des yeux.

« Arrêtez de me fixer comme ça, arrêtez. »

– Ils sont sortis sur le bateau de Mr Forrest, mais moi je suis restée à l'hôtel et j'ai attendu. Wally – Walter – venait de finir son travail.

– Vous parlez de Walter Forrest, l'ancien groom du *Mirage* ?

– Oui. J'étais à la fois anxieuse et contrariée. Le temps était de pire en pire et je me faisais du souci pour mes parents et pour Peter. Je connaissais un peu Wally, il était épatant.

Il m'a rassurée, le temps n'était pas encore trop mauvais. Puis il m'a proposé d'aller sur la plage pour observer les vagues. Nous avons longé le rivage… jusqu'au moment où il m'a demandé de m'asseoir au pied des dunes.

— La plage était-elle déserte à ce moment ?

— Oui, le vent soufflait déjà très fort.

— Que s'est-il passé ?

J'ai hésité.

— Miss Spooner, je vous en prie, continuez, m'a encouragée maître Markel.

— Eh bien… Wally m'a embrassée. Je crois qu'il avait perdu la tête. Il m'a écrasée dans le sable et il a… tiré sur ma jupe. J'ai essayé de me dégager mais…

Le bourdonnement des pales du ventilateur. Un vrai rugissement. Il a fallu que j'élève la voix. J'ai aperçu une femme au troisième rang dont les grands yeux bleus globuleux s'attardaient sur mon visage. J'y ai lu de la compassion, de la surprise, et de… l'avidité.

— Je suis sûre qu'il ne voulait pas me faire peur…

Mr Forrest s'est dressé dans l'une des rangées du milieu. Son visage buriné était tout rouge.

— Menteuse ! C'est toi qui l'as allumé ! Tu es une putain, comme ta mère.

Le mot «putain» a fusé à travers la salle. Deux femmes ont poussé un hurlement, Joe a voulu se lever, prêt à en remontrer au capitaine Sandy, quand le juge a hurlé :

– Sortez cet homme de la salle !

Putain. Drôle d'effet, de recevoir ce mot en pleine figure.

L'homme silencieux m'observait. Sans relâche.

J'ai plongé la tête dans mon mouchoir. Je ne pleurais pas. Les larmes semblaient loin de moi, comme si elles appartenaient à un autre pays. Quand j'ai entendu le marteau du juge, j'ai levé les yeux. La salle était à nouveau calme, Mr Forrest avait été escorté à l'extérieur.

– Miss Spooner ? a demandé le juge d'une voix plus aimable. Pouvez-vous poursuivre ?

Les femmes avaient cessé d'agiter leurs éventails de fortune. Les journalistes prenaient des notes avec zèle tout en louchant sur moi entre deux.

« Tout se passe sous une seule et même lune. Des choses auxquelles tu n'aurais jamais pensé assister. Ni pensé faire. »

J'avais de la peine pour Wally, mais il fallait que je le leur raconte, que je le leur dise pour qu'ils ne pensent pas que c'était lui qui avait raison. Certes, il fallait que je nuance.

– Je suis aussi responsable de ce qui s'est passé. Je suis sortie seule sur la plage avec Wally. Et quand il m'a proposé de m'asseoir au pied des dunes, je n'ai pas refusé. Quand il m'a embrassée, j'ai été tellement surprise que je n'ai pas pu dire non. J'imagine qu'il pensait que… que j'étais facile. Je ne lui en veux pas d'ailleurs.

— Que s'est-il passé après cet incident ? a poursuivi maître Markel.

— Il m'a raccompagnée à l'hôtel. Ma jupe était déchirée. Je me sentais très mal. Le directeur de l'hôtel, Mr Forney, nous a vus. Il a convoqué Wally tout de suite. Plus tard, Mr Forney m'a appris qu'il l'avait renvoyé à cause de ce qui s'était passé. Non pas que je pense que Wally m'en veuille encore, remarquez…

J'ai baissé les yeux sur mon mouchoir, en piteux état.

— Je veux dire… J'espère qu'il n'est pas fâché contre moi parce qu'il s'est fait renvoyer. Il avait vu quelqu'un avec Peter ce soir-là, et il croyait que c'était ma mère. Mais il est sincère, il n'a rien inventé. Il nous a sûrement confondues à cause de la robe bleue.

J'en avais presque fini. J'ai jeté un œil sur la femme du troisième rang. Elle écoutait en hochant légèrement la tête.

Le procureur général relisait ses notes. Son crâne à moitié chauve luisait. C'était à lui de prendre la parole.

J'ai répondu à chacune de ses questions et il n'a pas réussi à me coincer. De toute façon je savais à son regard qu'il me croyait lui aussi. Dix minutes plus tard, il a arrêté et m'a congédiée.

En descendant l'allée pour sortir, je suis passée devant l'homme. Il avait les yeux vert clair. Il avait dû être très beau. Il avait des mains de pêcheur, épaisses, de vraies mains de travailleur manuel. J'ai tremblé en l'identifiant.

Il avait une façon de me dévisager, comme s'il cernait toute ma personnalité en un seul et long regard. Peter devait tenir ça de lui. J'aurais voulu lui dire un mot, mais quoi ?

Je suis désolée.

J'aimais votre fils.

Moi aussi, je voulais que justice soit faite pour lui.

J'avais répondu à toutes les questions. J'avais jeté de la boue sur la réputation d'un garçon bien, j'avais menti, on m'avait traitée de putain. Mais c'est l'onde de mépris émanant de cet homme-là qui me fit venir les larmes aux yeux.

Chapitre 34

VERDICT DE L'AFFAIRE COLERIDGE :
MORT PAR NOYADE
Joseph et Beverly Spooner obtiennent la relaxe

————————

Manque de preuves, estime le juge Friend.

À midi, nous avions bouclé les bagages et nous étions en route.

Le trajet était long, d'autant plus long que personne ne pipait mot. Grand-mère Glam et moi étions sur la banquette arrière, veillant à maintenir une certaine distance entre nous, même quand nous dormions. Elle avait les deux pieds fichés de part et d'autre de sa valise marron, et elle ne bougeait pas, ne se plaignait pas, même quand des gouttes de transpiration tombaient du bout de son nez sur sa poitrine. Elle refusait de parler à maman, maman refusait de lui parler, et je ne savais pas si Joe et maman s'adressaient encore la parole.

Les kilomètres défilaient. Peu à peu, le temps se rafraîchissait, jusqu'au moment où il a fallu fouiller dans nos bagages pour retrouver nos pull-overs. Personne n'échangeait le moindre regard. Nous observions le paysage : Georgie, Caroline du Sud, Caroline du Nord, Virginie, Maryland, Delaware, New Jersey.

Quand personne ne vous regarde, il est si facile d'imaginer que vous disparaissez...

Je brûlais d'envie de rentrer ; pourtant, quand nous sommes arrivés, ce samedi matin, j'ai hésité. Je rêvais de retrouver ma chambre, mon lit, mon couvre-lit blanc, mon oreiller... Mais je n'avais pas pensé au fait que je ne rentrais pas chez moi mais chez grand-mère Glam, dans une maison qui n'avait jamais été vraiment la mienne.

Maman et moi nous sommes regardées, dans le blanc des yeux, pour la première fois depuis la Floride. Elle a haussé les épaules, à peine, avec un imperceptible hochement de tête. Elle a ramassé sa valise et remonté l'allée. Je me suis rappelé la nuit où elle avait ajusté le rétroviseur pour remettre du rouge à lèvres. Allez, un petit effort.

Être adulte, était-ce ça ? S'obliger à faire ce qu'on n'avait aucune envie de faire, avec un simple haussement d'épaules ?

J'ai pris ma valise et j'y suis allée.

Grand-mère Glam était déjà sous le porche, agrippée à son bagage. Joe a glissé la clé dans la serrure. Nous sommes entrés dans le vestibule sombre. Chaque maison dégage une odeur particulière, mais quand c'est la vôtre vous ne sentez rien.

J'ai reconnu l'odeur de la maison de grand-mère Glam.

Elle est montée au premier, et je l'ai suivie. Elle a tourné pour entrer dans sa chambre et je me suis arrêtée, aux aguets. J'ai jeté un œil dans l'entrebâillement. Elle était debout, observant la pièce, puis elle a ouvert la porte de son placard et rangé la valise sur l'étagère en grognant, comme d'habitude. Elle a refermé le placard et j'ai filé dans ma chambre, à côté.

J'avais à peine fini de déballer mes affaires quand Margie a déboulé. Sans doute prévenue par la chère Mrs Clancy, la reine des ragots. À peine avait-elle aperçu notre voiture qu'elle avait dû décrocher son téléphone.

J'ai tout de suite compris ce que Margie voulait, son regard interrogateur, sa façon de me déshabiller, mes cheveux, ma silhouette.

– Dis-moi tout, a-t-elle lancé sur un ton dramatique. J'ai lu les journaux hier, tu sais. Ma mère pense que ça a été une véritable épreuve pour ton beau-père. Une épreuve, elle a insisté. J'ai vu que tu as déclaré que c'est toi qui étais amoureuse, depuis le début. Un homme tellement plus âgé !

Mes lèvres se sont scellées d'elles-mêmes.

J'étais incapable de prononcer le moindre mot devant elle.

Margie était ma meilleure amie depuis près de six ans. Six années de messes basses, d'échanges de pull-overs et de devoirs faits à deux sur la table de la cuisine, chez elle. Sa mère m'avait presque adoptée, elle m'invitait à partager les dîners de famille et les parties de *stickball*, les travaux de la maison et l'entretien de leur jardin de la victoire ou le nettoyage de leur Ford 39 quand il faisait beau le samedi après-midi.

C'était fini. Je n'avais plus rien en commun avec elle.

Elle s'est assise sur mon lit en lissant sa jupe.

– Tu peux tout me confier.

Elle a levé les yeux vers moi, folle d'impatience, prête à colporter la moindre rumeur.

Oh, bien sûr, cela me donnerait du prestige à la cantine du lycée. Plus jamais je ne traînerais avec mon plateau à la main à la recherche d'une place libre. Les filles se serreraient les unes contre les autres pour me faire de la place. À moi. À nous. Car Margie serait collée contre moi, interprète officielle de chacune de mes paroles. J'imaginais déjà les mouvements de sa bouche, livrant ma vie sur un plateau comme du fromage fondu.

« Je vais te raconter une histoire, Peter. »

– Je n'ai aucune envie d'en parler, ai-je répondu à Margie.

– Mais…

– Il faut que je range mes affaires.

Mon ton était si sec qu'elle a eu un mouvement de recul, et rougi.

– Franchement, ce n'est pas la peine d'être aussi malpolie !

J'ai sorti une jupe bleue de ma valise. Je l'ai défroissée et soigneusement suspendue sur un cintre. Quand je me suis retournée Margie avait disparu.

Chapitre 35

Le lendemain matin, dimanche, j'ai aperçu Ruthie Kalman qui sortait du drugstore alors que j'allais prendre le métro. Elle a accéléré le pas en me voyant. J'ai dû courir, ou presque, pour la rattraper.

— Ruthie!

Ma respiration créait un petit nuage de vapeur. C'était une journée fraîche, légèrement mordante, très automnale.

Elle s'est à peine retournée pour me dire bonjour, continuant à avancer.

J'ai hâté le pas pour arriver à sa hauteur.

— Ruthie, s'il te plaît, arrête-toi.

Elle s'est arrêtée, mais à contrecœur.

— Comment vas-tu, Evie? m'a-t-elle demandé d'une voix neutre.

— Bien, et toi?

J'ai vu l'ombre d'un sourire au coin de ses lèvres.

— Je t'ai entendue à la chorale, tu as une jolie voix, ai-je dit.

— Ouais? Toi aussi, tu sais.

– Tu ne voudrais pas qu'on aille un jour au magasin de disques ? Tu aimes bien Sinatra ?

– Pas mal, oui. Sans aller me pâmer à ses pieds, comme les autres filles, cela dit.

– Oh, je ne suis pas du genre à me pâmer. Tu me diras qui tu aimes. On pourrait écouter de la musique ensemble.

– Pourquoi pas ?

– D'accord.

Son regard a glissé sur la petite valise que j'avais à la main.

– Tu pars ?

– Non, pas aujourd'hui.

Désormais, je savais comment étaient organisés les hôtels. Je savais que je pouvais entrer, aller droit à la réception et laisser mon nom. Quelqu'un prendrait le téléphone, répéterait ce nom, et l'employé me dirait : « Vous pouvez monter ». Ou ne pas monter.

Pourtant, j'ai hésité. J'étais sur la Quarante-huitième Rue. Maman devait être en train de préparer le déjeuner. Joe devait être rentré. Grand-mère Glam encore à la messe. Joe lui avait annoncé la veille qu'il n'avait pas abandonné l'idée de nous trouver une maison et elle était fâchée. Elle n'adressait plus la parole à personne. Peut-être que le téléphone sonnait, que les voisins venaient aux nouvelles. Tout le monde était au courant de ce que nous avions traversé mais personne n'osait y faire allusion, espérant être le premier à avoir la primeur du vrai récit.

Quand j'ai vu le portier me jeter un drôle de regard, j'ai poussé la porte du *Métropole*. Le hall était plein de gens qui s'affairaient, certains arrivaient, d'autres partaient. Certains étaient en tenue du dimanche, prêts à découvrir New York. D'autres traversaient l'entrée d'un pas pressé pour aller au restaurant qui avait l'air très chic. Il y avait plusieurs kiosques de presse, des grooms qui poussaient des chariots, des ascenseurs dont la sonnette tintait.

Voilà à quoi ressemblait un hôtel digne de ce nom.

Un groom m'a proposé de prendre ma valise mais j'ai refusé. Je suis allée à la réception et j'ai attendu que l'employé finisse d'expliquer comment aller chez Toffenetti. Puis il s'est tourné vers moi.

– Mrs Grayson, s'il vous plaît.

– Elle vous attend?

– Non, mais elle me connaît. Auriez-vous la gentillesse de lui dire qu'Evelyn Spooner est ici, s'il vous plaît?

Il a décroché le téléphone et composé un numéro. J'ai attendu en tâchant de ne pas faire de grimace.

– Ça ne répond pas.

– Je peux attendre?

Je n'avais pas fait tout ce trajet pour rien.

Il m'a dévisagée et je l'ai vu se radoucir.

— Je sais où elle est. Eddie va vous accompagner sur le toit.

— Le toit?

— Le toit, a-t-il confirmé avec un sourire. Prenez un des ascenseurs de droite.

J'ai traversé le hall jusqu'à l'ascenseur au milieu des oui-miss, attention-à-la-marche, merci-miss, montez-miss.

— Le toit, s'il vous plaît.

Le préposé à l'ascenseur a jeté un œil à l'employé de la réception qui a hoché la tête.

— Tout de suite, miss.

Les portes ont délicatement coulissé. J'ai eu un léger haut-le-cœur au moment où il a démarré. J'avais les mains moites sous mes gants.

— Nous sommes arrivés, miss. À droite, puis ce sera la troisième porte sur votre gauche.

La moquette était fine, marron, pas comme celle de l'entrée, verte. Je suis passée devant plusieurs portes, dont l'une annonçait «Tailleur», d'où j'ai vu sortir une femme de chambre, surprise, qui nouait son tablier.

— Vous cherchez Mrs Grayson? m'a-t-elle demandé en souriant.

J'ai acquiescé et elle m'a conduite un peu plus loin jusqu'à une porte indiquant «Toit».

— C'est en haut.

J'ai découvert des marches en béton avec une

316

rampe métallique peinte en un rouge tristounet. Je suis montée jusqu'au revêtement goudronné du toit.

La première chose que j'ai remarquée, c'est l'enseigne, de plus de cinq mètres de haut, six mètres peut-être, incrustée d'ampoules. Hôtel *Le Métropole*. Les gratte-ciel miroitaient derrière, et j'ai reconnu le rectangle vert de Central Park.

Mrs Grayson était assise sur un tabouret pliant devant un chevalet et peignait. Elle avait une queue-de-cheval et portait une large blouse sur un col roulé et un pantalon étroit avec des ballerines. À peine m'a-t-elle aperçue qu'elle a ouvert la bouche en un O comique et s'est levée en riant. Je me suis détendue.

– Evie! Quelle bonne surprise. Viens voir mon essai.

C'était la vue que nous avions face à nous : les gratte-ciel et le parc métamorphosés en une masse de traits épais noirs et d'ombres bleutées qui s'échappaient sur la toile. De minuscules carrés d'or formaient des lignes verticales qui montaient et descendaient.

Elle avait raison, c'était un essai.

– J'aime bien.

– Adorable menteuse. Ça ne vaut rien, mais je m'accroche.

– C'est pour ça que vous disparaissiez en Floride? Pour peindre?

317

— Je faisais des croquis, pour être exacte. Tu préfères rester ici ou descendre dans l'appartement boire un thé ?

Je mourais d'envie de voir leur appartement mais l'air frais me faisait du bien.

— Ici, je préfère.

— Bien. C'est ce que j'espérais.

Elle a retiré sa blouse avant de la jeter sur le tabouret et m'a emmenée dans un coin recouvert de dalles, avec des chaises pliantes et une petite table de jardin.

— Tom et moi, nous nous installons ici le soir en été. C'est la plus belle vue de New York.

— Mr Grayson est là ?

— Dans son bureau, en bas, oui.

— Il en veut toujours à Dieu ?

— Oui, a-t-elle répondu avec un sourire. Mais il va bien.

— Je suis venue parce que vous me l'aviez proposé et parce que je voulais vous demander… Je voulais vous parler.

— Je suis ravie.

Elle a frotté son pouce pour retirer une tache de peinture bleue, très concentrée.

— Evie, ma chérie, j'ai tout lu dans les journaux. Je t'avoue que j'ai fini par comprendre : tu étais amoureuse de lui, n'est-ce pas ? Je suis vraiment désolée que tu l'aies perdu.

Que je l'aie perdu.

Perdu.

Elle avait raison, c'était ça, un trou que je ne comblerais jamais. Sans fond. En outre, il fallait que je vive sans jamais savoir ce qui était réellement arrivé. Ne plus jamais le voir, ne plus jamais le voir marcher ni sourire. Un monde s'était évanoui à jamais.

La première fois qu'il m'avait embrassée, il avait regretté son geste.

La seconde fois, c'était un homme et une femme. Je n'étais pas trop jeune. Il n'était pas trop vieux. Maman avait disparu de l'horizon. Tout avait disparu sauf nous.

Il y avait eu de l'amour entre nous à cet instant. Il m'avait aimée.

– Personne ne m'a jamais dit ça, ai-je répondu. Personne ne m'a jamais dit qu'il était désolé. Même moi. À moi-même. Il est mort, non ?

Les yeux de Mrs Grayson dégageaient cette tristesse que j'y avais toujours perçue. À présent, les miens aussi.

– Oui, ma chérie, il est mort.

Il était mort, vraiment mort. Balayés, ses beaux avant-bras, sa gorge, son rire.

J'ai senti les larmes monter du fond de ma poitrine, et cette fois-ci ce fut plus fort que moi.

Un premier sanglot m'a échappé et j'ai tressailli, plongeant la tête dans les mains. J'étais mortifiée mais je ne pouvais plus m'arrêter.

Elle a attendu, compréhensive. Je l'ai entendue se lever et fouiller dans ses poches, puis s'éloigner jusqu'à son chevalet. Elle est revenue et m'a mis un chiffon entre les mains.

– Il est propre, plus ou moins.

J'ai ri et elle aussi. Je me suis essuyé le visage.

– Allez, ma chérie. Dis-moi pourquoi tu es venue.

Je lui ai raconté ce que Peter m'avait expliqué, les objets trouvés dans le hangar, l'origine de la petite fortune de Joe. Au milieu de mon récit, elle s'est levée et s'est éloignée vers le bord du toit. Je l'ai rejointe et j'ai continué à parler tandis que nous contemplions la vue. J'étais plus à l'aise quand elle ne me regardait pas en face.

– Voilà pourquoi j'ai décidé de prendre le reste de l'argent, les huit mille dollars. Gladys les avait apportés en Floride pour distribuer des pots-de-vin, mais finalement elle n'en a pas eu besoin. Je voulais vous les donner.

«Vous connaissez sûrement des gens qui en ont besoin, ai-je poursuivi. Cet ami... cet ami de votre famille qui a été dans les camps. Lui doit connaître des gens, qui doivent en connaître d'autres, qui ont besoin d'argent parce qu'ils ont été dépouillés de tout ce qu'ils avaient et doivent tout recommencer à zéro...

– Evie, arrête. Je ne peux pas accepter.

– Si, il le faut. C'est la seule façon!

– Je ne peux pas accepter de l'argent volé.

– Cet argent n'appartient plus à personne.

En tout cas sûrement pas à Joe. Vous préférez qu'il achète une maison avec ?

– Ce n'est pas à moi de le dire. Je ne suis pas juge, je ne suis pas… (Elle agitait les mains confusément.) Je ne suis pas qualifiée pour…

– Dans ce cas-là, donnez-le. Prenez-le, sinon nous sommes maudits. Ma famille. C'est déjà assez atroce de ne pas savoir. Vous ne comprenez pas ? Je ne sais pas ce qui s'est passé sur ce bateau. Je ne sais pas quel type d'homme est Joe en réalité. Je ne suis sûre que d'une chose : il a commis un geste impardonnable. Peter disait que quelqu'un devrait payer. C'est trop tard, ça ne peut plus être lui. Impossible. C'était peut-être un voleur, un menteur, un escroc, mais c'était quelqu'un de bien.

Mrs Grayson a réprimé un rire, puis baissé les yeux sur ma petite valise, en la regardant fixement.

– Je ne dirai jamais à Joe que je vous l'ai donnée. Je vous le promets.

– Ce n'est pas ça. Il va se venger sur toi ?

– Je ne crains rien. Il est impuissant, il me doit déjà trop.

Elle a croisé les bras en secouant la tête.

– Pendant tout le voyage, en rentrant, je pensais à la découverte de la pénicilline. Vous savez par qui elle a été découverte ? Par un savant qui était un vrai souillon. Son laboratoire était un foutoir, il y avait des trucs qui traînaient

321

partout… parfois pendant des semaines, des mois. Jusqu'au jour où il est tombé sur un bout de matière moisie. Par hasard. De ce foutoir, de cette contamination générale, est née…

– La délivrance.

– La délivrance.

À la maison, c'était l'heure du retour de la messe de grand-mère Glam. Je l'imaginais monter l'escalier en se tenant à la rampe, aller dans sa chambre et se précipiter sur son placard pour jeter un œil sur l'étagère du haut. Je l'avais vue faire la veille : chaque fois qu'elle entrait dans sa chambre, elle vérifiait. Aujourd'hui, l'étagère serait vide.

Elle appellerait Joe et il grimperait sur-le-champ, alerté par le ton de sa voix. Maman monterait aussi, mais il la renverrait en l'injuriant. Grand-mère Glam suggérerait d'appeler la police, mais Joe refuserait. Quelques instants plus tard, ils penseraient à moi.

J'allais vivre un enfer mais j'étais blindée. Ils ne pouvaient plus m'atteindre.

J'ai descendu la Quarante-huitième Rue d'un pas léger et tourné à gauche sur la Sixième Avenue, m'éloignant du métro. Je me sentais légère, débarrassée de la valise, et j'avais envie de marcher. Le vent soufflait et soulevait des papiers à tout bout de champ. J'observais mes pieds alors que je marchais sur les fissures. Je ne croyais plus à ces histoires de chance et de superstition.

Le crépuscule tombait et, peu à peu, les lumières des appartements s'allumaient autour de moi. Une myriade de petits carrés d'or. Voilà ce que Mrs Grayson essayait de saisir, des ombres bleutées et de la lumière dorée. Derrière chaque carré d'or se cachait une personne. Une famille peut-être. Ça devait être tellement bien de se réveiller et de savoir qu'il y avait toutes ces vies remplies autour de vous, au milieu de cette immense ruche vivante.

J'ai eu une intuition, comme une évidence : j'avais trouvé le lieu auquel j'appartenais. Un jour, je vivrais ici. Je vivrais dans un de ces carrés de lumière. Autour de moi vibreraient plein de vies, certaines bien remplies, d'autres moins. Je serais au cœur de la vie.

Joe avait perdu l'argent avec lequel il comptait acheter la maison de ses rêves. Maman et moi n'irions nulle part. Condamnées à vivre dans cette baraque que nous détestions mais tant pis, parce que, nous aussi, on avait un peu ce qu'on méritait.

Qu'est-ce que je devais à Peter ? Je connaissais la réponse, désormais. Quelque chose qui dépassait la vérité. Un peu de justice – pas pour lui, hélas, mais pour des personnes qu'il ne connaissait pas.

Pendant la guerre, quand il fallait renoncer

à quelque chose ou le retarder, on disait que c'était «tant que ça durera». Parce qu'on ne savait pas quand finirait la guerre, mais on savait qu'il fallait s'accrocher.

Voilà où j'en étais. Je vivrais avec maman et Joe. Impossible autrement. Joe couperait le rôti tous les dimanches. Il décorerait le sapin de Noël. Les parents me passeraient le téléphone quand mes amis appelleraient, ramasseraient mes chaussettes, laisseraient la lumière du porche allumée. Je ne saurais jamais ce qui s'était passé sur le bateau, mais ce serait toujours mes parents. Tant que ça durerait.

Mais j'aurais beau être leur fille, partager le rôti du dimanche, rentrer à la maison après une virée avec un garçon, faire la vaisselle, je serais aussi moi. J'aimerais maman, mais plus jamais je n'aurais envie d'être comme elle. Je ne serais jamais celle que quelqu'un voudrait que je sois. Je ne rirais jamais à une plaisanterie que je ne trouverais pas drôle. Je m'interdirais le moindre mensonge. Je serais diseuse de vérité, et ce, dès aujourd'hui. Ce serait dur.

Mais j'étais plus dure.

REMERCIEMENTS

Le mot « remerciements » est beaucoup trop faible pour exprimer les torrents de gratitude que je voudrais déverser sur la tête de tous ceux qui ont soutenu et encouragé ce roman. En premier lieu, mon fabuleux éditeur, David Levithan, un ange, qui m'a invitée à déjeuner pour que je lui raconte cette histoire de passage à l'âge adulte sur fond de chantage, d'adultère et de meurtre, et qui s'est exclamé : « Génial ! » Merci, mon cher D., pour ton soutien et ton oreille absolue au cours de ces nombreuses années. J'envoie également des torrents d'amour à tous les gens de Scholastic qui ont aimé ce livre et ont travaillé dessus.

Je tire aussi mon chapeau de *cowgirl* à ma petite troupe : Elizabeth Partridge, Julie Downing et Katherine Tillotson, qui ont l'art d'éloigner les moments de blues. Je dois beaucoup à

Donna Tauscher, comme toujours, pour sa solidarité, sa perspicacité et sa grâce ; à Jane Manson, une âme douce, une alliée farouche et une amie pour toujours ; et à Meredith Ziemba, qui m'a fait part de ses histoires, ses suggestions de comparaisons, ses «trucs» techniques et tout ce qu'elle a en réserve.

Tout romancier qui s'attaque à l'histoire finit par grimper sur les épaules de ceux qui ont écrit sur la période avec pertinence. Je dois beaucoup à l'excellent livre de Jan Morris, *Manhattan 1945*, et à celui de Kevin Coyne, *Marching Home*. Pour ceux qui veulent en savoir plus sur l'affaire du «train d'or» et cet étrange voyage qui finit dans un hangar de l'armée à Salzbourg, il existe de nombreux sites Internet. Cela dit, je me suis beaucoup appuyée sur l'essai de Ronald W. Zweig, *The Gold Train*. Le service d'archives du *Palm Beach Post* m'a envoyé des comptes rendus très complets sur l'ouragan de 1947. Chapeau aussi à Sandy Simon et à son *History of Florida's South Palm Beach County*. Kelli Martin et Kathleen Holmes, pour qui la Floride n'a pas de secrets, m'ont renseignée sur les mouillages de sécurité. Enfin, j'ai eu de la chance le jour où je suis tombée sur les mémoires de Barbara Holland, *When All the World Was Young*. Son écriture est si cristalline que je rêve de mettre un joli bibi et de lui offrir un verre dans un bar d'hôtel très chic. Merci à mes parents pour m'avoir ouvert les journaux, les souvenirs et les photos de leurs voyages dans les années d'après-guerre, de même que pour leur amour et leurs encouragements sans faille.

J'ai réservé le meilleur pour la fin. Je lève mon verre en votre nom à vous deux, Neil et Cleo : à la lune et au retour.

Judy Blundell

« Ce qu'elle a vu... »

Dans Ce que j'ai vu et pourquoi j'ai menti, *Evie voit son beau-père adoré rentrer de la guerre et devenir un homme d'affaires prospère jusqu'à ce qu'un mystérieux étranger apparaisse, qui l'obligera à remettre en question tout ce qu'elle pensait avoir compris sur sa famille et sur le monde. C'est un roman d'apprentissage mené avec un suspense époustouflant.*

Judy Blundell : Comme je suis un écrivain qu'on loue, pour ainsi dire, en tout cas pour *La Guerre des étoiles* et d'autres livres dérivés de films, je veille toujours à ce que l'intrigue avance bien. C'est une des leçons que m'a apprises ce type d'écriture.
Dans *Ce que j'ai vu et pourquoi j'ai menti*, je ne me suis pas sentie obligée de finir chaque chapitre sur une chute au suspense étudié – c'est plus subtil que ça –, cela dit, je cherche toujours à emporter le lecteur,

à lui donner envie de ne pas lâcher le livre, même si je suis très attentive au style, à la langue et aux personnages.

Le point de départ du roman fut l'image de la jeune narratrice naïve, Evie.

Judy Blundell : Evie, je l'ai immédiatement et entièrement comprise, dès le début. Ensuite j'ai pris beaucoup de notes. Et j'ai trouvé la dynamique psychologique de son histoire : sa relation avec sa mère, le fait que son beau-père avait fait la guerre et ses sentiments vis-à-vis de lui.

Je savais que d'une façon ou d'une autre la guerre avait laissé des traces sur son beau-père, jusqu'au jour où j'ai découvert l'existence du train d'or ; j'ai aussitôt su que je le tenais – le fil directeur qui entraînerait les autres fils de l'intrigue.

L'affaire du train d'or se déroula juste avant la fin de la guerre parce que les Allemands ont attendu l'extrême fin du conflit pour parquer les Juifs hongrois dans des camps. Les Juifs ont dû abandonner tous leurs biens. Les Allemands ont tout jeté dans un train qu'ils ont envoyé à Berlin, mais il n'y est jamais arrivé parce qu'il s'est heurté à l'avancée des Alliés.

Les Américains ont fini par mettre la main sur ce train mais, au début, ils ne savaient que faire de ces objets, puis ils ont décidé de l'envoyer à Salzbourg et de tout stocker dans un hangar. Une partie des biens ont été pillés par des officiers américains. Dans mon roman, ça fonctionnait parfaitement, puisque j'avais ce personnage à qui on demande de surveiller cet immense dépôt, un type qui vient de traverser la Grande Dépression, qui cumule deux emplois pour faire bouillir la marmite et qui ne peut s'empêcher de se dire : «Ces gens sont morts, je ne vois pas comment ça pourrait leur manquer. » La tentation était trop forte.

Pour Judy Blundell, l'époque était particulièrement intéressante pour explorer le passage de l'enfance à l'âge adulte.

Judy Blundell : L'adolescence en tant que telle est un concept qui date de la fin des années 1940, avant de prendre toute sa signification à partir des années 1950, où la culture «ado» était une réalité.
Plus je faisais des recherches sur les années 1940, plus je voulais que ce soit un élément présent dans mon livre. Tout s'est donc mis en place et, tout à

coup, j'ai pensé que l'idée d'écrire un film noir avec une adolescente était excellente, mais j'ai mis un moment avant de comprendre que je m'inscrivais dans cette veine.

Soudain je me suis dit : «Mais bien sûr, c'est un film noir! J'ai une belle blonde, un étranger mystérieux, un hôtel vide, c'est la morte-saison, et tous les personnages ont quelque chose à cacher. » C'est très important, parce que c'est une autre caractéristique du passage à l'âge adulte : ne pas savoir ce que cache le monde des adultes.

Les grandes personnes ont des conversations qui leur appartiennent et on ne sait pas exactement ce qu'elles disent. Il y a une scène où Evie surprend Joe qui reproche à Bev : «Pourquoi est-ce que tu vendais des cravates? » Evie ne comprend qu'à moitié le sens de ce reproche, pourtant les deux adultes se disent la vérité derrière la porte fermée. N'est-ce pas toujours comme ça que nous découvrons la vérité quand nous sommes enfants? En surprenant la conversation des adultes?

(© Interview-with-Judy-Blundell :
http://www.booktrustchildrensbooks.org.uk)

13 PETITES ENVELOPPES BLEUES
de Maureen Johnson

Ginny découvre, à la mort de sa tante adorée, 13 petites enveloppes bleues, comme autant de signes dans un jeu de piste. Voici la jeune Américaine partie pour un grand voyage à travers l'Europe. À Paris, Londres ou Rome l'attendent la vie et l'amour.

CHER INCONNU
de Berlie Doherty

La vie est facile et légère pour Helen. Elle a 16 ans et vit une belle histoire d'amour avec Chris. Mais l'univers bascule le jour où elle découvre qu'elle est enceinte. Comment accepter cette vie qui grandit en elle ?

www.onlitplusfort.com

Le blog officiel des romans Gallimard Jeunesse.
Sur le Web, le lieu incontournable
des passionnés de lecture.

**ACTUS // AVANT-PREMIÈRES //
LIVRES À GAGNER // BANDES-ANNONCES //
EXTRAITS // CONSEILS DE LECTURE //
INTERVIEWS D'AUTEURS // DISCUSSIONS //
CHRONIQUES DE BLOGUEURS...**

JUDY BLUNDELL a écrit plusieurs romans pour enfants, adolescents et adultes sous différents pseudonymes.
Elle est notamment connue sous le nom de Judy Watson par les fans des romans dérivés de *La Guerre des étoiles*, car elle est l'auteur des séries à succès des *Apprentis Jedi* et du *Dernier Jedi*. Elle a également écrit de nombreuses novélisations de films. Avec *Ce que j'ai vu et pourquoi j'ai menti*, elle signait sous son véritable nom son premier vrai roman qui obtint, l'année de sa publication, en 2008, le National Book Award.
Judy Blundell vit à Katonah, dans l'État de New York, avec sa fille et son mari.

Retrouvez Judy Blundell sur son site internet :
www.judyblundell.com

Dans la collection

Pôle fiction

filles
Quatre filles et un jean
Le deuxième été
Ann Brashares
LBD 1 - Une affaire de filles, Grace Dent
13 petites enveloppes bleues, Maureen Johnson
Les confidences de Calypso 1 - Romance royale,
Tyne O'Connell
Le journal intime de Georgia Nicolson :
1. Mon nez, mon chat, l'amour et moi
2. Le bonheur est au bout de l'élastique
3. Entre mes nunga-nungas mon cœur balance
Louise Rennison
Code cool, Scott Westerfeld

fantastique
Interface, M. T. Anderson
Genesis, Bernard Beckett
Felicidad, Jean Molla
Le Combat d'hiver, Jean-Claude Mourlevat
Le Chaos en marche 1 - La Voix du couteau,
Patrick Ness

Le papier de cet ouvrage est composé de fibres naturelles,
renouvelables, recyclables et fabriquées à partir de bois provenant
de forêts plantées et cultivées expressément pour la fabrication
de la pâte à papier.

Maquette: Maryline Gatepaille
Photo de l'auteur © Paul Llewellyn

978-2-07-062996-1
Loi n° 49-956 du 16 juillet 1949 sur les publications destinées à la jeunesse
Dépôt légal : février 2011
N° d'édition : 172020 – N° d'impression : 103393
Imprimé en France par CPI Firmin Didot